中公文庫

女　の　家

日影丈吉

中央公論新社

目次

女の家

起

死の状況

小柴

一月十六日木曜日の晩、私はこの年はじめての宿直をした。翌朝、洗面所でうがいをしていると、管内からガス中毒の届出があったという知らせを受け、うがいを続けながら、やれやれと思ったのである。

前の晩は凍って寒かった。相番《あいばん》の若い鵜館《うだち》巡査が、まだ抜けきらない北海道なまりでいうように、ひどくしばれていた。こういう朝はうまく腰が伸びず、むりに伸ばすと、背筋を痛みが走り、反動的に膝頭《ひざがしら》にがくんと来る。さいわいすぐに癒るが、坐骨《ざこつ》神経痛というやつにでも、つかまったのではないか、かかりやすい病気と聞いているので、ぎくりとしたり、そろそろ無理がきかなくなったかと思わせられるのである。

その朝、宿直室の戸棚をあけたら、だれが忘れて行ったのか四五枚の切餅《きりもち》が長い青黴《あおかび》を生やしているのを見つけたが、署内はまだ初春《はつはる》らしくのんびりしていた。管内に東京一のさかり場をひかえたここでは、歳末の疲労が後まで濃い渣《おり》のようなものを残し、正月いっぱいは気分的に、あまり仕事にならない。新年そうそう面倒な事件にぶつかりたくないという億劫《おっくう》がりが——たぶん世間もそれを望んでいるだろうから——首をすくめて多少の怠惰をたのしめる、まれな時期ともいえるのである。

ただし、この期間に特に多い事件もあって、ガス中毒もそのひとつなのだが、折角《せっかく》とったばかりの年を、ちょっとした不注意からふいにしてしまう、うっかり者が意外に多いのも、やはり無事に年をとれたという安心感から生じた気のゆるみであろうか。

指のしびれるような水で顔をごしごしやっていると、鵜館くんがうしろを通りながら声をかけて行った。

「小柴《こしば》さん、玄関で待ってますよ」

睡眠が足りないのか気分がさっぱりしない。それとも、この二三日、すこし寝すぎるくせがついたせいか。つめたい水でしびれた顔に、棘《とげ》の生えたような備えつけのタオルを当てながら、私はなかなか仕事にかかる気分になれないのである。

生れてからまだ、どんな寒い日でも、わかし湯で顔を洗ったことがない。父親のしつけというより、あとで考えるとばかげたようなことが原因である。おやじさんはとうに死んでしまったが、私の子供の頃《ころ》は四谷の大宗寺付近で小さな古物《こぶつ》の店をひらいていた。子供の頃の印象では、おやじさんは狭い店の奥の、こども心にもこれで使い物になるのかと思われるような古ぼけた道具類のあいだへ、はめこまれたように坐《すわ》って、一日中、講談の速記本に読みふけっていた。

いうことなすこと講談の影響を受けていたらしく、私が警察官になったのも、半分はおやじさんの意向からである。おやじさんは私を軍人にしたかったが、巡査でもいいと思っていたらしい。理由はばからしいほど単純で、そのどちらもがサーベルをさげている職業だからである。母親の話によると、おやじさんはどうも落語に出て来るような、ちょっと頭の弱い、のんき者で恐妻家の古道具屋だったようだ。私は若い頃、そんな父親から生れたことに反撥《はんぱつ》を感じたこともあるが、いまでは何とも思っていないし、少年時代に死別したこの人に、なつかしみさえ感じるのは、すくなくともおやじさんが、おとなの恐ろしさを私に感じさせなかったせいであろうか。

だが、絶対に湯では顔を洗わないというような、ばかげた考え方の遺産も、私はこのおやじさんからもらっているのである。子供の頃、私はある朝――湯で顔を洗うと、戦場で死んだ時、死顔《しにがお》が変る――と、いわれた。それは私の人生に、別に何の関係もないことだったのに、私はそれ以来、湯で顔を洗うことを恐れた。大人になってから、ばかげたことだと気がついたが、その頃はもうくせになってしまって、その習慣を変える気にもなれなかったし、またそうしないと気持がすっきりしないので、いまもって続けているわけであるが、署の玄関で、道具を持った鑑識係や鵜館巡査といっしょに車に乗りこむまで、私がこんな勝手な思い出にふけっていたのも、正月気分がまだ尾を曳《ひ》いていたせいであろう。

「ちかごろガスの事故が多すぎるようだね」

と、車の中で鑑識の宮尾《みやお》に声をかけられて、やっと我にかえったようなものであった。

「東京のような老朽都市じゃね」

「自分の命だから、どうでもいいようなもんだが、麁略《そりゃく》にあつかう者が多すぎるな」

「物でも気持でも、あらためるということは、兎角《とかく》むずかしいのだな」

私達はずれた会話をかわした。

銀座は裏表、まだ眠っていた。先方へ着くまで私達は、ガスの漏出《ろうしゅつ》による事故だとばかり思っていたが、行ってみるとすこしようすがちがっていた。届出のあった二丁目の折竹《おりたけ》という家は、大通りと並行した裏通りの東側にあった。

小屋根のあたりまで板塀で目かくしされた家は、塀の切口に格子戸がはまって、その中が玄関前の二坪ほどの空地になり、三和土《たたき》で小さな火山岩をおさえ、布袋竹《ほていちく》をすこしばかり植えこんだりしてあって、町なかの旅館か、もっと新橋よりにあれば、羽ぶりのよい置屋とでも、まちがえられそうなつくりであった。

私達はいつも、こういう家の中へ恐らくどんな弔問客よりも先に、ずかずか踏みこんで行くのであるが、玄関のしきいを越す時、そういう私達の眼《め》にも愁傷の意がこめられるのを見つける人は、まずない。

玄関の次に二畳間があり、その奥が六畳の客間で、ここまでが板塀をへだてて道路に面しており、玄関と二畳間は廊下越しに台所、四畳半の茶の間と並び、客間の東側には四畳半の寝室があって、狭い庭にむいている。台所の外に浴室。庭や浴室は塀でしきられ、塀のむこうには、うしろ側の家の裏口が迫っていた。台所と階段をへだてて六畳の女中部屋がある。

敷地の総坪数はおよそ三十三坪、建坪は階下二十二坪二合五勺、階上十二坪五合。二階は東北に寄せて建てられ、東側をつらぬく廊下に面して、六畳四畳六畳の三間が並んでいるが、人が死んだのは、この二階の奥の六畳である。

二階廊下の雨戸が繰られ、その部屋の四枚立ての障子が左右に引かれて、朝の光を入れている中央に西を枕《まくら》に蒲団《ふとん》を敷いて、死者はかたい姿勢であおのけに寝ていたが、折竹雪枝（三十二歳）、この家の女主人である。西窓はまだ雨戸をしめたままであった。

部屋の南側は隣りの長四畳《ながよじょう》と襖《ふすま》でしきられ、北側には一間《けん》の床と押入れが並んでいて、床の間には鋳物に銅鍍金《めっき》をした古めかしいガスストーブが置いてあったが、これが雪枝という女を殺した兇器《きょうき》である。女中に聞いてみると、主人はひどい冷え性で、毎晩ストーブをつけたまま寝る習慣だったそうだ。

「これは事故じゃないな」

宮尾は立ったまま、私の顔を見ていった。ガスストーブの位置は、かなり寝床と離れていたから、いわれないでも、それはわかっていた。寒がりの女が夜中にそう寝相わるく、あばれるわけはないのである。

「この状況では自殺だね」

「まあそうだ。美人だな」

と、宮尾がいった。私達は立ったまま死体を見おろしていた。死人の顔に美しさを感じる能力のある者が見れば、たしかにこれは美人だが、そういった宮尾の声は味気ないひびきを持っているように聞こえた。

「念のため指紋をとる。むだかも知れないが」

宮尾はまだ若いが熟達した鑑識係である。しゃがんで、しばらく死体を見てから、道具箱をあけて、床の間へにじりよるのを見ると、私は廊下に出て、そこにいた年配の女中を呼んだ。

「発見者はだれかね」

「わたくしです」

「ガスの栓をしめたのは」

「みつけた時、わたくしがしめました」

女中は顔をしかめながら、こたえた。私ぐらいの年恰好《かっこう》で言葉つきにも教養が感じられる品のある女だった。私は宮尾の仕事が終るのを待って、その人に部屋へはいってもらい、ストーブを指さしながら質問した。

「あなたがしめた時、このガス栓はどのくらい、あいていたかね」

「いっぱいに、あいておりました」

私は栓をいっぱいにひらいて、かくしから出したマッチで火をつけてみた。柱状のマントルが一本ずつ並んで火を呼んで行く、旧式なストーブである。しばらくその前にしゃがんでいると、顔が火照《ほて》って来る。

「熱いな——」

私はとなりに来て、無意味に手をつきだしている宮尾にいった。

「栓をいっぱいにあけて、つけっぱなしにしておいたら、この部屋は相当な暑さになる。いくら寒がりの女でもね」

「睡眠中の事故だったら、それまでに暑さで眼をさましていると、いうのだね、なるほどな。やっぱり……」

自分で死をえらんだのだと、いいかけて、宮尾はかたわらの女をかえりみ、口をむすんだ。

その女中を入れて、この家の人員は女中三名と死んだ女の一人息子、家族同様に毎日出入りしている息子の家庭教師、毎日は来ない女主人の旦那《だんな》で息子の父親を入れると、左記の計六名になるのである。

大沢乃婦《おおさわのぶ》、女中、四十九歳
土田梅代《つちだうめよ》、女中、三十四歳
原内《はらうち》ケイ、女中、二十歳
保倉幸嗣《やすくらこうじ》、女主人の子、十一歳
祖生武志《そぶたけし》、家庭教師、二十八歳
保倉信三《やすくらしんぞう》、幸嗣の父、四十五歳

――保倉は大きな素原料会社の社長で、三河台の本邸には本妻と二人の娘がいるが、幸嗣が入籍されているところをみると、死んだ折竹雪枝は本妻公認の二号ということになるのかも知れない。祖生は新制中学の教師だった。とにかく、雪枝が就寝した十六日の夜半まで、この人達はみな同家にいたのである。

宮尾は念のため局所解剖をやる必要があるという意見だったが、死者に旦那がある以上、ことわりなしに持ちだすわけにもいかないから、私は彼と相談して、女中の電話で来ることになっている保倉氏を階下で待つことにした。

宮尾が茶の間で女中達の指紋をとっている間に、私は家の中をのぞいてまわったが、家じゅう、やたらにガスが引いてあるのには、おどろいた。現在では台所、浴室、階下の奥の四畳半と二階の死人のいる六畳の他は、盲管にしてあるが、もとはほとんど各部屋でガスを使用していたはずである。

あとで聞いてみると、保倉氏が買いとる前の持ち主が、ここでもぐりの料亭をやっていたことがあるというが、社会党内閣のきびしい食管法時代のことだろう。停電が多かった時分には便利だったと、梅代という女中がいっていたが、なるほど、その頃管内の旅館などでさかんに使われていた、あの無花果《いちじく》形のガラス玉をかぶった台ランプが、現にまだこの家の階段の上や廊下の隅の天井には、吊《つ》るしてある。が、ガス禍の多いこの頃では、とにかく物騒な家だという印象は免がれないし、現にもう犠牲者——いや、利用者というべきかも知れない——が出ているくらいである。

私達は煙草《たばこ》を二三本吸うほどのあいだ、さらに待った。そのあいだ、死体も二階の奥の間で待たされていた。女中達はあまり喋《しゃべ》らなかったが、かれらも保倉が来るのを待っており、主人の顔色を見てから、どの程度に口を割るか、きめようと思っているのに違いなかった。といっても、別に匿《かく》しておくほどの秘密を持っていたとは限らない。突然起こった事件というものは、眼の前で起きたことでも、すぐには信じられないもので、思考が順序立つためには、まず自分の経験に馴《な》れる必要があり、最初の印象が消え去らぬうちは何もできないで、忘れることから判断が出て来るのである。

女中達はまだ、そういう顚倒《てんとう》を顔にあらわしていた。この時期が聞きこみには大切なのだが、この時期からはほとんど何もつかめないことが多い。かれらはまだ意識の太い線しかたどれないのであるが、事件のシンを組立てるのにはそれが必要だし、この場合はそれだけで充分なような気がしていた。つまり私は事件の単純性を見てとったのである。

それは現場の状況よりも、むしろ世帯員の印象から来ていた。女中達は女主人が自殺したという事実を、すこしも疑っていなかった。まるで彼女の意志の必然的な結果のように、彼女の死を見ていた。だから、最後のプロセスなどには、すこしも重きをおいていないようすで、私の質問にかれらが慎重に答えるのは、ただ死者に対する敬意からに過ぎないような印象を私は受けた。

女中達の話によると、十六日の夜はいつもと変りがなかった。年頭の空気は底に新鮮な興奮を秘めながら、のんびりしているが、それが、次第にだらけて日常の生活の軌道に帰ってから数日たった、ちょっと取りかえしのつかない後悔に似た時期の、平凡な一日でしかなかったそうである。もっとも、後悔というのは、私自身の感じかも知れない。

この辺の家は夜が遅いが、女主人は十二時を過ぎてから風呂にはいって、寝た。正確にいえば、十七日の午前零時半頃に就寝したようすである。雪枝が二階にあがってからしたことを見ていた者はないが、結果から見て、それはいつもと変りなく、おこなわれたようであった。雪枝は死体になっても着ていた浴衣《ゆかた》に着換え、定量の睡眠薬を飲み、ガスストーブに点火して床にはいったのである。

その晩の女中達の動静はどうかというと、最年長の大沢乃婦は日が暮れてから一歩も外へ出なかった。土田梅代と原内ケイは夕飯の片づけを終えてから、いっしょに近所へ出かけた。二丁目の横町へ、翌朝使う野菜を買い足《た》しに行ったのだそうだが、そこは洋酒屋、洋菜をそろえた八百屋、つまみ物屋などが軒をならべていて、酒場や飲屋の料理番が小買いに来るのに便利な通りである。私も署から有楽町駅へ抜けるのに、よくここを通るが、ときどき顔見知りのコック帽にお辞儀をされることがある。

洋酒屋は煙草屋を兼ねていて、私も通りがかりにときどきしんせいを買うが、たいていいつも先代のじいさんが売場にあぐらをかいている。息子はK大の経済出で、ボート部のOBだそうだが、じいさんはやくざではないが銀座の顔ききで、若い頃はかなり威勢がよかったという気風が、いまでも感じられる。私の顔を知っていて、しんせいをケースからとり出す時、きまって軽蔑したような顔つきをするのが気になるが、もっとも、これも私の気のせいであるかも知れない。

折竹の女中達が買い物をした八百屋は、たぶんこの隣りの、たしか八百富という店である。小店《こみせ》の多いこの通りでは二軒分の間口があり、その上いっぱいに乗っかって檐《のき》をひく く見せている看板は、質素すぎる白地に黒ペンキの素人くさい字で、釣合いもおろそかに、たしかグローサー八百富と書いてあるが、この看板はおそらく十年来、塗りなおしたことがないと思う。

銀座はアナクロニズムの街だが、ここぐらい、いわゆる文化というものが、息のつまりそうな場所で静かに呼吸しているところはない。アナクロニズムもそのなかにはまりこんで、痛痒《つうよう》を感じさせないところは他のさかり場とちがう点である。

署の用務員の、物識りじいさんに聞いた話では、銀座は明治五年に西洋建築のモデル地区に指定されたそうで、ハイカラな町づくりの歴史はもう一世紀に及ぼうとしているが、そのわりにこの街は立派にもならないし、かつて整頓されたことがない。何度も焼けたり建ったりしたせいもあるが、一年も同じ造りでいると時代に遅れそうに思うあわただしい気質と、その反対のいつまでも新開地じみた投げやりな間に合わせ主義が同居していて、この町から瀟洒《しょうしゃ》と貧相のでこぼこな印象がとり去れないのである。都政の方針からしてお粗末な実利主義一辺倒で、誰がなんといっても、いまだに狭い銀座の路面から電車をとりはらわないし、川を埋め壕《ほり》をつぶすのも企業に興味がある時ばかりである。そして、ながいあいだここに出入している私達の眼には、もうどうしようもない銀座の性格というものができあがっていて、浮薄さ、うすぎたなさまでが、なつかしくも思えるようになるのである。

だが、冷静な昼の光が消えたあとの夜の世界は、また違う。外人にいわせると、ここは世界一奔放な灯火の街だそうだが、なるほど夜になると妖《あや》しい銀座が現出して、人によってはそこに異常な魅力を感じるのにちがいない。でなかったら、こんなにも銀座に日参する人がいる筈《はず》はないし、なにか魅力的な刺戟《しげき》の存在を考えられないとすると、ここは厭味《いやみ》でうすっぺらな夜の社交場に過ぎなくなってしまうからである。

血のにおいのする事件ばかり追っている私のような職業の者が、こんなことをいうのは、柄にもない感傷のように聞こえるかも知れないが、銀座はこの私にも人生最初の楽しみを教えてくれたところで、そういっても、カフエやバーに通《かよ》ったというような気のきいたものではないが、私にとってはやはり大事な思い出なのである。

少年の頃、父親がわずらいだし、起きたり寝たりの生活が長びいた。はじめは内臓に疾患のみとめられない、ぶらぶら病まいというやつだったが、それから四、五年後に死んだ時は肺結核という診断を受けた。おやじさんがわずらいだすと、私はすぐ京橋の羅紗《らしゃ》屋へ奉公にやられた。輸入商である。大正大震災の年に小学校を卒業して、地震の起こる九月まで、そこにつとめたのだから、その頃の銀座といっても、ほんの一夏の思い出だったのであるが、それが夢の街のような印象を残しているのだから、ふしぎという他《ほか》はない。

真夏のむしあつい夜、店をしまうと若い番頭さんが銀座へ連れだしてくれた。私はいがぐり頭に盲縞の着物をきせられていたようで、番頭さんも店では同じような恰好《かっこう》だったが、散歩に行く時は富士絹のワイシャツと黒のアルパカの服に着かえていた。その頃、裏通りの角の、いまなら音楽喫茶かモードの店になっているような場所に、ガラスのすだれをさげた掻《か》き氷屋があった。その店に十七八のふっくらした、お尻の大きな娘がいて、番頭さんの知りあいらしく、いつもそこへ連れて行かれて、氷水でなく冷やしコーヒーというのを飲まされた。クリームなどついていない、冷やし飴《あめ》にストローを添えたようなものだったが、それでもたいへんに旨《うま》く、一杯では物足りないくらいであった。いまとはとても比較にならない銀座の灯に見とれて歩きながら、番頭さんの得意そうな表情からも、人生とはこんな素晴らしいものかと私は思ったのである。

震災で羅紗屋も焼けてしまい、私はまた四谷の家に帰り、町会の給仕などをしながら夜学に通った。兵隊にとられて二年間現役をつとめて帰って来てから、死んだおやじさんのすすめを思いだして、警官の試験を受けたのだが、刑事巡査になってからは、人生のみにくい面や憂鬱さをいやになるほど味わわされて来た中で、元来が親ゆずりののんき者らしく、長いあいだの下積み生活は別段苦にもしないが、銀座の真夏の夢がのぞかせてくれたような人生の楽しみに、ついにめぐりあえなかった哀しみは持っている。

だがそれも、それほど根深いものではなく、むしろその夢が架空のものにすぎないことも、わかっているので、実をいうと私はもう人生とかいうものにも興味を失っているし、銀座にも魅力を感じなくなっているのだが、それでいて、ちょうどこんな横町などを通る時、ふとあの年の夏の夜を思いだし、つめたい風が胸にさわるような気のすることがあるというだけのことなのである。

望まないが気にはなるのだろうか。銀座はひどく変ったようでいて、町角に氷水屋があった頃の感じをどこかに持っている。古くさく粗雑であけすけで、そのくせお先走りで気取り屋で、沈滞の中に水々しい新鮮さがあり、けなしているうちに私達には讃美になってしまうのも、この街の矛盾と私達自身の矛盾が、どこかでつながり合っているせいにちがいないのである。ながいあいだ銀座の警察官をやっている私に批判がないわけではないが、やはり私達にはどうにもならないようである。

妙な道草を食ってしまったが、また八百富の前に戻ることにすると、梅代とケイはそこから肌寒い正月の宵の町を、折竹の方へ引返して行った。話につい身が入って、かれらのうしろから祖生武志がついて来ていたのにも気がつかなかったそうだが、格子戸の前でそれに気がつくと、たぶんそのおどろきを親しそうな笑い声に変えながら、前後して家にはいったのであろうが、それはちょうど八時半頃だったそうである。

ひとり者の中学教師の祖生は、他にも内職をやっていて、いつもあまり早くはやって来ないが、来れば晩飯を招《よ》ばれる習慣になっているから、彼の分はいつも用意してあるという。それから十一時頃まで、祖生は階下の奥の四畳半で、幸嗣の勉強の相手をしていたのである。

保倉信三は新年宴会があって行っていた赤坂の料亭から、十時半頃、会社の車で来た。風呂《ふろ》は彼のために沸いていたが、風邪を引くといけないからとことわって、茶の間で梅代に餅《もち》を焼かせ二切れ食った。勉強が終って、ケイが幸嗣の床をとると、そのそばへ行って雪枝と何か話しながら、夕刊を出させて見ていた。

幸嗣はそのあいだ、寝床から首だけだして、漫画の本を読んでいたが、祖生は風呂をもらっていた。雪枝は遅く来た保倉が泊って行くと思い、ケイにいって、二階奥の六畳に床をとらせたが、保倉は十二時頃になって、帰るといいだし、社の車はすぐに帰してしまったので、タクシーを拾って行くといいながら、雪枝に見送られて、そそくさと（といったのは梅代である）玄関を出て行った。

保倉が帰ると幸嗣が床から起きだし、湯からあがって来た祖生に、漫画の本を見せて質問をはじめたのと入れちがいに、雪枝は風呂場へ行った。

雪枝はあがって来て、まだ起きている幸嗣を見ると、叱《しか》って床にはいらせ、それから、保倉のために敷いた床で寝るといって、二階にあがって行った。雪枝は最近では二階の六畳に一人で寝ることにしていて、他の部屋を使うことはなかったそうである。

ケイが幸嗣を寝かしつけるために彼の寝室にはいり、かわって祖生が出て来たが、祖生はそのまま折竹を去ったはずである。それから乃婦が風呂にはいり、梅代は台所の片づけをしてから、乃婦があがるのを待って風呂にはいり、続いて幸嗣が眠ったのを見届けて来たケイが、いっしょに入浴した。風呂場の後始末は二人で、ざっとすませた。

女中達が床にはいったのは、一時を過ぎていたが、それでも早い方で、銀座はこの時刻でも宵の口のような感じがするが、この頃の夜はさすがに静かである。

この時、雪枝は二階に、幸嗣は奥の四畳半に、女中達は女中部屋におり、そして、家の中には他に誰もいなかった筈である。

保倉はこんな風に遅く来て、ちょっといて帰ってしまうこともある。独りで三田の四国町に部屋借りしている祖生は、たいてい遅くまで、ぐずぐずして時間を潰《つぶ》して行くらしい。つまり十六日の夜の折竹の家は、いつもとちっとも変りのない平凡な一夜にすぎなかったのである。

だから、その晩のかれらの動静を、こんなぐあいにかなり詳しく聞けたにしても、そこに何かがあるというわけではなかった。何も特別なものはなかったか、あってもかれらには気がつかなかったかであるが、たとえば、死の状況についても同じことがいえると思う。かれらは雪枝の自殺を疑っていなかったし、たしかに状況は明白であった。が、かれらにはより以上の確信があったようすで、きいてみると、女主人は前に二度、自殺未遂をやっていた。

最初は一昨年の十月、階下の奥座敷で、二度目は去年の五月、風呂場で、共にガスを利用している。一昨年の秋頃から、雪枝は死に憑《つ》かれだしたらしく、最近ではそれを忘れられたのか気分的にも明るくなっていたようだが、ふいにまた試行する気が起こり、今度は成功したのだという風に女中達は見ている。その晩、あとから思いあたるような特別な徴候に気づいた者がないにしても、死のプロセスに疑問が持たれなかったのは、そのためらしい。

事実はいつも後になってから確認されるもので、はじめから自殺の必然性がわかっていたのなら、そんな人物をガスの設備のある隔離された状態の部屋に単独で寝かしたり、睡眠薬をあてがっておいたりするのは、まるでいつでもお死になさいというのと同じことになるが、実際にはかれらも前から確信があったわけではなかろうし、人間がそうやすやすと自分の命を断つ気になるとは、その実証を見せつけられる瞬間まで、だれにも信じられるものではない。その時になってやはりそうだったと、はじめて確信のようなものが生じるので、それ以前に――たとえば前日の午後、女中のだれかをつかまえて――今夜あたり、おくさんは死ぬのじゃないか、とたずねたら、だれでも、まさか、と笑って答えたに違いない。

折竹のかかりつけの医者は数野《かずの》診療所で、急をきいて駈けつけたのも、そこの医師だというが、私も所長はよく知っている。雪枝が最近そんなに危険な精神状態におちいっていたのなら、数野医師から家人に厳重な注意があったはずである。そうかといって、雪枝の自殺を疑う理由もない。この点では、あとで数野診療所に寄って所長に会い、たしかめてみたが、さすがに医師はあいまいに答えた。自殺の可能性はあったかも知れないが、必ずしも自殺したかどうかはわからない、というような答え方をした。

雪枝に憂鬱症の傾向のようなものがあったことは医師もみとめた。ただし、それは彼の専門外なので、同僚の精神科医の勤務先を紹介したが、雪枝がはたしてそこへ診察を受けに行ったかどうかは聞いていないと、数野所長はいっていた。医師には希望的観測の必要がないから、雪枝の状態をむしろ家人よりも重く見ていたようにも私には感じられたが、死後になって、やはりそうだったなどとは、さすがにいわなかった。自殺の可能性については、やはり確信というほどのものはないと、いった。だが、もちろん雪枝の自殺を否定しはしなかった。

診療所の宿直の医師が電話を受けて駈けつけたのは、十七日午前七時頃だった。発見者の大沢乃婦は、電話で診療所を呼びだすのに十分以上かかり、ケイを走らせようと決心した時に、やっと通じたというのだが、小正月頃の朝は、だれだって起きにくいものである。だが、乃婦の場合は二時頃床にはいり、六時にはもう眼をさましていた。折竹は夜が遅いので朝も遅く、女中は一日交代で一人だけ六時に起き、他の者は九時頃まで寝ていてもよいことになっている。幸嗣を学校に出かけさせるためと、保倉が泊った時以外には、早起きの必要がないのらしい。十七日は乃婦の番であった。

乃婦はまず便所に起きた。すると階段口で、かすかな臭気を感じた。においは階段を流れ降りて来るようであった。乃婦は気にして二階へあがって行った。二階の廊下を五六歩あるくと、もう相当な臭気だった。ガスは奥の六畳にしかないし、雪枝が昨夜は二階に寝たことを、そこまで来るうちに寝起きの頭で思いだしていたので、かけて行って障子をあけた。乃婦は本能的に、袖《そで》で鼻を覆いながら雨戸を繰った。それから部屋に飛びこんで、音をたてているガスの栓をひねってとめた。

雪枝は乳のあたりまで掛蒲団をはぎ、枕をはずし浴衣の襟もとを乱して、口をあけ、だが、かなり静かな寝顔に見えたそうである。ゆさぶっても、もう眼をあけなかった。（鑑識の宮尾は死亡時刻を、だいたい四時から五時のあいだといっていた）

乃婦はすぐ階下へ降りて、梅代とケイを起こした。それから茶の間の電話で、数野診療所にかけた。奥の部屋に寝ている幸嗣は、いつもは起こされないと起きないし、それも一度や二度ではだめなのだが、梅代やケイがうろたえて、あまりガタガタ音を立てたため、眼をさまして、寝呆《ねぼ》け眼《まなこ》で起きて来た。

やっと電話が通じると、乃婦は一存でケイに幸嗣の着替えをさせ、幸嗣には何も話さずに、近所のお好焼屋へ連れて行って、保倉が来るまで、たのんで置いて来るように命じたというが、その家とは特に親しくしていたか、金の融通でもしてやっている間柄であったらしい。それから、三河台の保倉邸へ電話した。（署にかけて来たのは数野診療所の医師である）保倉はすぐ行くと答えたそうである。

その保倉はなかなか姿を見せなかったが、こうして前夜の八時頃から、その朝私達が出張して来た時までの、この家の中での動きが、女中達の話から再構成されると、あとは保倉が来るまで、私達は手持無沙汰《ぶさた》に茶の間で煙草を吸っていたのである。私はこの時になって、二階に寝ている死人に、はじめて憐愍《れんびん》を感じた。

死人は死んだ時の姿のまま、たった一人で二階に転がされており、階下には他人の女が三人うろうろしているきりで、こどもは遠ざけられ、旦那はなかなかやって来ないのであるが、この女には、わざわざ知らせるような肉親も縁類もないらしかった。女中達はすべてを主人の指図にまかせる気で、手を出さずに待っているのだが、まるで死がかれらを跳ね返してしまうように、死体に近づかず、女中達の態度は慎重だが、愛情が感じられなかった。というより——私は職業がら死の場面には何度も立ち会って来たが——他人の哀傷はたいてい肉親の悲しみが、うつって来るもので、他人の死に感情を動かされるには——きわめて客観的な場合以外——一定の時間を要するのであり、女中達はまだその段階に到っていなかったので、あおざめて乾いた顔をした彼女達に私はむしろ真実を感じたのである。

肉親の感情は生存時のままを濃縮されたかたちで、なおしばらく死者の上に注がれるが、若《も》し私が自分の家で死んだとしたら、まさかこんな状態で置いておかれるようなことはあるまい、家族の気持はもうすこし私に集中されるだろう、などと考えながら、宮尾の顔をのぞくと、彼は桐《きり》の手焙《てあぶ》りのふちに片手をおいたまま、物思わしげに畳をみつめていた。私よりも年の若い宮尾は、まだ朝飯を食っていないことで落ちつけないようすだったが、私達にあてがわれたものは、座蒲団と火鉢がひとつ、切子ガラスの灰皿と、信託銀行の名入りの大型マッチだけで、お茶が出されたのは、保倉が来てからのことであった。

一服したところで、私は立ちあがって、もう一度、二階へ行ってみた。死体はあいかわらず、もとのかたちでそこに寝ていた。まだぬくもりが残っていた筈である。私は立ったまま、またしばらく死体を見ていた。今度は肩つきや腰のあたりに、色っぽさが感じられ、生前は非常に美しい女だったであろうと思わせられた。肉体美人ではないが、私達の年配の者はたいがい、こういうかぼそい型の女に魅力を感じるもので、だが、そんな感じを与えるのも、もうこれが最後の機会だというように、死体は見るたびに総体がしぼみ腹がこけて行きつつあった。

死後の分泌物が顔についているのを見つけると、私は枕もとにあった手拭《てぬぐい》をひろげて掛けてやった。自分の家で死にながら、心ない警察官に死顔をかくしてもらうとは哀れな女だと思い、女は三界《さんがい》に家なし、というような古い言葉が実感的に思いだされたのである。

死の部屋は乃婦の配慮で、発見した時のままになっていた。私は女を殺したガスストーブの前にしゃがんで、もう一度よく見た。ストーブには前横に小さな赤銅の灰皿がついていた。その中にマッチの燃えさしが一本はいっていて、軸の白さが冴《さ》えて見えたのは、私がさっきストーブに点火するために使ったものであることに、まちがいなかったが、それを見て私は、前夜半に雪枝が、どうやってこのストーブに火をつけたか、その点に疑問を持った。ストーブの灰皿には他にマッチの燃えがらがなかったからである。

しかし、柱列式にマントルを積んだ形のストーブだから、使用後マッチの棒をマントルのいちばん上の穴から落としこめば、中で完全に燃え尽きてしまうし、これは誰でもいたずら半分にやることで怪しむには足らなかった。

私は念のためマッチを探してみた。雪枝は煙草を吸いそうなタイプだが、喫煙の習慣がないのか、その部屋には煙草の箱もマッチも見あたらず、床の間から押入れ、死体の着ている浴衣の袂《たもと》の中まで、念のためさぐってみたが、マッチは出て来なかった。

私は階下に降りて、女中達に次のような質問をしてみた。

——だれか、雪枝が寝に行く前に二階へあがって、ガスストーブに点火した者があるか？

——ない。

——雪枝は二階へマッチを持って行ったか？

——おぼえていない。

——二階には常時マッチが置いてあるか？

——ない。

——雪枝には喫煙の習慣はないのか？

——前には吸っていたが、禁煙してからもう半年ぐらいになる。

——雪枝は一度、二階へあがってから、また降りて来たか？

——気がつかなかった。

——睡眠薬はいつ、どこで飲んだか？

――気がつかなかった。

――薬は就寝のどのくらい前に飲むのが適当か？

――いつも三十分前に飲むといっていた。

これらの答に依《よ》れば、雪枝はガスに点火してから、一度階下に降りて来たと考える他はない。たとえば台所で薬を飲み、どこの台所にもある大型マッチを持って二階にあがったとすると、マッチをもとの場所へ返すために降りて来たとも考えられる。その時、乃婦は入浴中、ケイは奥の部屋で幸嗣のあいてをしており、梅代は台所で洗い物をしていたが、流し場は階段口とは反対の隅にあり、廊下の方に背をむけていたから、そこから誰かがちょっとはいって来て出て行っても、わざわざふりかえって見なければわからない理屈である。だが、それもまだ想像の域を出なかったし、その詮索《せんさく》が終わらないうちに、表にクラクションの音がして、保倉の車が着いたのである。

保倉が自家用車でやって来たのは、九時ちかくなってからだった。それまでにケイは一度、お好焼屋にあずけてある幸嗣を見に行ったが、幸嗣はのんきに、その家で朝飯を招ばれていたそうである。幸嗣はケイの顔を見ると、学校をどうするのかと、あまり心配そうでもなくきいたというが、もうすぐ保倉が来るはずだから、それまで待っているように、もう一度いいきかせて、ケイは帰って来た。

私は保倉が大手筋の会社の社長と聞いていたので、社長タイプの横柄な男が、はいって来るなり私達には見向きもせず、二階へあがって行く姿を胸に描いていたが、その想像ははずれた。

梅代にむかえられて玄関をはいって来ながら、保倉は幸嗣がどうしているかと、きいていたようだが、すぐには二階に行かず、私達に目礼すると、どうしても抜けられない用事で遅くなったことを、弁解らしく乃婦や梅代にいっていた。が、さすがに私達が口を開こうとすると、間髪を入れず、さっと二階へあがって行った。

私は遠慮するのが礼儀かとも思ったが、かまわず後からあがって行くと、保倉は死人の枕もとにズボンの膝を折って坐り、私が掛けてやった手拭を取って、しばらく死顔に見いっていた。それから合掌して、またていねいに手拭で顔を覆った。保倉の動作は哀れっぽさと不自然さを半々に感じさせた。

保倉は死体のそばから立ちあがると、廊下にいた私をうながし先に立って階下に降りた。宮尾が茶の間から立って来て、死体を搬出したいといいだすと、保倉はちょっと考えてから、うなずいた。考えるというより、ただ承知する前に間をおいた感じであった。前の晩のことをきいてみたが、平凡な答しか得られなかった。彼は八時からはじまった新年会の帰りに、ここへ寄ったが、翌る朝、本宅に人が訪ねて来ることになっていたのを思いだし、遅くなって帰ったといい、昨夜の雪枝の態度には別段異常を感じられなかったといっているが、保倉は雪枝が二階へ行く前に帰って行ってしまったことが、わかっていたのだから、私ははじめから彼の口裏に期待はしていなかったのである。

保倉は骨ばった背の高い男で、思ったより気さくな感じだったが、やはりこういう地位の人に特有の、ぎごちないところがあり、こちらの顔を見るでもなく見ないでもなく答弁する。人の上に立つ者は、ぼやけたところがなくてはいけない、というような考え方があって、私のおやじさんも日露戦争当時の大山元帥などをひきあいに出して、よくそういったものだが、保倉もこの考え方を踏襲している一人のように見えて、実はすこし可笑《おか》しかったのである。顔つきは、前に大臣をやったことのある有名な銀行家にどこか似ている。

私が保倉と話しているうちに、電話で連絡しておいた本庁の車が着き、雪枝の死体はなめになって、階段をおろされた。死体が積みこまれると、私も保倉に挨拶《あいさつ》して、そこを出たのであるが、その時、保倉はケイに、幸嗣を連れて来るようにいっていた。かれらは到頭《とうとう》、幸嗣を雪枝の死顔に会わせなかったのである。そうした方がよかったのか私には疑問に思えたが、他人の家のことに口を出すわけにもいかなかった。玄関の外の格子戸の前には、人だかりがしていて、私もじろじろ顔を見られた。ふりかえると私が出たあと、梅代が戸に錠をさしているのが見えた。


午後になって、私は祖生武志が奉職している中学校へ行ってみた。祖生は前夜、折竹にいた者のなかで、子供の幸嗣を除いては私がまだ会っていない唯一の人物であった。

私はやはり古風な教育を受けた影響をどこかに残しているとみえ、先生という人種に畏《い》敬《けい》の念を持っていて、教職員の関係した事件はなんとなく好まない。その人達の暗い面を見るのは、つらいのである。こういうことは反面、かれらに過大な責任を押しつけることになって、いけないのかも知れないが、やはりきれいでいてもらいたい気持は拭《ぬぐ》い去れない。私のような職業の者が捜査中、事件の内容や被疑者参考人に対して、複雑な感情を持つなどとは、一般の人にはとても信じられないことかも知れない。おそらくひいき目に捜査の虫などといわれるのも、ゼンマイ仕掛けの兜虫《かぶとむし》——鵜館くんにいわせれば鍬形《くわがた》——みたいに、むけられた方向へまっしぐらに這《は》って行き、単純だが鋭い勘と無感動な直線行動でホシにちかづいて行くという風に、私達の仕事ぶりが考えられているからであろう。

だが、そうばかりでもない。馴《な》れた仕事を無感情、いや無意識にさえやるのは、商人でも会社員でも同じことで、刑事も人間だから、刺戟《しげき》のつよい事件に悩まされたり、被疑者の身の上に身につまされたりすることもある。だからといって、捜査の遂行のために非人情になるのは、あたりまえである。功名手柄や社会全体のためなどということは二の次だが、他人のことばかり考えていたら、自分が生きられなくなる。だいたいにおいて、ヴァイタル・フォースというような感情以前のものが私達を盲進させてくれるから、私達は食いっぱぐれずにいられるのであろうが、といっても、やはり寝ざめのわるい場合もあり、寝ざめがわるいのは、自分の関係した時ばかりでもない。

別に私達のせいではないが、いやな真相があばかれるのは、やはりいやなもので、刑事学は同じでも刑事は別個の存在だから、それぞれ違った傾向を持っていると思うが、私は教職員だの、子供の犯罪がきらいである。だいぶ前になるが、女の教員が母親に手つだわせて夫を殺し、死体を始末した事件がある。新聞社好みの派手なバラバラ事件のひとつだったが、夫の死体を切り分けるのに、犯人は常識では考えられないような力を出している。常識では考えられないようなことを、事実が証明した例だが、こういう証明は私達をぞっとさせ、いやな気にさせる。

これはそう古くないが、子供達が泥酔した父親をおさえつけて殺した事件があった。たまらないくらい悲惨な事件で、現場や犯人から受ける印象は、新聞の読者にはとても想像できないと思う。こういう事件にぶつかると、それを乗り越えて行くのに、私はいつも多少の苦労をさせられるのである。

祖生を勤務中の学校に訪ねて行く時、私は烏森の通りを歩きながら、附随的にそんなことを頭に浮かべただけで、これが似よりの事件だとも祖生に疑わしい点があるとも、考えていたわけではない。それどころか雪枝が自殺したことは、かなりはっきりわかっていたのだから、ただ参考のために、折竹とは家族同様にしていた祖生に会ってみるというだけで、他意はなかった。

祖生に対しても、なんら暗い感じを持つ理由はなかったのだから、私はふだんあまり行ったことのない学校へ行ってみることに、むしろ息ぬきのようなものを感じていたようである。祖生の中学校は、港区の小さな公園の裏にあって、公園側から冬青《もちのき》の繁《しげ》みと鈴懸《すずかけ》の枯枝に分断された灰色の建物の見えるのが、それである。

鉄筋の立派な校舎は適当に古びて、運動場も手入れよく均《な》らされており、私のように東京に育っても時代のちがいで木造校舎しか知らない者には、羨望《せんぼう》を感じさせる。私が行った夜間中学には夏休みも碌《ろく》になかったように思うが、影絵のような糸瓜《へちま》の蔓《つる》にかこまれた校舎の窓の灯が、門をくぐると見え、暗い糸瓜棚には六尺あまりもある糸瓜が、黒い柱のように垂れさがっていたのを覚えている。秋の新学期には、窓の外の洩《も》れ灯に映《は》えている赤いカンナの花を見て、鉛筆の尻をかみながら将来を空想したりした。冬の夜の最後の時間などは、だるまストーブに石炭を足《た》さないので、足がこごえそうだった。いまの人がいう古きよき時代だが、ほんとうによかったか保証のかぎりではない。

中学校はちょうど授業中だった。祖生先生は校庭にいるというので、廊下の窓からのぞくと、号令台の前に三十人ばかりの男の生徒が二列横隊をつくり壇上には運動帽をかぶってトレーニングシャツの胸を張った青年が立っていた。遠くだが、逞《たくま》しい野性的な感じのするからだつきが見てとれた。運動場の別の隅では、二十人ばかりの女生徒がバレーボールをやっていた。他にも水飲み場のまわりに四、五人の男の生徒がいて、ときどき、体操をする少年達や、飛んだり跳ねたりしている少女の群れの方へ眼をやりながら、じだらくにしているようであった。いついかなるところにも多少の不適格者はいるものである。運動場の半分に日があたっていた。

やがて鐘がなり、校舎はざわめきだした。号令台の上の先生が身がるにそこから飛び降りたのを見て、私は入口のロッカーのあるところへ行き、待つことにした。そこは、潮が魚群を運んで来たようにたちまち生徒達のなまぐさい体臭でいっぱいになり、めまぐるしい動きと喧騒で占領された。運動帽の教師にちかづくのが、ひと苦労なくらいであった。

私は相手の名をたしかめてから、警察手帳を見せ、折竹の家のことで聞きたいことがあるといい、祖生がちょっと顔色を変えて、うなずいたのを見ると、公園のグランドの隅で待っているからといって、そこを出た。校庭はもう右往左往する生徒で、まっすぐに歩けなくなっていた。風のあたらぬ隅をえらび、ベンチに掛けて待っていると、程なくシャツの上にジャンパーを着こんだ祖生が校庭に姿を見せ、うっそりした恰好で私の方へ歩いて来た。

もっさりした感じだが、いかにも今時の女の子に持てそうな、日焼けした顔につめたい眼をした好男子である。

「折竹の家から知らせがありましたか」

と、私が突然、問いかけると、祖生はびっくりしたように首を振った。私はマッチを持っていないかと尋ね、祖生がズボンのかくしから小箱をひきだすのに間を合わせて、しんせいをくわえた口をつきだすと、マッチを磨《す》ってくれたのはよいが、ひどく手がふるえて、うまく火がつかないので、私は受けとって、つけなおした。新橋にあるトリスバーのサービス・マッチだった。私はそれをすぐには返さず、しばらく手の中であたためていた。

「では、折竹のおくさんが死んだことを、まだご存じない？」

祖生は、はっとしたように私を見つめた。というより、何か大きな疑問を見つめているような顔つきになった。

「死んだ？――」

「自殺らしいがね、ガスの栓をひねって」

「自殺？――」

と、また鸚鵡《おうむ》がえしに口の中でつぶやいて、祖生はグランドの固い地面に眼を伏せた。

「ところで、あなたはゆうべ何時に折竹を出たか、おぼえていますか」

「ええ。十二時半頃でした」

「いつも、そんなに遅くまであの家にいるのですか」

「そうとも限りません」

「帰る前に、二階へ行きませんでしたか」

「いいえ。何故《なぜ》です」

祖生は不審そうに私を見つめたが、その眼は少年のようにあまりにも澄んでいて青く、ちょっと無気味なくらいであった。

「おくさんが二階へ行く前か後に、行かなかったですか。たとえば、おくさんにたのまれて、あの人が風呂にはいっているあいだに、二階のガスをつけに行ったとか――」

「いいえ、行きません」

「このマッチで、二階のストーブに点火したのじゃありませんか」

私がまだ手に持っていた彼のマッチを示すと、祖生は強く頭を左右に振った。私はそこでマッチを彼に返した。

「ゆうべのおくさんのようすで、何か気がついたことはありませんか。いつもとちがうようなところが、ありはしませんでしたか」

「別に何も――」

「ほかの人はどうです？　たとえば保倉さんなどは――」

「わかりません。気にもしていなかったので――」

「女中さん達は？」

「やはり、わかりません」

「あなたは折竹のおくさんを、自殺をするような人だと思いますか」

祖生はまた青すぎる眼で私をみつめた。

「あの人は前にも自殺未遂をやりました」

「それはいつのことです？　あなたはその時、あのうちにいたのですか」

「ええ。たしか去年の五月頃です。あの人は風呂場で、やはりガスで死にそうになりました。いや、自殺未遂かどうか、はっきりわかりませんが、その前にもそんなことがあったといいます」

「あなたはいつ頃から、あそこの家庭教師をしているのですか」

「おとしの春からです。都合で一時やめていて、去年のはじめからまた、たのまれて行きだしたのです。最初の自殺未遂は、ぼくがボクちゃんの指導を中断していた頃のことです」

「今後もそれを続けるつもりですか」

「ええ。あのうちの機構がかわるようなことがなければ――」

祖生の答は冷静すぎて、私にはかえって異様に聞こえたが、考えようによっては卒直《そっちょく》な、よい答だったのかも知れない。質問がだんだん事件から遠ざかって来たので、私はそこらで切りあげ、立ちあがって礼をいうと、祖生がちょっと私をひきとめて、きいた。

「今後、警察に呼びだされるようなことがあるでしょうか」

「憂鬱症のこうじた自殺らしいから、もうお手数をかけるようなことはないでしょう。解剖の結果、かわった事実が発見されない限りは――」

「死体を解剖するのですか」

祖生はおどろいたように、きいた。

「ええ、念のため――」

「かわった結果が発見される可能性があると、お考えですか」

「まあ、そんなことはないはずです。ガス中毒だということは動かせないでしょう」

「おくさんは睡眠薬を飲んでたかも知れませんよ」

「それもわかっています。だが、いつもの定量しか飲んでいないのです。おくさんは眠っているうちに死にたかったんでしょう。そして、それに成功したようです」

祖生が何故、警察に出頭することにこだわったか、私にはわかる気がした。祖生が教職員であることを、私は忘れていなかったからで、この件で二度と彼に会わないですむことは、私も望むところだったのである。

自殺事件でも私達は一応の調査はする。この事件には自殺幇助《ほうじょ》のうたがいもないようだし、自殺しそうな者をなげやりに捨てておいたというだけでは罪にはならない。昭和のはじめ頃にも戦後にも、ある有名な、そして、それぞれ優れた文士が自殺した時に、だいたい似たような状況があった。

それは一種の安楽死に類する行為ともいえるのだが、医者の判断で遠からず死ぬときまった者を、苦痛、恐怖、絶対的な無用感の自覚などから救うため、あるいは家族の危険を避けるために、死期を早めるような手段を許容することは、暗《あん》に行われている。それは不道義な行為ともいえないのである。

そういうことなら、いやそれほどのことでもなかったこの事件に、いつまでも周囲の人をいじっている必要はないのであって、念のため、祖生と保倉の帰宅時刻をしらべたところ、祖生はアパートのことで傍証を得られなかったが、保倉が本宅に帰ったのは午前二時半頃で、折竹を出た時刻から考えると遅すぎることがわかった。が、保倉には他にも女があるらしい噂《うわさ》もあり、事件に関係のないことで個人の秘密をさぐるのは本意ではなく、警官はトップ屋とはちがうのである。

解剖の結果、折竹雪枝はガス中毒による死亡と確認された。事故でなければ自殺であるし、死の状況から見て自殺と見なす方が至当であるように私には思えた。この事件にはもう、いじるところがなくなり、折竹の人達もやがて、私の関心の範囲から忘れ去られようとしていた。

刑事さんを二階へご案内した時、廊下の隅に、気のせいかも知れないが、まだガスのにおいがただよっていた。警察から来たのは、小柴《こしば》というその年配の刑事さんと、ときたま家の近所で見かけた記憶のある若い巡査さんと、ふくらんだ鞄《かばん》を持った人が二人の都合四人だが、二階へあがったのは二人だけだった。

私は廊下に立って、部屋の中でその人達のしていることを、しばらく見ていたが、顔色も変えずに死体をいじっているようすが、だんだん恐ろしくなり、足がふるえて来て、後じさりに階段口までさがって行き、そこで待った。すると、小柴刑事さんが後を追うように出て来て、いろいろ質問された。私はおぼえているだけのことをお話しした。

刑事さんは中背の痩《や》せてはいるががっしりした体格で、胡麻塩《ごましお》の髪を短かめに刈り、日焼けした顔だけが脹《は》れあがったようにふくれてみえる人であった。二十年前、新京の防産住宅に住んでいた頃《ころ》、会社の理事長さんの使いでよく主人をむかえに来た中国人の運転手に似ていた。終戦後、おとなりの桜井さんの小さいお嬢ちゃんを二人、あずかったまま行方をくらましてしまった人である。だが、さすがに刑事さんの方が眼つきは鋭い。

私は今年数えの五十歳になるまで、かなり辛抱づよく世間を見て来たつもりである。私達の生きて来た時代というものが、私をいつもしあわせにしておいてはくれなかったし、というよりも私などは、世間なみの幸福の条件を根こそぎ持って行かれてしまった、同情される人のひとりなのである。だが、私はしあわせでないにしても、不幸に負けない、というより、不幸に対して冷静でいられる眼を養って来たつもりである。辛抱づよい眼で見ていると、不幸も幸福もたいした違いはないように見えて来る。

禍福はあざなえる縄の如し、というが、幸福のかげには不幸がひそんでいるし、不幸の中にも幸福のあるのがわかる。いいえ、幸福も不幸も実際にはなくて、世の中が一様に灰色に見え、特に暗い影も明るい光も私をおどろかすものは何もなくなり、灰一色になってしまってから、やがてまた色彩がほのかに見えだす。私は二十年来、見ることによって生きて来、やっと色彩が平常にかえるようになったことを、私の幸福としているのである。

このように、ただ何気なく見ているだけの私には、保倉《やすくら》の旦那さまのような大会社の社長さんも平凡な人にしか見えないし、この人のような費用を惜しまない旦那さまを持ち、三人の女にかしずかれ、子宝にも恵まれている折竹《おりたけ》のおくさまのしあわせも、それでいていつもくよくよ思いつめたような不幸そうなごようすも、そのままにはとれない。

ほかのお手伝いさんにしても、それぞれ生れた時に持って来たものを持っている。掛《かか》り人《うど》という限られた暮らしの中に閉じこめられながら、私よりも若いこの人達は他人のおこないに敏感だし、自分の中にも抑えにくいものがあるようだ。私だけは蔓《つる》をのばさないが、一軒の家の中には目に見えないからみあいがあるものである。

梅代さんやケイちゃんから悩みや不平を聞くこともあるが、私は笑ってとりあわない。私の方から親切にするだけで、そういう点にはたらきかけることはしない。私は年と共に人をていねいにあつかうことを、おぼえた。その人の考えや生き方以上に、その人のいるということがどんなに大切なものかを感じるようになってからである。しかし、その人達の中へ一歩ふみこむことはしない。それは私が弱いからでもある。

私は弱い人間である。こういう物の見方をするようになったのが、その証拠である。朝顔が花を咲かすには、蔓《つる》をからませる竹垣のようなものが必要なので、だから私はいろいろな人を大事にする。その半面、風に倒れる垣といっしょに蔓を引かれて根こじにされる場合も用心しなければならないから、私は世間というものを、そっと利用させてもらっているのに過ぎない。

しかし刑事さんと交渉を持つことは、私にははじめての経験であった。小柴刑事さんはおだやかな人柄で、地脹《じば》れのしたような顔に生えている胡麻塩のまばらな口髭《くちひげ》や口ごもっていう話し方にも、するどさはひとつも感じられないが、死体のまわりを歩きまわる時の態度や姿勢には、人がちがったようなしゃっきりしたものが備わっている。

この人は、私のように見ることを余儀なくされたのではなく、見ることが商売なのだ。見ることとひと筋で、見るものに拘束されない点では同じかも知れないし、こういう職業の人が見ることに疎《おろ》そかでは物の役に立たないから当然ではあるが、はじめてこの種類の人の仕事中の眼を見て、私は恐ろしくなった。

二階へ案内した時、私がたじろいだのは、死体が見られる物件としてあつかわれる、むごたらしさのせいではなく、この人達の態度であった。刑事さんは私のように冷静にものを見るというのとも違う。間違わずに物を見ることとの責任の恐ろしさが私を打ったのである。それにくらべると私の見方などは、いくら正確だといっても証明は要《い》らないし、正しかったかどうかは死にのぞんで自分できめるばかりである。

小柴刑事さんは、しっかりした信頼するに足る人のようであった。だが、この人の鋭い眼と経験が、いつも物を正しく見ることができるのか、私は疑問とも不安ともつかないようなものも感じたのである。その感じは、それからあと、この人から何度か、おくさまの死の前後のようすをきかれる度に心にうかんだ。もちろん私には刑事さんを軽蔑《けいべつ》する気持などすこしもなかった。ただ、その時の私の心の起伏というようなものに過ぎなかったのだが、うちあけていうと、この人がどんな結論を引きだすか、私にはたいへん興味があったのである。

私達が刑事さんから、いろいろきかれたのは、その日一日だけであった。私も他のお手伝いさん達も、うそをいったり答弁をゆがめたりはしなかった。きかれたことを卒直に、さしさわりなく答えた。さしさわりなくといっても匿《かく》しだてをしたわけではなく、よけいなことをいわなかったまでで、私達にはおくさまの死に積極的な興味を持つ理由がなかったからである。

でも、その日は私達みんな気が立っていて、仕事も手につかなかった。警察の人が死体を持って行ってしまうと、旦那さまはひどく手持無沙汰《ぶさた》なお顔で、茶の間に坐っていた。ケイちゃんに坊ちゃまをお好焼屋から連れて来させたが、何といったらよいか、とまどっていらっしゃるようであった。坊ちゃまもお父さまの顔を遠慮っぽく見ながら、だまっていた。おくさまのことは何もお聞きにならなかった。

坊ちゃまは並みの子供より智能の進み方がのろい方である。が、お母さまが亡くなったことを、いつの間にか知っておいでのようであった。私達が早昼飯《はやおひる》の仕度をはじめると、旦那さまは会社へ行くといって、そそくさと出て行かれたが、午後一度、電話がかかって来て、死体はいつ帰って来るかと、きかれたそうで、ちょうど取次ぎに出た梅代さんが私のところへ飛んで来て、質問を伝えたが、私も知らなかった。刑事さんにきくのを忘れていたのである。結局、梅代さんは、わからないと旦那さまに答えていた。旦那さまはすぐ電話を切ってしまった。

日暮れ時に祖生《そぶ》先生が顔を出して、刑事さんが来たかときいた。ケイちゃんが、午後は見えないと答えていた。祖生さんも死体のことを尋ねたが要領を得ないで、すぐ帰って行った。その晩、おくさまのいないことが、へんな感じであった。この家にいちばん古くからいる梅代さんの話では、以前はときどき旦那さまとお揃いで一二泊の旅行に出かけたりしたそうだが、この二三年、そういうこともなくなったらしく、私がここへ来てから、おくさまが一日でも家をあけたという記憶はない。だから、おくさまが亡くなったという実感は、まだそれほどはっきりしていなかったが、おくさまのいない感じが皮膚に合わないからっぽさで、そのからっぽな感じがいくぶん気味のわるさをともなっていたのである。

十時頃まで待っても旦那さまが見えるあてはないので、その晩は無断で早寝させてもらうことにした。ケイちゃんを奥の四畳半へ、坊ちゃまといっしょに寝に行かせて、梅代さんと私は女中部屋に並べて蒲団《ふとん》を敷いた。疲れていたが、やはり簡単には寝つけなかった。いつも枕に頭をつけたとたん寝息を立てはじめる梅代さんだが、彼女も灯火を消してから、しばらくもじもじしていた。

「今夜はいやに静かね。まるで表は雪でも降ってるみたいだわ」

と、梅代さんは辛抱が切れたようにいった。

「そう。今夜は鼠《ねずみ》も騒がないのね」

「鼠はガスのにおいをかいで、みんな逃げて行っちまったんじゃない？」

「そうかしら――」

私達はすぐ話すことがなくなり、だまりこんでしまったが、やがて梅代さんは寝息を立てはじめた。私は闇をみつめたまま、おくさまが亡くなってしまって、この家はこれからどうなるのだろう、私達もいつまでこのまま勤めていられることやらと、心細いことを考え、眼は冴《さ》えるばかりであった。

　そうやって一時間も眼をあいていたろうか、それともしまいは眼をつぶってうとうとしていたのだろうか、突然、障子のあく音がして、誰かが廊下を走って来、女中部屋の入口の襖《ふすま》にからだごと、どすんとぶつかったような音を立てた。私が起きあがって頭の上の宙をさぐり、電灯の球をひねって、あかりをつけると、まっさおな顔をしたケイちゃんが廊下口に立っていた。私はおどろいて、どうしたのかとケイちゃんにきいた。梅代さんも寝《ね》呆《ぼ》け眼《まなこ》で床の上に坐《すわ》っていた。

「だって、ボクちゃんがね、お母さんが二階にいるって、いうんだもの」

と、ケイちゃんは大きな眼をみはって、寝間着の胸をかきあわせながら、ふるえる声でいった。

「ばかだよ、この人――」

　梅代さんがはっきり眼をさましていった。

「ボクちゃんはよく寝呆けるじゃないの」

「でも、いきなり揺り起こされて、そんなこといわれてごらんよ」

　ケイちゃんは眼をみはったまま口もとだけゆがめて、照れくさそうに笑った。

「いくら、お母さんなんかいないといっても、きかないのよ。だれか二階に行って、ほんとにいないことを見て来てやらないと、あのぶんじゃもう眠らないわよ」

「こまるね。おくさんが死んだってこと、旦那さまははっきりボクちゃんにいい聞かせなかったのかしら――」

「いったって、まだ子供ですもの」

「だってもう五年生だよ」

梅代さんとケイちゃんがいいあっているのを聞きながら、私は階段の下のスイッチを押してあかりをつけ、二階へあがって行った。梅代さん達は階段の下に立って見あげながら、あがって来ようとはしなかった。

私は子供の頃、夜の暗い戸外よりも、あかりのついた誰もいない部屋の方がこわかった。父親は京橋の呉服町で上物の古着屋をしていたが酒好きで、輿に乗ると時間かまわず子供を連れだすくせがあった。夜の十時頃、葭町《よしちょう》の牛屋《ぎゅうや》へ俥《くるま》で連れて行かれたことがあるが、二階の小部屋で父が便所に立ったあと、女中さんもあがって来ず、たったひとりほうっておかれた時のこわさを、いまでもおぼえている。が、年と共にそんな恐怖も忘れた。

いまこの家の主人は幸嗣《こうじ》坊ちゃまだから、坊ちゃまの思うようにするのが私の義務であった。私は六畳と長《なが》四畳と、奥の六畳の三つの部屋の廊下に面した障子を、次々にあけて行き、各部屋の電気をつけた。外まわりの戸じまりも日暮れ前にしたままで異常はなかった。階段口に引返して下をのぞくと、梅代さんもケイちゃんも、まだ下の廊下にいるようだったから、私はそこから声をかけた。

「おケイちゃん、二階には誰もおりませんって、坊ちゃまにいってくださいな」

あがり口に二人の顔が突き出た。ケイちゃんの顔がひっこみ、梅代さんは階段をあがって来た。そして、あがりきらぬうち、手摺《てす》りのあいだから気味わるそうに二階廊下を見すかし、それからやっとあがって来て、私のあとについて奥の部屋まで行った。私は床の間のガスストーブを指さして梅代さんにいった。

「どうして元栓を階下《した》のと、いっしょにしておかなかったんでしょうね」

「そうね。でも、どうやっておいたって、やろうと思えば、やれるものだからね」

「それはそうね」

私は死に憑《つ》かれた人の意志を思ってみた。

「やっぱりどうしてもお死にになりたかったのね」

梅代さんは私の言葉にぞっとしたようすで、大きなお乳を寝間着の上からおさえ、まわりを見まわした。

「おかげですっかり眠気が醒《さ》めちゃったわ」

「大丈夫。かわったことは何もないのだから、ゆっくりおやすみなさいよ」

梅代さんが早く階下に行きたがっているのを察して、私の方からうながすようにいってあげたが、その時、部屋の空気がかすかな波を巻き起こすのを感じ、はっとして立ちすくむ私の眼の前に、きらりと宙に光り、ふわりと空気に乗って、すべるように畳に落ちたものがあった。その、はたりというかすかな音に、梅代さんなどはふるえあがって、もうすこしで声を立てるところであった。

私はしゃがんで畳の上から扇面をひろいあげた。

「まあ、おくさんが大事にしていた舞扇ね。どこから落ちて来たんだろう」

と、梅代さんがいい、私達はならんで天井を見あげた。この家の古びていることは、黒びかりのする天井を見ると、いちばんよくわかるのであるが、私は床の間の上の鴨居《かもい》のあたりを指さして、

「ちっとも気がつかなかったけれど、あの辺の長押《なげし》に、ひろげてさしてあったのじゃないでしょうか」

「おくさんがさしておいたの？」

「きっと、そうでしょうね」

私は金地に松葉を散らし、その中に翁《おきな》の面《おもて》がひとつ描いてある古物らしい舞扇を見つめながら、うなずいた。床の間はストーブに占領され、軸も掛けず花も生けてなかったから、この扇が死の部屋の唯一の装飾になっていたのであろう。死んだあとまで、しばらく誰もそれに気がつかなかったのは、むしろひそやかな、おくさまの死の場面を飾るのにふさわしい色どりであったと、私は何かしら心を打たれながら思った。

小柴刑事さんはこの家で起こった小さな事件に早々《そうそう》見切りをつけたようである。翌十八日の午過《ひる》ぎ、おくさまの遺骸が帰って来ると、ちょっとした波風が静まって、この家にまた平和が戻ってきた感じであった。私のような者が何よりも平和を好むことは、いうまでもない。おくさまの死について考えることがあっても、いざこざは好もしくない。それよりも、いまの人員のままこの世帯構成を維持して行けるものかどうか、旦那さまがどういう決断をなさるかということの方が、やはり気がかりになるのであった。

十八日の晩は遺骸を階下の六畳に据え、飾りつけも派手にならぬように葬儀社にたのんで、うちうちで通夜をした。おくさまは天涯孤独の人で、お呼びする身内の方もない。旦那さまと坊ちゃまと祖生先生と、お手伝いの私達に、生前わりに親しくしていた数少い近所の人達が顔をそろえ、それに出入り商人が商売物を供物《くもつ》に持って顔を出したぐらいであった。三河台のご本邸からは、総領の女学生のお嬢さまが宵の口に旦那さまといっしょに、おいでになったが、半時間ほどいて、乗って来た車でお帰りになった。

私はお好焼屋のおかみにたのんで、来る時いっしょにお喜美ちゃんを連れて来てもらった。坊ちゃまより三つ年下のお気に入りで、お喜美ちゃんがいると坊ちゃまはご機嫌がよい。お客があると坊ちゃまは退屈されるし、私達もかまってあげられなくなる場合を考えて、お喜美ちゃんをお相手にたのんだのである。梅代さんはお好焼のおかみのことを、よく褒める。おかみさんはちょうど梅代さんと同じ年頃で、灰汁《あく》のぬけた男好きのする気さくな人だが、お喜美ちゃんもおかみさんに似て、人なつこい可愛い子である。棺の前でいちばんよく泣いたのも、このおかみさんだったが、私達もこの時になって、はじめて涙が出て来た。ケイちゃんなどは用をしながら、ときどきひどく啜《すす》りあげ、人の顔色を見てやめては、またしくしくやりだすのであった。梅代さんのふだんから赤い顔でも、眼のふちを赤くしているのがわかった。

私はどういうものかあまり泣けなかった。それよりも坊ちゃまが棺の前に坐らされた時、ひどく空虚な眼をなさったのが気になった。旦那さまは出入り商人などが来る度に、六畳間へ出て、蠟燭《ろうそく》や線香の絶えるのに気をくばった。そうかと思えば茶の間でお喜美ちゃんと遊んでいる坊ちゃまのそばに来て坐り、浮かない顔をしていた。旦那さまはほんとうに悲しんでおられたのだ。私はすこしもそれを疑ってはいない。が、やはり手持無沙汰なごようすであった。

通夜には坊さんも呼ばなかった。十一時頃、私が台所にいると、旦那さまが廊下口のまいら戸をあけて私を呼んだ。

「お乃婦《のぶ》さん、ちょっと――」

私は手を拭きながら出て行った。私達は階段の下で立ち話をした。

「なんでございましょう？」

「知ってると思うが、雪枝はあんな境遇の女で、寺がどこにあるかよくわからない」

と、旦那さまはあいまいな態度でいうのである。

「あれが養子に行った先の両親の墓が、深川辺にあるはずで、ときどき寺参りに行っていたようだが、ぼくもはっきりしたところを聞いてなかった。あんた聞いたことはないか」

「たしか閻魔《えんま》堂橋の近所の、願信寺とかいうお寺だったと思いますが、梅代さんが一二度お供をして行ったことがあるのじゃございませんか」

私が思いだしてお答えすると、旦那さまはほっとした顔で、いわれた。

「そうか。じゃあとで梅代にたしかめといてもらおう。両親の墓の面倒はあれが見ていたのだから、雪枝が死ねば無縁になってしまうが、それはあれの本意でもなかろうから、どうせ永代《えいたい》回向《えこう》料《りょう》というのか、そんなものを収めに行ってもらわなくちゃならない。だが、あれは養父母とはたしか二三年いっしょに暮らしたきりだといっていたから、まさか、その墓へあれの骨を埋めるわけにもいかないだろうな」

旦那さまはよく気のつく人だが、気の知れないようなことも仰《お》っしゃる。私はそう思いたかったので、思い切っていってみた。

「できれば、ご本宅の墓地へお入れした方が――坊ちゃまは保倉姓になっていらっしゃるのですから、坊ちゃまのさきざきのお気持を考えてあげて――」

「それはそうだ」

と、旦那さまはすぐにうなずいた。

「その問題もあるし、ぼくはこれからちょっと三河台へ帰ってみる。ひょっとすると今夜はもうこっちへ来られないかも知れないが、幸嗣のことをたのみますよ」

旦那さまが帰ってしまうと、私達と祖生さんの他はお好焼の親子だけになった。他の人達には挨拶《あいさつ》だけで帰ってもらい、出入りの職人であいには、旦那さまの意向で、あとで酒肴料《しゅこうりょう》をおくることになっていた。お喜美ちゃんをあまり引きとめておくわけにも行かないので、私はおかみさんに引きとってくれといった。

「いいえ、今夜は仏さまのお伽《とぎ》をさせてもらいます。明日は日曜だし、この子は宵っぱりだから大丈夫よ」

と、おかみさんは坊ちゃまの眠がらないようすに気兼ねしたらしく、いった。が、その晩の仏のことはあまり話題にもできないので、実際にはしらけた気持で退屈しているのが目に見えた。で、私が重ねていうと、おかみさんはお喜美ちゃんの方をむいて、

「じゃ喜美子、ひとりで帰るかい」

と、声をかけた。お喜美ちゃんはもう遊びあきていたが、ひとりで帰るのが気に入らないらしく、じぶくりだしたので、私が子供に夜ふかしは毒だからと再三いうと、おかみさんはそれを汐《しお》に腰を持ちあげた。坊ちゃまのおあいてをしてくれた礼をいって、供物を包んでお喜美ちゃんに持たせ、送りだしてから帰って来ると、私はケイちゃんに坊ちゃまを

寝かせるようにいって、奥の四畳半へ連れて行かした。この子供には意志がないのかと思うほど、坊ちゃまは従順なお子であった。

坊ちゃまが行ってしまうと、私と梅代さんと祖生先生だけがそこに残り、線香のけむりにしぶくなった眼で、侘《わび》しい通夜の顔を見あわした。祖生さんはどうしても通夜をするといい、私達も無理に帰ってもらうわけには行かなかった。

「お乃婦さん。さっき旦那、何をいってたの」

と、梅代さんが私にきいた。だまっていようと思っていたが、梅代さんもケイちゃんも、さっきからそれを気にしていたようだったし、みんなの気にしているのが、この家の今後について旦那さまがなんらかの意向を洩らしたのではないか、ということらしいから、あまり匿《かく》しておくのも気の毒だと思った。

「それがね、おくさまのお骨《こつ》をどこへ埋めるかということなのよ」

と、私は話してきかせた。

「旦那さまは、おくさまがときどきお参りに行っていたお寺のことを、あなたにくわしく聞いておくように、いっていましたよ」

「まさか、あのお寺の墓地へ、おくさんをたった一人で埋めるんじゃないだろうね。自分のうちの墓へ入れるんじゃないのかね」

「まさかとは思うけど、本宅のおくさまが、なんと仰っしゃってるのか――」

「そんなことってないよ」

梅代さんは力《りき》んでいった。

「妾《めかけ》は旦那の墓まではついて行けない――って、ゲーテの詩にあるよ」

と、祖生さんがにやにやしながらいった。

「まったく、どんないい相手でも、二号さんになんかなるもんじゃないわね」

私はだまっていた。二号さんといっても、おくさまは十六年間、ちょうど一生の半分をそれで暮らして来、その他の生活を知らなかったのであった。

ケイちゃんは坊ちゃまを寝かしつけながら、いっしょにちょっと眠ってしまったらしく、赤く脹れた顔をして出て来た。私達はそれからまだ二時間ほど起きていた。梅代さんとケイちゃんは何度もお茶をいれかえ、さかんに口を動かしていたが、しまいにはげんなりした顔になった。祖生先生は口は元気だったが、夜が更けると共にだんだん暗い気持になって行くのがわかった。

「お引きとりになったらどうですか――」

と、私はすすめてみた。

「私達も明日はまたいろいろ朝から用ありですから、そろそろ寝《やす》ませてもらいますが」

「いや、どうせお通夜に来たんだから。眠くなったら、ここで寝かせてもらいますよ」

と、祖生さんはいうのである。何かかたくななものが祖生さんの心をはなれないらしく、無理をしているのはわかるのだが、それがうわべだけのものでないらしいだけに、私にもむりに帰ってもらうわけには行かなかった。祖生さんの頑ばりには気《け》おされるものがあり、私はあとじさりしながら、多少おもしろがって、それを見ていたのである。

「それでも、まさかここってわけにも行きませんから、どこか他のお部屋へ床をとらせましょう」

と、私はいった。

「それなら、二階に寝かせてもらおうかな」

「まあ二階なんて先生、そんなに無理しないでも、いいわよ」

梅代さんが半ばほんとうにおどろいたような、半ばからかうような声でいった。

「無理って何が――何も出やしないよ。ケイちゃん、床を敷いて来てくれないか」

「まあ、あたしが一人で二階へ行くの――」

「やれやれ。ではぼくも、もう行って寝ることにするよ」

祖生さんは、おやすみといって先に二階へあがって行き、そのあとへ食いつくように、ケイちゃんも階段を踏んで行った。梅代さんがそっと立って、おどるような恰好《かっこう》で廊下を階段口まで行き、二階へ聞き耳を立てる思い入れをしながら、私の方を振り返って、片目をつぶってみせた。私は廊下に出て祖生先生を見送った場所に立ったまま、だまって笑っていた。どすんと、二階で重い物の倒れた音が、廊下の天井にひびいた。梅代さんはいやらしい表情をうかべて、にやりとし、それから怒ったように眼をむいて見せた。

私は思わず部屋の中へふりかえって、棺の方を見た。白木の段の左右に赤い、いやな色をした漆塗《うるしぬ》りの燭台《しょくだい》が立ててあり、不揃《ふぞろ》いに短かくなった蠟燭の炎のまわりには、疲れた時の眼のくまのような、暗い輪ができていた。棺の中の人はもう何も気にならず、渚《なぎさ》の流木のような軽く脆《もろ》い表情で横たわっているに違いないと思ったことである。


翌日は日曜日であった。前の晩はさすがに私もよく眠れ、五時間は眠った。梅代さんの方がかえって祖生さんを泊めた二階を気にして、なかなか寝つけなかったらしいが、私が眼をさました時には脂ぎった狭い額を夜具の襟からのぞかせて、よく眠っていた。だが、梅代さんはすぐ続いて起きて来た。短い時間でも精力的に眠る人だけに、疲れた顔を見せない。寝つきがよくなかったようだが、というと、天井を眼顔でさして憎らしそうに笑う。それから怒ったような顔で奥の四畳半へケイちゃんを起こしに行った。

坊ちゃまをお起こししたのは九時頃。その日はいよいよ、おくさまの遺骸にお別れする予定になっていたが、霊柩車や火葬場の手配はいっさい葬儀屋さんがやってくれたので、私達は気ぜわしないだけで実際にはたいした仕事もなく、手のかかる重詰の煮物などは前の晩にやっておいたし、その頃には喪主に立つ幸嗣坊ちゃまの着て行く物まで、ちゃんと揃っていた。

梅代さんは午前中、ケイちゃんを意識していたようだが、ケイちゃんに多少の不謹慎があったにしても、私は別に気にしなかった。それよりも、おくさまの遺骨をどこへ納めることに決定したか、前夜から旦那さまに会っていないだけに、それが気がかりであった。

二階の祖生先生は、ほうっておいたので、十一時頃旦那さまが本宅の総領のお嬢さまを連れてお見えになっても、まだ眠っていた。そのすこし前から小雨がぱらつきだしていて、自家用の黒塗りのシボレーはつめたい滴《しずく》に覆われて格子《こうし》先に着いた。本宅のおくさまは昨夜から風邪気味なので、お嬢さまを代理によこしたと、旦那さまは言いわけらしくいっていた。お寺のことについては何もいいださなかった。こちらから押してきく権利はないから、私もそのことに触れるのは控えたのである。

通夜に来てくれた人達にだけ、出棺は午頃《ひる》だが、とりたてて告別式というようなことはしないからといっておいたのに、十二時ちかくなるとお好焼のおかみを筆頭に思いがけないほどの人数が押しかけて来た。前夜顔を出した人の三倍ぐらいは見えた筈《はず》である。火葬場まで同行するという人をことわるのにも骨が折れたが結局、お好焼屋のおかみと、まっしろなアンゴラの外套《がいとう》の下から厚い木綿の靴下を穿《は》いた脚をにょっきり出して、いっそう可愛く見えるお喜美ちゃんに、車に乗ってもらった他《ほか》は、みな見送りだけにしていただいた。

一時は天手古舞《てんてこまい》で、葬儀社の人が、一応ことわったのに、気をきかして告別式用の大きな香炉《こうろ》や抹香《まっこう》の用意をしておいてくれたからよいが、さもないと恰好がつかなくなるところであった。お別れに来る人が引きも切らないので、早目に出棺することにした。誰《だれ》がいつ起こしたのか、祖生先生もちゃんと仕度をして、霊柩車が出る時には、格子の前に立っていた。食事も台所で立ったまますませたらしいと、あとで梅代さんがいっていた。

会葬者用のハイヤーを都合してくれたのも葬儀屋さんで、いるだけのことはいわないでも、ちゃんと手配されていた。私と梅代さんは留守番に残り、ケイちゃんだけ坊ちゃまについて行かせることにした。白木の位牌《いはい》を持った坊ちゃまが、人込みの中で本宅の車に乗りこむのを見ると、やはり胸がいっぱいになった。梅代さんはたまらなくなったように、車が出るのを待てず、台所に駈けこんでしまった。

告別の人は一時頃までぽつぽつやって来た。やっと人あしがとだえてから、私達は階下の部屋の掃除をすませた。二階にはまだ祖生さんの寝た蒲団《ふとん》が敷きっぱなしになっていたが、梅代さんはケイちゃんが帰って来たら床をあげさせるからいい、癪《しゃく》だからそのままにしておけといった。が、そうもいかないので、私は二階もついでに片付けた。

降りて来ると、梅代さんは台所で、興ざめのした顔で食器を洗っていた。

「どこの焼場へ持って行ったの？」

と、梅代さんは眠そうな声で、きいた。急がしさにまぎれて、そんなことまで知らないでいたらしい。

「桐ヶ谷の火葬場だそうですよ」

「桐ヶ谷っていうと、大崎の方だね」

「そうらしいわね、よく知らないけど」

「お乃婦さんは、東京の人じゃないの」

「だけど、東京はひろいですもの」

「でも、火葬場だけは東京がいいよ、明るくて設備がよくって、ていねいだし――」

梅代さんは何か思いだしたように顔をしかめながら、いうのである。

「田舎はたいへんだよ。この頃は県営の焼場ができて、そっちへ持って行くが、むかし村で焼いた頃はね。子供の時分、一度見て、それから四五日、よる寝ると夢に見てうなされたくらいだわ。すごいわよ、まったく。たき木を山のように積んで、その上に人樽を乗せて火をつける。火が燃えさかって来ると人樽が熱気で膨脹して、ばしーんとすごい音を立てて箍《たが》がはじけたら、たいへん。中から仏さんがにゅーっと立ちあがって――」

「私も満洲《まんしゅう》で見たことがあるわ」

梅代さんは張りきって両腕を伸ばしかけたが、私の顔を見てやめてしまった。

「お乃婦さんにこんな話しても、はりあいがない。今夜ケイちゃんにしてやるわ」

私はすこし笑った。あまり笑ったことのない私が笑うと、梅代さんはいつも機嫌がよくなる。

「亭主と別れて東京へ出て来る時、どういうわけかあたし汽車の中で、そのこと思いだしたわ。亭主の生れた村は山の中で、いまでも村の人が死体を処理するって話を聞いてたから、どうせ、あいつは死ねば火の中でカンカンノーを踊るんだと思って、おかしくなったっけ」

梅代さんはあはあはと笑った。人が誇張して話すときは機嫌のよい証拠である。私にも野天で人を焼くのを見た経験があった。それも一人や二人ではない。だが、その時はそのことの怪奇じみた恐ろしさよりも、もっと悲痛な思いに満たされていた。たいがいのことでは心を動かされなくなり、まるで世界の終りを見るように索然とした気持で眼にうつるものを見ていたに過ぎなかったのである。

私は梅代さんの話のグロな騒々しさに微笑しながら、かえって静かに渋滞なく進んでいるはずの火葬場のようすを胸にえがいた。制限された時間が、ここほどゆったりしている場所はない。すべてが私達の眼につかないところで行われているからで、死者は最初の地獄の段階を、たった一人の係員に見まもられて経験する。悲嘆にくれてここへやって来た人は、ふいにその対象を匿されてしまい、照れくさくなって涙を収《しま》う。そしてまた、ふいに、まだ熱い清浄そうな白骨を返されると、そのこざっぱりした真実のすがたに、我に帰って平常の心をとりもどすのである。

「お骨はすぐお寺の方へ持って行くんだろうね。東京ではたいがいそうするようだから。

お寺はもうきまったの？」

梅代さんは調子を変えていった。

「さあ、どうなることですかね。旦那さまはまだなんとも仰《お》っしゃらないから——」

「どういう気なんだろう。はっきりしないわね。とにかく、お骨をうちへおくのはこまるよね」

「どうしてなの」

「うちへおくようなものじゃなし、邪魔くさいといっては悪いけど、主人の骨なんて、きっと、つきあいにくいにきまってるわ」

「そんなことないわよ。気にするようなものじゃありませんよ」

私はかき集めて台所の隅に溜《た》めておいた洗濯物を、かかえあげて電気洗濯機の中へ入れた。

「いったい人間って、死ぬとどうなるのかね」

梅代さんは洗い物の手を休め、私の方に上体をねじむけながら、いった。だが、その時私がスイッチを入れたので、機械の音でとても答は聞こえないと、あきらめたようであった。死後の問題には誰でも答を持っていて、意見の違う答を聞かされても満足しないし、意見がなければその方がよいと私は思っているから、聞こえる状態であったとしても、答える気はなかった。だが、私にも答はあった。いつか幸嗣坊ちゃまが描いた図工の運動会の絵のように、画面いっぱいに並んでいるやたらに大勢の人の顔の中から、あるひとつの顔を消しゴムできれいに消してしまった状態が、ひとりの人間の死である。私が死ねば私だけが地上から消滅して、あとはそのまま残る。それだけのことだと私は思っている。

スイッチを切った時、梅代さんはもうその問題に興味を失っていて、関心は洗濯機にうつっていた。

「新式のを買ってもらわなければ、だめだね、うるさくって。まるで人間みたいに、こきつかわれると大きな声で不平をいうんだから――」

「もうそろそろみなさん帰って来る時間ね。お湯でもわかしておきましょうか」

と、私はいった。そういっているうちに表に車が着き、会葬者が戻って来て、家の中はまた急ににぎやかになった。ケイちゃんは骨壺を入れた桐の箱の白布で包んだのを抱えて、車から降りて来た。お好焼の親子も、すすめられてまた玄関をくぐった。とにかく六畳へあがっていただいて、熱い番茶を出すことにした。六畳間の窓からのぞくと、外がこいの板塀の上の狭い空間に、細かな雪の降っているのが見えた。

「ゆうべから冷えると思ってたら、とうとう雪になったわね」

「東京にはめずらしい粉雪だね。積るかな」

「このぶんじゃたいしたこともなさそうね」

梅代さんと台所で働きながら話していると、旦那さまが顔を出して私を呼んだ。

「しばらくお骨をここへ置いとくから、置き場所を考えてくれませんか」

「はあ。どこにいたしましょう」

「どこでもいいですよ」

旦那さまが行ってしまうと、梅代さんは不平らしく私の顔を見た。

「旦那も煮えきらないね。本宅のおくさんには男の子がないんだから、いずれ、うちのボクちゃんが跡とりになるんでしょう。その人のお母さんだから、さっさと自分のところのお墓へ入れたらいいのにさ」

「なかなかそうもいかないのよ。旦那さまの建てたお墓じゃなくて、本宅のおくさまのお祖父《じい》さまが東京へ出て来てから買った墓地だそうですからね」

「それなら先祖代々のお墓っていうわけでもないのに、いやに格式ばるんだね」

梅代さんはくすりと、やけな笑いを洩らした。玄関で派手な声がしているので廊下に顔を出して見ると、お好焼屋のおかみがお喜美ちゃんに靴を穿かしているところであった。坊ちゃまが二畳間に立って、それを見ていた。私が出て行って会葬の礼を述べると、おかみさんは愛想よく笑って、お骨がおいてあるなら、またお線香をあげに来るといい、お喜美ちゃんの背中を抱えるようにして、いそがしくお辞儀をくり返しながら小雪の中へ出て行った。坊ちゃましかいなかったので、私はきいてみた。

「坊ちゃま、式台には私と坊ちゃまとお母さまをどこへお置きしましょうかね」

坊ちゃまには私のいうことがすぐにわかったとみえ、だまって奥の四畳半の方を指でお示しになった。場所を考える手間をはぶいて頂けたわけである。この家にいるあいだ、これからは坊ちゃまを第一にすることに私の心はきまっていた。

旦那さまに呼ばれて奥の部屋へ行こうとすると、二階から降りて来た祖生さんと顔を合わした。祖生さんは家族同様、家じゅうどこへでも気ままに出入りしているのだが、私は思わず咎《とが》めるような気持で、この人の顔を見あげていた。

「おばさん、ぼく帰ります」

と、祖生さんは廊下に立って、いった。

「おや、そうですか。二階にお忘れ物でも――」

と、私は何気なくきいた。

「いや、疲れちゃってね、二階へ行って十分ばかり畳に寝ころんでいたのだが、寒くなって降りて来た」

「あたりまえですよ。雪が降っているのよ」

「寒いのなんか平気なんだが、心が寒いのかなあ」

祖生先生は苦笑しながら何気なくいった。

「ときに、おばさん覚えているかな、おくさんが古ぼけた舞扇を持ってたの――」

「翁の面のついたのですか」

私は自分にもわから

「そう。あれどうしたかね」

「私が棺の中へお入れしました」

「おくさんはそんなにあの扇子、気に入っていたの？」

「ええ——そうでしょうね」

祖生さんはぼんやりしたようすで式台に腰かけ、靴を穿いていた。私は自分にもわからない不思議な気持で、祖生さんを無意識にひきとめようとした。

「ごゆっくりしていらっしゃればいいのに。どうせ日曜なんですから」

「ぼくら新制中学の教師には、日曜なんかないんだよ、おばさん。これから学校へ行くんです」

「へえ、そうですの。でも、日曜はむかしから休みにきまっているじゃありませんか」

「休みたければ休んでもいいんだが、休める態勢じゃないんだ。校長だって毎日曜、顔を出してるからね。じゃ、また来ます」

「傘をお持ちになります？」

「いりません」

私は疑問の残る気持で祖生さんを見送ってから、奥の四畳半へ行った。旦那さまは総領のお嬢さまと坊ちゃまと三人で、置炬燵《おきごたつ》にあたっていた。めずらしいながめであった。おくさまの遺骨は箱ぐるみ白布でつつんだまま、三尺の床の間においてあった。

「そろそろ帰らなくちゃならないが、運転手は車にいるかね」

「は。見てまいりましょう」

「幸嗣、見ておいで」

と、旦那さまは坊ちゃまにいいつけ、坊ちゃまが炬燵の掛蒲団から足をひっこぬくようにして立って行くのを見ると、かくしから封筒に入れた物を出して、私の前においた。お金のようであった。

「大口の払いは今までどおり請求書によって小切手ではらう。細かいものは今日からお乃婦さんがやってください。これは雪枝の手文庫の中にはいっていた今月の使い残りに、すこし足してある。だいたい一月分の予算で小遣いを渡していたんです。これからもそうするつもりだが、それでいいかね」

私はだまって頭をさげた。

「このうちは当分このまま維持して行くつもりです。幸嗣のことは何分たのみますよ。祖生先生にも幸嗣の勉強指導を続けてもらうつもりです。来年は中学校へ進学する年だし、あの子には慣れない先生ではだめだろうからね」

私には旦那さまのお気持が口に出さないところまでわかった。お辞儀をして車を見に立って行くと、玄関のガラス戸も塀の格子もすこしあいたままで、坊ちゃまの影はなかった。雪はほとんどやんでいた。表へ出てみると、ちょうどむこうから本宅の運転手さんが駈けて来た。お好焼屋のある方角からで、運転手さんはそこで油を売っていると坊ちゃまが知らせに来たと、いっていた。旦那さまはご自分でも運転をなさるが、家族のために運転手をやとっている。この兵隊あがりの中年の運転手さんは、もう半年以上、保倉家に勤めていた。運転手さんは操縦席に尻をすべらしながら乗りこむと、キーをまわして、どうぞといった。セルモの音がひびき、運転手さんがシートの上で二三度反動をつけて、尻を慣らしているのを見ると、私は家にはいった。

「幸嗣はどうしました?」

旦那さまはお嬢さまといっしょに、玄関まで出て来ていた。

「お喜美ちゃんのお宅へあがって、遊んでいらっしゃるそうです」

帰りがけに坊ちゃまの姿の見えないのが、旦那さまにはちょっとお淋《さび》しそうであった。旦那さまはやはりおくさまが亡くなられて、かなりの打撃をお受けになったようで、他のことはともかく、坊ちゃまについて責任が特に重くなったように感じていらっしゃるのは事実と見てよかった。片親の責任が複雑でむずかしい状況に追いこまれる場合を、そろそろ身に沁《し》みてお気づきになっている筈であった。それには、おくさまの遺骨をどこへ収めるかが、先《ま》ず坊ちゃまの問題の試金石になると私は考え、ほんとうは旦那さまに決意をお願いしたかったのだが、急いで無理に処理しようとしてはいけない問題だとも思って、そのことに触れるのは遠慮したのである。

だが、梅代さん達にはそれが当面のいちばんの不平だった。私が奥の間の炬燵の火に、じゅうぶんに灰をかぶせてから茶の間に来ると、女中部屋で余所行《よそゆき》着を着替えて来たケイちゃんが台所を通って、顔を出した。籐《とう》の籠《かご》をはめた信楽《しがらき》の火鉢を客間から抱えて来て、その上に屈みこんで炭をつぎたしていた梅代さんが、顔をあげてケイちゃんをじろじろ見ていた。

「ボクちゃんはどこにいるの」

と、梅代さんは誰にともなく、きいた。

「お喜美ちゃんのうちへ行ってますよ」

と、私が答えた。

「おケイちゃん、ボクちゃんの余所行の洋服、着かえさせた？」

「いいえ、まだ。だって、いままで旦那がいたんだもの」

「だめだね、あんた。おくさんが死んだからって、人の家につとめてる以上、ずぼらはできないんだからね。のんきになるのはまだ十年も早いよ」

「いやだな、梅代さん。そんなにポンポンいうことないだろう。今日は特別いそがしかったじゃないの」

「そりゃ、あんたの余所行の方が坊やのより大事だろうがね」

「そうよ。坊やは汚したって、旦那さまに買ってもらえるもの」

ケイちゃんの答があまり正直だったので、梅代さんは思わずくすりと吹きだして、怒ったような相好《そうごう》が崩れてしまい、笑った顔をそのまま私にむけて、いった。

「おケイちゃんにかかっちゃ、かなわないよ。まあお乃婦さん、お坐りなさい。お疲れだったわね。お茶でも入れて飲みましょうよ」

「いやだわ、梅代さん、あらたまって――」

と、私は火鉢の前にひざをつきながら笑った。梅代さんは旦那さまが家の後始末をどうするか、すでに私に伝えたとみて、それを早く話させようとしていたので、私はもちろん勿体《もったい》ぶらずに、旦那さまの意向を梅代さん達に話してやった。二人は正直にそれで安心という顔をしたが、おくさまの遺骨の問題にはやはり我慢ができないようであった。

「でも、おくさまだって、亡くなったばかりで警察へ持って行かれたり、ずいぶんせわしなかったのですもの。長いこと暮らしていらっしゃった家《うち》で、すこしゆっくりさせてあげてもいいのじゃない」

と、私はとりなすように二人にいった。

「お骨をここへおくのが、いやだというのじゃないわ。おくさんのためを考えるからさ」

梅代さんはちょっと顔を赤らめていった。

「でも旦那だって、ここにおくさんのお骨があった方が、本宅から来る時のはりあいになるかも知れないやね」

「旦那はそういうつもりで、ここへお骨をおいておくの？」

と、ケイちゃんがおどろいた顔で梅代さんに、きいた。

「むろんそうじゃないよ。お骨のやり場にこまってるのさ。人間の一生はかりずまいだというけど、ホネになってもこんなあつかいを受けるのかね」

梅代さんは柄にもなくしんみりいった。この人にもたまに過去に眼をかえして、涙をうかべて話すような時がある。が、それも自分のこととなると、いつか熱を帯びた愚痴になってしまう。この人は愚痴でも猛烈な感じがして、いつもこうあっさりと感傷的には行かないのである。

「お骨が帰って来るのだったら、おくさまのお湯呑みまで棺の中に入れることはなかったわね」

私は笑いながらいって、ケイちゃんのいれたお煮花《にばな》を客茶碗に注ぎ盆に乗せて隣室へ立った。

「たまには自分のうちでお客さまあつかいを受けるのもいいでしょう」

梅代さんもケイちゃんも、あきれた顔で、だが気圧《けお》されたように私の動作を見まもっていた。私は押板《おしいた》の上におかれた骨壺の前に茶碗をおき、新らしい線香立てに線香をさし添えた。その線香立てはさっき告別の人のとぎれた隙に、京橋の仏具屋までいそいで行って買って来たものであった。私は床の間の前に坐って、お茶を捧げながら、お番茶ですが、と口の中でいった。まるで生者に対する愛敬《あいきょう》をこめたようなかたちで合掌したうしろ姿を、のぞかれているのを意識しながら、そんなしぐさがむなしい自分勝手な、えそらごとにすぎないのを承知しながら、私はなにか意識下のものをいたわっているような楽しさを感じていた。

「おばさん、お茶を注《つ》いであるわよ」

と、ケイちゃんが茶の間から声をかけた。

「お乃婦さんはあたしたちより、死んだ人と話をするほうが好きなんだよ」

そういっている梅代さんの声が聞こえた。

「はい、ただいま」

と、返事をしながら、ちょっとの間、私は立たずにいた。梅代さんがいうとおり、梅代さん達ばかりでなく、生きている人と話すのに私はすこし倦《あ》きていた。それに、お骨になって帰って来たおくさまの面影が、私達の胸の中でそろそろ眼をさまして、平素の立ち居をはじめる時期にもなっていたようであった。

承　自殺説の理由

乃婦

私はこの家に来てから、まだ一年にしかならないのに、ご主人を失う悲しみを味わされたのだが、はじめてこの人にお目にかかったのは、前の年の七草すぎ、八日の午後であった。紹介所で教わって行った銀座裏の、ごみごみした町を七曲りしているうち、角店《かどみせ》のとりこわしあとに御用ずみの門松を集めて積んであるのが目にとまったりしたので、日附までも記憶に残っていたのである。

でも昔のように、松過ぎといった気分を感じさせるものはなかったようで、東京の下町特有の季節感は、戦後外地から帰って来た私には、もう見つからなくなっていたのだが、そういうものはとうに姿を消してしまったのか、それとも私などの感度とは違った感じで残っているのか、お目見《めみ》えに来た家を探して何年ぶりかでうろついた銀座裏の町でも、せちがらい暮らしのうごきと、そこから無限に出て来る残渣《ざんさ》しか眼にうつらなかったのである。

だが私はここから目と鼻のあいだで生れたので、やはりなつかしい匂《にお》いがそこらに感じられるし、娘の頃《ころ》の現実とも空想ともつかないような花やかな記憶も忘れ去られずに、よみがえって来る。変ったといっても、つぎはぎ細工のような変りかたなので、むかしのたたずまいがまだ移り香ほどには残っている場所もある。動かない心の持ち主が生き残っているのか、それともその人達の意志が頑固にのこされているのか、そこだけに古い生活の淀《よど》みがありそうな一画も、歩いているうちに眼についたが、私がたずねていたのは、偶然そういう家の一軒であった。

その家を見て、そのあたりの通り筋の昔の姿を私は思いだした。その頃も相当古びた家が並んでいたように思うが、この記憶は正確かどうかわからない。町なかは特に汚れがひどいのか、この辺の家は建てて五年もたつと、かなり汚れてしまうようだが、この家の古びかたはそんなものでなく、戦前の焼けのこりか、戦後間もないころの建物か、柱も下見板も垂木鼻《たるきばな》も、すっかり黒くなっている。二階建のしもた屋づくりが、すべて華奢《きゃしゃ》にていねいにできていて、粋《いき》で安手な入口は芸者の置屋を思わせ、板塀に『折竹《おりたけ》』とすこし気どった崩し字で書いた標札が出ていた。

その標札を見つけると私はほっとした。そして紹介所で折竹雪枝という、今度ご主人になるかも知れない人の名を聞いた時、線のほそい皮膚のうすそうな美しい人を想像したが、会ってみた人がその感じにぴったりだったのには、やはりふしぎな気がした。

茶の間にあげられ、その人が長火鉢のむこうに来て坐《すわ》ると、そこの空気がかすかな光を帯びて来たように、女の私にも感じさせたほどの、繊弱な美しさを持った人であった。こういう人は男に切ないほどのいとおしみを感じさせるか、またはすこし冷酷にあつかってやりたいような気を起こさせるか、あいてによって運命が多少ちがって来る不安な美しさというものではないかと思いながら、私はしばらく初対面の人に見とれていた。

おくさまは私が渡した封筒の中から紹介所の用紙に書きこまれた調査書を引きだし、迂《う》闊《かつ》な読み方で眼をとおしながら仰《お》っしゃった。

「大沢乃婦さんね」

「はい――」

「まあえらいのね。女学校出でおいでなの」

皮肉も敵意もなしに、おどろいた眼で不審そうに顔をのぞかれると、私はかえって返事にこまった。私が娘の頃《ころ》には、女が高等教育を受ける機会ははなはだ乏しかった。いいえ、今とちがって、女学校を出た者でもめずらしかったくらいなので、そんな特別の教育を受けた女が、この年になって何故《なぜ》、手伝い奉公をしなければならないのか、正直な眼で問いかけられると、からだが固くなったのである。だが、さいわい、おくさまの方から、その理由を調査書の中に見つけだしてくれた。

「そう。ご主人が満洲《まんしゅう》で――」

「現地召集をうけて、終戦の年に戦死しました」

「お子さんは？」

「男の子が一人ありましたんです。四つまでにして猩紅熱《しょうこうねつ》で持って行かれました」

奉天にいた頃である。日本軍がシンガポールを陥落して、戦勝に湧《わ》き立っている朝、子供は死んだ。次の月に私達は新京に移住したのである。私は二十六歳で当時、東京の新聞社につとめていた大沢謹治と結婚した。翌年満洲へ渡った時、その子は私のお腹《なか》にいた。戦争がはじまった頃、私はもう一人前の女のつもりだったが、いまから考えると、実に若い。その頃感じたような激しい喜びや悲しみを、もう感じることはできないのである。

おくさまはちょっと同情した顔つきで私をみつめたが、私にとってもとうに涙の涸《か》れてしまった事実だと気がついたのか、すぐ乾いた眼にかえって、いった。

「あなたぐらいの年配の人に来てもらいたかったのよ。子供を持った経験がおありなら、なお結構だわ。よかったら、いてちょうだい。こちらのことや条件は紹介所で聞いておいでででしょう」

「よろしくお願いします」

とだけいって私は頭をさげ、それで就職は簡単にきまった。

翌日、私は住みこみの仕度をして、あたらしい主人の家に移ったが、その日はその季節には珍らしい吹き降りで、さして行った男持ちの大きな雨傘がびしょぬれになったのを、おぼえている。折竹の家は半分以上、雨戸をしめていたので昼間から電灯をつけた茶の間で先任者の梅代さんやケイちゃんにひきあわされ、続いて家の中を案内してもらったが、暗い雨雲の下の家は、どの部屋も陰気に古ぼけて見えた。

梅代さんは年よりも三つ四つ老《ふ》けて見えるが、実際は三十四で、色のあさぐろい、皮肉な眼つきをした、気の強いわりに人のよいところもある人である。富山の農家に嫁に行った経験を持ち、いかにも地方の出戻りさんという感じの、どっちりしたからだつきで手頸《てくび》がくびれていた。

ケイちゃんは茨城の出身で二十歳、色白で眼が大きく、かわいらしい顔だちだが痩《や》せて背がたかく、骨ばった細い腕や脚の先に大きな手足がついているので、まるで舟を漕《こ》ぐ櫂《かい》でもぶらさげているように不恰好《ぶかっこう》に見える。あどけない顔に不信のこもった眼でにらむように見るのが気になる娘である。ただし、私は何の好奇心もなく、ちょっとした用心からこの人達を観察したので、実際に観察の対象にされるのは私の方であった。私は当分のあいだ警戒され、じろじろ見られるのを覚悟していた。戦後何年かのわたりあるきの経験で、私は朋輩《ほうばい》を気にしないことにしていた。

梅代さんにはじめて二階へ案内され、間取りを見せてもらったあとで、

「何か特別に注意していただくことはありませんか」

と、きくと、梅代さんはうさんくさそうに私の顔を見つめながら、いった。

「ここがどういう家《うち》か承知で来たんじゃないの」

「どういうことをですか」

「ここのこれが――」

と、小指を出して、

「二号さんだってことよ」

「それは紹介所でうかがって来ました」

「そう。ボクちゃんのお父さんは、ときどき時間をきめずにやって来るわ。毎日来ることもあれば十日も来ないこともある。泊って行ったり行かなかったりさ。旦那はとてもボクちゃんを可愛がっている。注意といえばそんなところね。だいたいに暢気《のんき》なうちで、何も気を張るような必要はないのよ」

「旦那さまのご職業は？」

「大きな会社のやとわれ社長よ」

「やとわれ社長なんて、あるのですか」

「あるんだわね。うちの旦那だってそうだというから。戦後は独占禁止法とかって、ひとりの人が方々の会社の社長をやることができなくなったのよね。それで息のかかった人を自分の身代りに社長にするのが、はやるんだってさ――」

そういう地位もあるということを、この時はじめて私は知ったのだが、旦那さまにお目にかかったのは、たしかそれから二日後であった。その日、近所へ使いに出て帰って来ると、おくさまが茶の間から顔を出して、奥の四畳半へ来るようにいわれた。梅代さんやケイちゃんはその時、台所にいた。買って来た物をそこへ置いて奥に行くと、四十代の物堅そうな感じの人が、オーバーを着たまま畳の上に坐《すわ》ってボストンから山葵漬《わさびづけ》の小樽《こだる》をとりだしていた。そばに坊ちゃまが坐って、手もとをのぞきこんでいた。私はおくさまから旦那さまに紹介された。

「ああ――」

旦那さまは私の顔をちょっと見つめて、いった。

「よろしく頼みますよ。ここの女達は落ちつきのない連中ばかりでね。特に幸嗣《こうじ》のことを見てください。梅代やケイちゃんは言葉づかいが荒っぽくてこまるよ」

最後の言葉は、おくさまの顔を見ながらいわれた。旦那さまが坊ちゃまのほんとうのお父さまであることは坊ちゃまを見る旦那さまの眼でよくわかった。

お辞儀をして台所にさがると、入れちがいにケイちゃんが茶道具を持って奥へ行った。

「旦那は八日に会社の新年会で熱海へ行って、いま帰って来たところなのさ」

と、梅代さんが私に教えてくれた。

「おとといは熱海も土砂降りで、降りこめられて二泊の予定が一日延びたなんていってるけど、どうだかね。最後の一晩は四号さんと待ち合わせじゃないの？」

「四号さんですって？」

「旦那はうちのおくさんの他《ほか》に、もう二人お金を出してる女があるのさ」

「まあ、あの方《かた》が──」

と、私はすこしあきれて、いった。

「で、きょうはこちらへお泊りですか」

「どうしまして、おくさんの好物の山葵漬と小田原蒲鉾《かまぼこ》を置いたら、あわてて本宅へお帰りよ。ご苦労な話だわ。あんなもの東京駅にだって売ってるのにさ」

外套《がいとう》も脱がずに鞄《かばん》の中の物を出していたところを見ると、梅代さんの観測はあたっているかも知れないと思ったが、実際にそうであった。旦那さまは、そこらでタクシーを拾うといってあたふたと出て行かれた。男がオーバーを着、厚ぼったい襟巻を首に巻いたまま、あぐらをかいているのは、まるで狸《たぬき》の置物みたいで、見よい姿とはいえない。しかも、それがみずから招いた錯雑の一端ということになると、私は初対面に、いくぶん滑稽《こっけい》な落ちつきのない旦那さまを見たわけだが、そのため、かえって旦那さまのことを固くるしく考えないですむことにもなった。

だが、人がどう見えたからといって、私はうわべを変えないし、心の応対も変えないようにしているのは、他人がどうあろうと私にはあまり関係がないからで、こういうと旦那さまが、さも馬鹿《ばか》な人に見えたように取れるだろうが、そうではなく、私は旦那さまをよい方だと感じ、そして、私も旦那さまによい第一印象を与えたという自信を持ったのであるが、そんなことはやはり私にはどうでもよいことであった。人の心が常ならぬものであり、人と人とのむすびつきは、朝顔の蔓《つる》がからむほどの力も持たないことを、私はよく知っているからである。ただ、思ったよりも複雑そうなこの家の事情には、つよく好奇心を惹《ひ》かれ、そして、この家の日々に立ち入って行くことに興味とはりあいを感じたのは、私の生きることをいとわないしるしともいえる筈《はず》のものなのである。

そういう私にいろいろ予備知識を与えてくれたのは梅代さんであった。ケイちゃんは無口な方で、それに言おうとすることの内容がなかなかまとまらない癖があるが、梅代さんはぶっつけに物をいうけれども核心はちゃんとわからせるし、自分の意見をいうのがきらいな方ではない。梅代さんとケイちゃんでは相当、年齢にひらきがあるし、それにケイちゃんは私より一年先輩なだけだが、梅代さんの方はこの家にもう十年ちかくなるというから、事情に通じているのも無理はない。梅代さんが東京へ出て来てから三度目に住みこんだ家が折竹で、その前の二軒は数ヵ月ずつ居ただけだが、この家には、小石川植物園にちかい指ヶ谷町の古家に三年、銀座に来てから六年になるそうである。

梅代さんの話では、旦那さまが雪枝おくさまにはじめて家を持たせたのと、本宅のおくさまと結婚なさったのとは、時期的に前後していたらしい。どちらも終戦の翌年なのである。ちょっと聞くと、いかにも旦那さまは好色で打算的で狡猾《こうかつ》な男のようだが、よく聞いてみると当時の状況には同情にあたいするものがあるようである。

旦那さまは事変中一度、中支へ出征し、戦争になってからまた召集されたが、今度は内地勤務の兵技将校とかであった。私は折竹につとめてから一年のあいだに、旦那さまから軍隊や戦争の話を聞かされたことは一度もないが、どうも旦那さまはそういう話をあまりなさりたがらないのではないかと思える節もあるのは、たまに坊ちゃまがその頃のことを聞きたがっても、はきはきした返事をされたためしがないことである。梅代さんは郷里にいた頃、ちかくに工兵隊や通信隊の兵営があったとかで、聞きかじりに興味を持ったのか、案外そんな話にくわしかった。旦那さまは軍の自動車学校の出身で、機動隊にはいったが、事変の時は上海の軍政部にいたし、戦争中は留守部隊の事務をやっていたので、実戦の経験がないのをはずかしがって、戦争の話をしないのだと、梅代さんは穿《うが》った説明をしている。が、私にはよくわからない事柄なのでなんともいえない。

とにかく旦那さまは終戦後すぐに復員された。応召中も内地勤務だったから、時々は家に帰れたらしいが、本宅の喜佐子《きさこ》おくさまとの縁談はその頃からすでに話があって、逼迫《ひっぱく》した状勢の時だから、ご本人が乗り気になれない、というより本気で考えられなかったのは無理もないが、親もとの考えは別で、もっと着実なものだったらしく、話は相当進んでいて、復員すると間もなく婚約が成立したという。婚約から結婚へのスピードが速かったのも、喜佐子おくさまが旦那さまより二つ年上だったからで、旦那さまの意志ではなかったらしい。というのは梅代さんの観察だが、本宅のおくさまのお老《ふ》けぐあいを見ると、あたっていないともいえないようである。

旦那さまの口から、その頃の心境をうかがったわけではないから、これも推測の域を出ないのではあるけれども、あの終戦で突然緊張を解かれた時の感じは、大きく二通りに分けられると思う。早いところ何とか立ちなおらなければ、というのと、ぽかんとしてなすところを知らないのと。旦那さまはどうやら後者の方であった。外地でも戦争中ずぼらをきめこんでいた人が、終戦と同時に身を粉にして眼まぐるしく働きだしたし、まじめにやっていた人の方が虚脱したように機械的に日を送っている傾向が眼についた。全部にはあてはまらないかも知れないが、そういう傾向があったのはたしかなようである。

旦那さまは戦後最初の階級闘争はなやかなりし時に会社に復職すると、復員将校という資格で、管理者側の前線に押しだされた。経営者と労務者の対立が激化して、会社の正門前にバリケードが設けられ、建物の角の部屋が防衛司令部になって、旦那さまも鉄兜《てつかぶと》をかぶり、指揮をとらされたということである。当時、旦那さまは懐疑的で何もする気がなかったから、ばからしくなり厭気《いやけ》がさして会社をやめてしまった。

梅代さんの言葉をかりると、保倉の旦那さまは財閥のはしくれである。その頃、ちょうど今の会社が、独占禁止法のために独立して増資する計画があって、旦那さまも幹部社員として招かれることになっていた。旦那さまはまだ将来の計画を立てるほど積極的になれなかったし、周囲の人の斡旋《あっせん》にもほとんど無関心で、ただ従来のいろいろな関係から、ありがたそうな顔をしていただけなのであるが、同時に進んでいた喜佐子おくさまとの結婚の話にも、おなじような気持なり態度であった。

当時、雪枝おくさまは、新橋の置屋に顔を出したばかりで、半年ほど下地《したじ》をつとめてから一本にならなければならない時であった。花柳界は終戦後、進駐軍の接待からはじまって、いちはやく復活した。私はまだ満洲にいたので、その間の事情はよく知らないが、梅代さんは東京へ出て来るとすぐ、向島の三業地へ奉公したことがあるといい、その頃のことをよく話してくれる。近くのベースキャンプからの命令で戦前の専門業者に至急、女を集めるようにいって来たのだが、従来の標準で集めた女はみんな落第で、近県から出て来た土いじりできたえたような、顔つきも体つきもごつごつした若い女が歓迎されたそうである。

「まるで化物みたいな顔の女の方が、もてたのさ」

といって苦笑しながら、はじめは女が足りなくて、梅代さんも兵隊にモーションをかけられたということを、自慢らしく話すのであった。

伝統のある三業地が古典的な顔だちの娘をそろえだしたのは、それより後のことである。雪枝おくさまは当時もう十六、七歳だから、半玉《おしゃく》としては薹《とう》が立ちすぎていたはずだが、ういういしく身仕度させれば、きっといたいたしいほど幼い美しさに見えたことだろう。何故《なぜ》そんな年になってから正式なはいり方で花柳界にはいったかというと、それにも事情がある。実はもっと前からその社会の水に染まりかけていたので、それも中途半端な染まりかたであった。

これはおくさま自身の口から聞いたことだが、おくさまは身の上ばなしがおきらいな方《ほう》でもない。いやな思い出や辛《つら》かったことを秘密にして、生いたちをとりつくろおうというような心がけはお持ちにならず、どちらかといえばあけすけな方であった。だが、おくさまの身の上ばなしといっても、いくらも事項がないので話の種はすくないから、私も同じことを二三度は聞かされている。

「あたし、ちゃんとした芸者になりたかったのよ。意志が弱くて押せなかったんだけど、押してみて成功したかどうか、いまより不幸になっているかも知れないけど、でもなりたかったわ」

と、おくさまはいうのであった。だが、そういう自覚を持ったのは終戦になってからで、その前の過程ではまだ何もわからなかったそうである。それもその筈《はず》、おくさまがはじめてその世界へ入れられたのは、小学校を卒業した時だという。おくさまは南千住で生れたが、ご両親とも秋田の方である。

「お父さんは世間的に見れば、酒飲みのたいへんな懶《なま》けものだったけれど、からだがわるかったせいもあるのよ。お母さんの結核に感染したんだわ。それに手癖がわるくって、そのために二度も工場を馘《くび》になったんですって」

おくさまはそんな話をしながら、くすりと笑った。お父さまの記憶をいとわしく思ったり怨《うら》んだりはしていなかったらしい。軍需工業がさかんになりだした頃で、そんな人でも研磨工の腕を持っているお父さまは就職口に事欠かなかった。が、お父さまは要注意者の認知を受けけて、二日はたらくと一日休むというような勤務状態を許可されていた。そのくせ酒を飲んで三四日続けて休んでしまうことは、ざらであった。お母さまは方面委員の保護で板橋の結核専門の病院に入院していた。

「お父さんは青んぶくれの、柄が大きいだけよけいに薄ぎたなく見える人だったわ。それで菊を作るのが上手で、秋になると二階の物ほしいっぱいにならべた鉢に、大輪の見事な花をいちめんに咲かすの。その時、物ほしの隅に立ってみると、まるで三十三間堂の千体観音でも見ているような、ありがたい気持さえして来るのよ」

おくさまのお父さまは鉢植えの菊をそだてるために、お母さまを施療病院にあずけっぱなしで、そのうち、おくさまを亀戸の三業地へ下地っ子にやることになるのだが、おくさまにはもう思い出のあかるい部分しか残っていないらしかった。

「それにお父さんは酔うとよく秋田おばこを歌ったけど、あんな上手なおばこは聞いたことがないわ。おばこなあ、来るかやあと、田んぼのはんずれまで出てみたばあ——とても真似できない」

おくさまは昔をしのぶように口ずさみながら、遠い眼をして話した。その父親が真夏の一日、職場で、防空演習をやっている最中に、ひどい熱を出してぶっ倒れ、その日の夕方、近所の病院で息をひきとったのは、おくさまが亀戸の三業地へ住みこんだ翌年のことであった。その頃では三業地はほとんど休業状態で、検番は授産場になり、芸者も下地っ子もそこへ通って落下傘の縫工や繃帯《ほうたい》つくりの勤労奉仕をしなければならなかった。おくさまの日課の大半は授産場へ通うことと配給物を買いに魚屋や八百屋の店頭に行列をつくることと、防空訓練のバケツ運びなど、置屋のおかあさんや芸者衆がいやがる仕事を、耳の遠い老婢《ばあや》と二人で受けもたされるので忙しかった。その中でとぎれ勝ちではあったが稽古《けいこ》ごとも続けられていた。とにかく糸道だけはあけてもらった。おかあさんの地が常磐津《ときわず》だったので、その稽古は最後まで続いた。

お父さまが急逝した翌年、お母さまは板橋の病院で死んだ。おくさまは孤児になったので、本所太平町で碁会所と貸本屋をやっていた折竹又七の養女になった。この人は父親の姉にあたる人のつれあいで、前からおくさまの身許《みもと》保証人になっていたが、伯母さんとはだいぶ年のちがう高齢者で、夫婦の中に子供がなかった。

「折竹のお父さんは江戸っ子で、若い頃はたいへんな道楽者だったそうよ。あたし口三味線で一中節をすこし教えてもらったことがあるわ」

と、おくさまはその人の思い出を語っていた。戦争が激化して、検番も本式に閉鎖され、おかあさん達も疎開することにきまって、おくさまは太平町の家に引きとられることになった。だが、そこで老夫婦といっしょにすごしたのは僅《わず》か数ヵ月のあいだであった。おくさまはその頃、ちかくの計器工場へコイル巻きに通っていたが、昼夜兼行で工場にとまることもあった。ちょうどそういう時に大空襲があって、工場にいたおくさまは他の女工さん達といっしょに逃げて助かったが、養父母は自宅の床下に掘った防空壕《ごう》にひそんだまま圧死していた。

終戦後、おくさまは路上で、検番の男衆をしていた人に出会った。その人は千葉県の五井に疎開していて、東京へ職さがしに出て来たところだったが、おくさまが美しい娘になっているのを見て眼をみはった。おくさまはその人に、もう一度芸者になりたいというと、その人は首をひねって、このありさまじゃまだ当分むりじゃないかといったそうである。が、案外はやくその機会が来た。新橋の置屋に口をきいてくれたのも、その人であった。その時分には、その人は横流しの米を原料にして造っている飴《あめ》を千葉県から背負って来て、顔見知りのいる新興の花柳界へ売り歩いていたのである。

「花柳界にはいると女の子はじきに女らしくなるのよ。だけど、あたしの最初の経験では糸道はあいたけど、女にはなれなかった。自分のからだに気のつく間がなかったわ。それでなかったら、あたし、また芸者になる気なぞ起こさなかったと思うわ」

と、おくさまはいっていた。

梅代さんの話では、旦那さまはその頃、同系の土地会社の重役に連れられて、たまに新橋や赤坂の三業地に顔を見せていた。その人は本宅のおくさまの方の同族で、旦那さまのひきたて役を買っていたらしい。花柳界には戦前から名の通った人で、壮《さかん》な頃には箒《ほうき》とあだ名をつけられたほどのご乱行もやったそうだが、年をとってからは渋いパトロン役でおさまっていたようである。雪枝おくさまが居ついて間もなく、新橋の置屋のおかあさんは、おくさまの水揚げの相談をその人に持ちかけた。

下町で育った私は、むかし流行《はや》った花柳小説なども、こっそり読んだことがあるから、水揚げというのがどういうことか知らなくはない。少女を芸者に仕立てる前に女にする儀式、というのもへんだが、金持の老人などにたのんで、相当な料金をとって女にしてもらうのだという。その金がどこへはいるのか詳しいことは知らないが、それが半玉から芸者になる時くぐらなければならない関門で、むかしそんな話を、ひどいことをするものだと思い、しぶるような痛さを感じながら読んだ記憶がある。

お名前は忘れたが旦那さまの先輩だというその人に、私はお目にかかったことはないが、五六年前には銀座の家にも見えたことがあるといい、梅代さんにいわせると、あんなケチな人はないそうだが、その女ずれのした筈の人が水揚げの相談を受けると目をまるくして、

「へえ、あの子を、もう、かい？」

といったという。それほど、おくさまは可愛らしく見えたのだろうが、見かけによらず年もたけているので、はやく一本にしてやらないと、あの子もこまるし、うちでもまずいのだと、おかあさんは説明した。

「それでは考えておく」

と答えた時に、その人はどういうわけか胸の中で保倉の旦那さまと、往年のかわいらしい半玉姿のおくさまとを結びつけてしまったらしい。だいたいこの話は梅代さんが、たいへんな熱をこめて私に話してくれたのを基にしているのだが、梅代さんは誰から聞いたのかわからない。旦那さまが事情の一部を洩《も》らしたか、それともその引きまわし役の人が酔ってやって来た折にでも素破ぬいたのか、あるいは私の知らない古い出入りの者にでも聞いたのか、とにかく梅代さんが充分想像をはたらかせられるだけの材料は、どこからか仕入れている筈だから、私も信用して話を聞いたのである。

こうして旦那さまとおくさまの最初の出会いが実現した。といっても、その頃おくさまにはまだあまり待合などに出る機会がなく、旦那さまは例の人に置屋へ引っぱって行かれた時、一二度おくさまの姿をちらりと見たか見ないかという程度であったらしい。その人の意向は、旦那さまを青年重役に仕立てるために交際社会の裏表を徹底的に教えてやろうというところにあり、戦争中の人間味の空白な時代に男になった旦那さまには、そんな成人教育が必要だと考えていたのかも知れないが、旦那さまには半分はありがた迷惑だったようである。が、半分は好奇心もあった。

当時、旦那さまはひどく懐疑的になって、日本の社会が急速に再発展しようなどとは信じられない気持であった。いまから見ると多少観測をあやまっていたことになりそうだが、かといって日本を十二歳的な程度のひくい国だとも思わなかったし、町にあふれる活力も感じないわけはなかったが、ただ、いやな国になって行きそうな感じがして憂鬱であった。私の見るところでは旦那さまのこういう絶望感はいまだに続いているようである。

旦那さまは喜佐子おくさまとの婚約にも、いっこう乗り気になれず、ただ結婚する必要のあることは充分心得ていたから、人のするままにさせておいたので、ずるいといえばずるいが、ひとつには心の焦点を失っていたというような観察もできるのではないか。もちろんその頃、旦那さまは喜佐子おくさまとは既に何回か会っておられた。が、梅代さんのひいき目かも知れないが、好ききらいは別としても旦那さまは喜佐子おくさまを、恋愛の対象としてお考えになったことは一度もなかったようである。

雪枝おくさまに対しても、はじめは同様であった。旦那さまはおくさまの存在を、ほとんど気にとめていなかったし、世話好きの先輩から、あの娘をどうだ、といわれても、どんな娘だったかはっきりした輪郭も眼に浮かばないくらいであった。人の上に立つにはどんな事でも一応経験しておかなければなどといわれて、どうでもいいという気持で承知したのらしいが、やはり多少の好奇心がなかったとはいえないだろう。だが旦那さまはこういう場合、好奇心は否定できないにしても同時に多少の罪悪感も持つ人のようである。

軍隊の生活も長かったし、一時は戦地にいたこともある独身の青年将校の旦那さまに、女の経験がなかったとは考えられないが、それはみんな性的な道具のような女との交渉であった。事実、雪枝おくさまと知りあった頃の旦那さまは、あとで手切金をやって清算をした女が、ほかにも二三人あったそうである。若いさかりだったし、他に打ちこめることもなかったせいだろうが、その方面はなかなかおさかんだったのである。わりに物堅いところのある旦那さまだから、結婚する前にある程度のことはやっておこうと、お考えになっていたのかも知れない。金は自由になるし、地位はできかけているし、それに控え目で物堅そうに見える旦那さまは、どうしても女達の眼につかないわけには行かない。事実、一流の三業地で問題の人になりかけていたらしいが、旦那さまは一度関係した女にそのことで、こだわるようなことはなかった。瞬間的な欲望の交叉《こうさ》はあいても承知の上と考えて、それ以上つけ入らせることもないし、自分からよけいな義理にからまれるような真似はしなかった。だから、雪枝おくさまの場合だけを特例とすることができるのである。

出会いの場所はどこであったか聞き洩らしたが、置屋のおかあさんと例の先輩のはからいで、旦那さまとおくさまは、いわゆるかりそめの契りをかわした。ところが、それから後そのことが妙に旦那さまの気にかかりだした。ういういしいおくさまが、旦那さまの気に入ったことは勿論《もちろん》だが、むしろそういう陽気な原因ではない。おくさまにとっては最初の経験で、その点は置屋のおかあさんも前もって充分に念を押したが、なによりもそれは旦那さま自身が実証しえたと思ったことである。旦那さまは不意に、いままで感じたこともないような責任感に苦しみだしたのらしい。

相当な金の受け渡しのあとで行われたことでもあるけれども、こういう場所の掟《おきて》として、男の方も女の方も、その後この関係を勝手にくりかえすことは許されない。まるで秘密の結婚式のように、この関係は一部に公表されて女の資格のひとつになるので、この関係を持った者同士が自儘《じまま》な交渉をすることは禁じられる。考えてみると、かなりいかめしく不自由な初夜権の売買契約みたいなものが行われているわけで、パトロンがもう一度その女と情を通じようと思えば、大金を出して身請《みう》けをしなければならないのである。

おくさまの面影が忘れられずに心を惹《ひ》かれると同時に、そうかといって気がるに逢えない制約の罠《わな》に、うっかりはまりこんでしまっているのに気がつくと、旦那さまはよけいもやもやして、何度か何気なく逢ってやろうと思って、やってみたが成功しなかったのである。一度は先輩にかまをかけて、連れ立って置屋へ行ったが、おくさまは顔を見せなかった。別の時は一人で、ついでをよそおってその家に寄り、ちょっと雪ちゃんに逢わせないか、見るだけならいいだろうとせがむと、お茶を持って出て来るようにはからってくれたが、おかあさんの監視の眼がうるさく口もきけなかった。

おくさまはもうその頃、小雪という名で一本になることがきまっていた。待合へ行って仲居にたのんで口をかけてみたが、おくさまの方からことわりをいわれたこともある。旦那さまは生れてからまだ感じたことのない、あせりに悩まされだした。それは慕情というようなものよりも、かなり頑固な責任感に類するものであった。私の観察に狂いがなければ、男はある時期、自分に重い責任を負わせることに興味を持つものらしい。そうやって男になって行く過程があるようである。旦那さまもちょうど、そういう機会にぶつかるまわりあわせになっていたのではないだろうか。おくさまの一本になる披露がすめば、そこから苛酷な一生がはじまり、それがみな自分の責任だというような考え方が旦那さまを苦しめていた。せめて一度逢って話しあえれば、自分として取るべき方向もきめられると思うのだが、それが簡単に行かないだけに、旦那さまはよけいいらいらした。

一方で喜佐子おくさまとの結婚の準備が着々と進められており、予定の日取りもほとんど否応《いやおう》なしの押しつけるような通告のしかたで知らされていた。既成事実だから承知はしたが、と同時に旦那さまの決心がついたのである。旦那さまは雪枝おくさまを落籍することにした。

ところで、その交渉を例の先輩にたのめば反対されるにきまっているし、旦那さまは仕方なく自分で置屋に出かけて、その話をした。おかあさんは長年のひいきである例の人の思惑を考えて渋ったが、余分に積まれた金を見ると気を変えて、今度は、まだ芸者に未練のあった雪枝おくさまを説得する側にまわった。おくさまはご自分でもいっておいでのように、一度は芸者で身を立てる決心をされたのだが、水揚げのあとで、ふっと弱気になったらしい。それが、ひかされる相談に乗った動機だと、おくさまはご自分でいっていた。こうして、おくさまは旦那さまの結婚と前後して家を持たされたのだが、それから亡くなるまでに四度家を変えておいでになる。幸嗣坊ちゃまは二度目に越した、たしか水道端《ばた》の家で、お生れになったのである。

本宅のおくさまは結婚の翌年、総領のお嬢さまをお産みになった。一年おいて二番目のお嬢さまを産んだが、それきり後ができない。すでに二三年前から、早目に女でなくなっていらっしゃるそうである。雪枝おくさまも坊ちゃまの後がおできにならないが、なんといってもこちらは男の子で、旦那さまも幸嗣坊ちゃまを後目《あとめ》になさるおつもりで、喜佐子おくさまにもそのことは承知させてあるというから、こちらの方がご本宅より旦那さまを引きつける力は強いのだと、梅代さんは時々口癖のようにいう。が、皮肉なもので、本宅のおくさまが女でなくなったという二三年前から、雪枝おくさまは旦那さまを独占していたわけでもないらしい。その頃から旦那さまはまた、あたらしい女を囲うことに興味を持ちだした。神楽坂の芸者だの、銀座の一流のバーの女給だの、みんな二十《はたち》そこそこの若い女だと聞いたが、いずれも半年続けばよい方で、その度に多少の金を使うくらいは旦那さまのご身分では負い目にもならないのであろう。本宅のおくさまは旦那さまの浮気を公認されているようだし、雪枝おくさまは旦那さまのすることには、いっさい口出しできないと思いこんでおられた。

その女達の消息は私達にもよくわからないが、私が折竹に来てからも、いつも一人二人《ひとりふたり》はいたようである。それも三四ヵ月で人が変るらしいから、どれがどうなのか、さっぱりわからないし気にする必要もなさそうであった。おくさまも時たま旦那さまの浮気を気にかけて、くさくさしたような顔をしていらっしゃる時もあったが、おおかたは忘れておいでのようであった。洩れうけたまわるところによれば、本宅のおくさまは、旦那さまの浮気には周期があると仰っしゃったそうである。男が自分の動物精気をたかだか数十年の一生にあてて計量し、計画的に浮気して、他人に迷惑を及ぼさないのなら、それでいいではないかと仰っしゃっていたという。

又聞きだから真偽のほどはわからないが、旦那さまに多少の計算があるということは首肯できるように思う。若い頃、ご結婚の前にさかんに女遊びをされたことがあるし、壮年に到って、総領のお嬢さまが女学生になる前にひと遊びしておこうというお考えになられたのかも知れない。旦那さまのしていることには無理が見えないように思う。旦那さまがどの程度の事業家なのか、梅代さんはやとわれ社長などと悪口《わるくち》をいっていたが、その実態がどういうものなのか私にはわからないし、たとえどんなに偉い方であっても、ちかしくつきあっていれば平凡にしか見えないということを、私は前にもいった筈だが、それにしても自分の私的生活を、そつなくあやなすことこそ相当な手のうちというべきであろう。

だが、実際に旦那さまは楽しんでおいでだったのだろうか。私にはそんな風にも見えなかったが、いつもつまらなそうな顔をしていながら、蔭《かげ》では結構たのしんでいる人もあるようだから、なんともいえないし、愉快になれなくても楽しみを模索できれば倦《あ》きずにいられるということもあるであろう。いいえ、実際の楽しみよりも楽しみの模索の方が熱中できるものなのかも知れない。その過程が、つまり実際の経験が、快適でなくても我慢できるものであるらしい。

旦那さまには知らん顔をして生きているようなところがある。だれにでもそういう面はあるのだろうが、特に大なり小なり社会の或《あ》る部分を牛耳《ぎゅうじ》っている男達には、そうすることが必要なようにさえ見える。そう思うと、私には満洲でおつきあいして頂いたあの人この人の顔が眼にうかぶ。内地でまたお目にかかった人もあり、みんなちゃんとした立派な人達である。いいえ、こんなことを考えるのがおかしいほど世の中は、その人達で充満しているのである。

そういう常識的なタイプの中で多少、計画的または計算的に生きようとする意志のある人が——だれにでもそういう面はあるだろうが——すれすれの線で自己をまもって行くには相当な忍耐力が必要なのに違いない。冷静で慎重な人達、数ヵ月も数ヵ年も帳簿尻をごまかして来て発見されなかったほどの人達が、何故失策をやらかすのだろうか。もっと慎《つつ》ましく計画的な人達の場合でも、その計算にあやまりのないことを、だれが保証してくれるだろう。失敗は眼に見えることばかりでなく、ほんとうの大きな失敗は心の中でたしかめられるものかも知れないからである。

冷静なおとな達をあやまらせるのは楽しみを追う心なのだろうか、あるいはそれを覆いかくそうとする気持なのだろうか。知らん顔をして生きながら、自分にまで知らん顔のできない時があるのに違いない。私達にはいろいろ気持の上で制限されるものがあり、おのがじしほしいままに生きることはできないが、だれにでもそうしたい欲求はある。それが自然に流露するかたちになれないために、いろいろな条件を克服する場合を、自分の行為の上にあてはめて空想したり模索したりするようになる。従ってより慎重で現実的な人が、実験のつもりで自分の生き方を設定してみる場合があってもよい。だが実験の積み重ねのつもりでいるうち索漠とした年齢になってしまわなければしあわせである。旦那さまの生き方の中には、多少こういう傾向があるように私には思える。だからといって旦那さまは得手勝手でいいかげんな人だというのではない。それどころか誠実で親切で鷹揚《おうよう》なところもあり、ふつうには非の打ちどころのない人柄である。だが、人は自分の性質や人柄とは関係のない志向をいつも持っていて、それが多少の人格のずれを見せるものらしく、だから女は常に男の正体に眼を光らしているが、そんなものは実はないのかも知れないのである。

私の見るところでは、雪枝おくさまはほとんど旦那さまを意識しておられなかった。それは旦那さまに対して一切無批判でいらっしゃる気持と底で一致していたのであろう。それも、おくさまが女らしい我儘《わがまま》さで自分のことにしか屈託しない方《かた》だったせいかも知れない。といっても、おくさまは旦那さまを無視していたのではない。それどころか限られた範囲のなかで、できるだけお尽ししていた。だが、ひょっとしたら、それ以上に出てはいけないと信じていたのではないだろうか。おくさまは身も心も一種の仕込みの中で生活した方だった。考えようによってはこのくらい我を張らない、人の意向のままに動いたりとまったりしているように見える人もなかった。この人がよく茶の間の長火鉢の前に放心したように坐っているのを見て、まるできれいな等身大のお人形を見ているような気がしたものである。

おくさまは出入りの人や私達お手伝いにまで不必要なくらい気を遣う人だった。が、旦那さまに対しては絶対服従でありながら、あまり気をおいているようすはなかった。幸嗣坊ちゃまも、おくさまから旦那さまに準ずるあつかいを受けていた。おくさまの中には非常な心遣いと無関心とが、いつも同居していたように思える。

私がおくさまから身の上ばなしの一端をはじめてうかがったのは、折竹に住みこんでからやっと一月ほどたった時である。二月の初午《はつうま》の日で、私はおくさまのお供を仰せつかって烏森神社へおまいりに行った。おくさまは歩くのが好きというより、乗物がおきらいで、小型のタクシーに乗ると、ガソリンのにおいですぐお顔を青くした。銀座から新橋あたりまでの道のりなら歩く方が楽だと仰っしゃっていた。飾り窓などにひっかかりながら、ゆっくり散歩するのがお好きなようであった。

「気持のいい日だわね」

おくさまは銀座裏の狭い通りの空をちらと仰ぎながら仰っしゃった。その日は浅く曇った寒い日だったが、厚着のきらいなおくさまは、寒さと競うような白っぽい十日町紬《つむぎ》の袷《あわせ》に、白地に草鹿《くさじし》の描き模様のある一越縮緬《ひとこしちりめん》の羽織を重ねて、無造作なウールの断ちおとしのマフラーを肩にかけたまま、あおい顔に晴れ晴れした表情をうかべていた。すこし薄いお髪《ぐし》はセットして来たばかりだが、かまわないかたちに見え、ちょっと濃くつけた紅が街頭風景をひきしめて人目をひき、ふりかえって行く男達もいた。私はこのおくさまの色のない派手さの蔭に小さくなってついて行ったが、おくさまは珍らしくごきげんであった。

土橋通りの老舗《しにせ》らしい履物屋で、畳つきの草履をさがしてから、八官神社の前をとおると、お宮の戸があいて中に蠟燭《ろうそく》が林立していた。昼間の内陣にともっている蠟燭の炎は、どんな小さなお宮でも神寂《かんさ》びて、しかも妙に新鮮に見える。賽銭《さいせん》箱のわきには白い幟《のぼり》旗が立っていた。おくさまは立ちどまって、お賽銭をあげ、ていねいに拝んで行った。

土橋の上を過ぎる時、おくさまは立ちどまって河岸ぷちの保険会社の円《まる》屋根の上にある緑色のガラスをはめた明りとりの塔をながめた。何かその建物が気に入っているようすであった。それから顔を伏せて、まっくろな水の上に眼を落とすと、ふいに眼まいでもしたように眼をつぶって両手でこめかみを抑えた。私がおどろいて尋ねると、おくさまは両手をはなし眼をあけて、にっこりしながら、こういった。

「たまに広いところへ出ると眼がまわるのよ」

風がないので橋の上にいても寒くはなかったが、川の埋めたては進んでいて、川底には無数の杭《くい》が植えられ、川岸の枯れ柳の下には空車がだらしなく停まっているし、宝籤《たからくじ》売りの台やアメリカの化粧品をぎっしりと並べた荷車や、けばけばしいキャバレの外観が町角を覆い、おくさまの広いところという形容は手頃でない気がするのであった。耳をすますと、八官神社で太鼓を打ちだしたのが聞こえた。

烏森のお稲荷《いなり》さんは、行きつけない人にはちょっとやそっとでは見あたらないように街の蔭にかくれてしまっている。新橋駅の西口は戦前はもっと、おっとりしたところだったように思うが、戦後は小さな飲み食いの店が氾濫《はんらん》し膨脹してしまった。迷路のようなところを抜けて行くと神社はさすがにまだ小広《こびろ》い社前の空地を、どうにか残していて、お宮の境内らしい形もととのい、昔から名のある三業地を控えているだけに、水っぽい空気も感じられる。

「あら、ここもちょっと見ないうちに、すっかりきれいにしてしまったわね」

と、おくさまはきょろきょろしながら、いった。私には戦後はじめて来て、戦前にも来たかどうか、はっきりした記憶のない場所だけに、なんとも相鎚《あいづち》が打てなかった。おくさまはお参りをすませると、またお宮のまわりを見て歩いた。何かを探しているようであったが、やがてあきらめたと見え、鳥居をくぐって烏森通りの方へ出た。

「何かお探しになっておいででしたか」

と、私はきいてみた。知らん顔をしているのもあまりお愛想がないように思えたからだ。

「あたしが新橋にいたってこと、梅代さんかだれかに聞いたでしょ」

と、おくさまはいった。

「いいえ、おくさま」

「そう？　いたのよ。一本の披露をする前に、あたしここへ小さな灯籠《とうろう》をひとつ献納したの。安っぽいブリキの屋根のついた、こんな小ちゃな。ガラスに小雪って名を入れてもらったわ。いまだったら、とてもおかしくて見られないようなお粗末なもの。でも、あたし立派に芸者になるつもりで願がけしたのよ。まだあるかと思って探してみたら、毀《こわ》れちまったのか、邪魔になって片付けられちゃったのか、もうなくなってるようだわ」

おくさまは寂しそうに仰っしゃったし、私も何かしら感動を受けた。戦争中は私も熱心に神さまを拝《おが》んだ。戦争に勝ちたい、すくなくとも被害を受けたくない一心からである。あの頃はだれもかれもが、むりに拝ませられるか自分から進んで拝むか、どちらかした。どんな神さまにも神風を吹かす能力があるかのように信じさせられ、まるで八百万《やおよろず》の神々がよみがえって来たような賑やかさであった。おくさまの話はそれとは趣きがちがい、おくさまの祈りは現代にも通じるものだが、おくさまはおくさまの成り行きで祈りを捨ててしまわれたのである。おくさまが芸者になれなかったことにまだ未練を持っているなどとは信じられなかったが、その小さな献灯が後悔のにおいのする忘れられない思い出らしいことは、私にもわかった。いいえ、それは後になっていろいろ考える材料が与えられてから、わかったことで、その時は無邪気な思い出だと思い微笑を感じただけであった。

私にはひとつ感動したことがあると、それに附随した細かいことまで記憶してしまう癖があるらしいが、その時はそれから烏森の通りに出て、お茶うけの干菓子やあられなどをしこたま買いこんで持たせられ、汁粉屋へはいって私が塩餡《しおあん》を注文して頂くと、おくさまも同じ物をそういって、好みが合うなどと笑ったりしたことまでおぼえている。

それから汁粉屋を出ると、おくさまは歩道に佇《たたず》んで、

「乃婦さん、ここから一人で帰れる？」

と、おさないことをいった。大丈夫ですよと笑いながらお答えすると、おくさまは前とは顔つきを変えていて、いまご自分のいったことに気がついていないようすに見えた。

「じゃ、あたし、これからちょっと用たしをして行くから、先に帰ってくださらない？新橋から地下鉄で銀座まで行くといいわ。あたしもすぐ帰りますから」

帯のあいだから紙入れを出して、ことわろうとする私の手にいそいで小銭を握らせなが

ら、おくさまはさもすまなそうに私の眼を見た。私は予告されなかったことなので、意外な感じを受けてちょっとまごついたが、そこでお別れした。ちょっと行ってから何気なくふりかえると、おくさまは今様鷺娘《さぎむすめ》といった恰好《かっこう》で、まだうそ寒い街頭に立ったまま私を見送っていた。私達は遠くはなれて、にっこりしあったが、むきをかえて駅の方に歩きながら、私はおくさまがそれからどこへ行くのかという好奇心よりも、おくさまの笑顔に何かしあわせを感じていた。その時のおくさまの笑い顔には、おくさまの体温が感じられた。

一人で銀座の家に帰ると、私は梅代さんに怪訝《けげん》な顔で見られた。

「おくさん、どうしたの」

「烏森の通りでお別れしました」

「へえ、そうか——」

梅代さんはにやりとすると、ちょうどそこへ顔を出したケイちゃんを見ていった。

「あんたの好きな祖生《そぶ》さんが、またここへ来るようになるよ、おケイちゃん」

「どうしてさ」

「いまごろ、おくさんは学校の近所で祖生さんと会っているもの」

「まあ、おくさん、またはじめたの？」

「そうじゃないよ。旦那も承知でまた祖生さんを呼ぶんだよ。おくさんはその使いに行ったのさ」

梅代さんは、ふしぎに思っている私の顔を見て、笑いながら教えてくれた。

「お乃婦さんはまだ祖生先生を知らなかったわね。また一人このうちの準家族が増えるんだよ」

「祖生先生って、なんの先生ですの？」

「ボクちゃんの家庭教師さ。おケイちゃんがこの家に来た時、祖生さんはもうボクちゃんの先生をしていただろう」

「ちがうわ。あたしが来たのは一昨年《おととし》の暮だもの。先生は去年の新学年から来るようになったのよ」

「そうか、そうか。それは失礼でした。そうして去年の九月ね、馘《ちょん》になったのは——」

「家庭教師を馘《くび》にするなんて妙な話ですね」

と、私は好奇心を惹《ひ》かれて口を出した。

「だって、教育上よろしくなければ、仕方がないじゃない」

梅代さんはそういうと、天井をむいてケッケッと笑いだし、太くて指紋のうすい右手の親指と人差指の先を二三度あわせたりはなしたりして見せながら、いった。

「原因はこれさ」

梅代さんからそのあとで話を聞いた時、私は意外の感じに打たれたのだが、おくさまはその家庭教師と、できてしまったのだという。当時、私は折竹に来てまだ日も浅かったが、おくさまがそんなことをしそうな人には、ちょっと見えなかっただけに、あいた口がふさがらない感じであった。梅代さんがいくらなんでも、そんな事を冗談にいうわけもないし、二人の情事が旦那さまに知れてしまい、そのために祖生さんがお払い箱になったという事実を聞かされては、信じないわけに行かなかったからである。人は見かけによらないものだと思った。

だが、そういう関係の祖生さんに、その日おくさまは何故また逢いに行ったのだろうか。おくさまは祖生さんのことが思いきれなくて、去年の九月以来、ときどき人目を忍んで逢っていたのであろうかと思ったが、それにしては鳥森で別れた時のおくさまに疚《やま》しいようすはなく、いかにも用事で人に逢いに行くという感じであったし、その日のことを思いかえして私の眼に残っている、寒《かん》あけのいちばん寒い時期に白っぽい服装で外出したおくさまの姿が、だいいち、いやらしい想像をゆるさなかった。その疑問を話すと梅代さんは首を振った。

「そんなことをするおくさんじゃない。物のはずみで祖生さんとできてしまったんだろうけど、旦那がお金まで出して話をつけたあとじゃ、さっぱりだよ」

「すると祖生先生という人は、手切れ金まで取ったんですか？」

「祖生さんという人はあれで教えるのは上手なのか、ボクちゃんとは馬が合うというのか、とにかくあの先生のお蔭でボクちゃんの成績がよくなったのは事実なのよ。名目はそのお礼ってことで、実際にはきっぱり別れさすために金を使ったのさ」

「では何故きょう、おくさまは祖生さんに逢いにいらっしゃったのかしら」

「祖生さんの手をはなれたら、ボクちゃんの成績がまたわるくなっちゃったのよ。このごろ補習塾へ通ってるでしょう。あんなのボクちゃんにはちっとも役に立たないらしい。ボクちゃんの教育にだけは何といっても祖生さん実績があるのよ。それで、こないだの晩、旦那とおくさんが茶の間で相談してるのをちらっと聞いたんだが、おくさんがもう絶対に前のようなことをしないと約束できるなら、また祖生さんを頼んでもいいと、旦那がいってたようだったわ。その時ははっきりわからなかったが、いま考えるとたしかに、そういうことを話していたんだよ。とにかくお前の責任で頼むことになるんだから、その覚悟で依頼の交渉にもお前が自分で行けって、いってた。そこのところははっきり聞きとれたよ」

「祖生先生はいつからまた来ることになるのさ？」

と、ケイちゃんがきいた。

「そんなこと、まだわかるものかね。知りたかったら自分でおくさんにきいてみな」

「まさか、おくさんから言いださないうち、きけるもんじゃないわ」

「いまの法律じゃ姦通罪《かんつう》ってのはなくなったそうだけど、むかしはどうだったの？　ひどい罰を受けたものかね」

と、梅代さんが私の顔をのぞきこんで、きいた。

「さあ、あたしにも経験がないから、わからないけど。研究しとくんでしたね」

私は笑いながら答えた。だが、戦争中はたいへんだったことだけは私もおぼえていた。知りあいの留守家族でそういう事件があった。出征軍人のおくさんが若い男を空閨《くうけい》にひっぱりこんだのである。かれらの関係はしばらく続いたが、隣り組の密告で姦通の事実が暴露されると、男は厳重に処罰された。女の方は別にお咎《とが》めを受けなかった。軍人優先、戦争第一の時代であった。

私達が話をしているうちに玄関の戸のあく音がして、ただいま、というおくさまの声が聞こえたが、私が家に着いてから半時間ぐらいにしかならなかった。茶の間に顔を出して、さっき御馳走《ごちそう》になった礼をいうと、おくさまはまた買物をして来たらしく、抱えて来た軽そうな風呂敷包みを長火鉢の猫板の上において、羽織を着たままその前に坐りながら、小さな声を立てて笑った。

「どういたしまして。あの塩餡たら、しょっぱいばかりでね」

「いいえ何年ぶりかで頂いたので、おいしゅうございましたよ。でも、もうご用はおすみになりましたの？」

おくさまは火箸《ひばし》の先で銅壺《どうこ》の枠にぎっしりつまった炭火を押しひろげながら、ちょっと疲れたような屈託のない顔でうなずいた。

「ええ——」

「乃婦さんは知らないけど、前にボクちゃんの勉強を見てもらっていた先生に、また来てもらうことになったのよ。さっき行ったところのちかくにある中学校の先生だけど、ちっとも気がねのいらない人だから、そのつもりでね」

私の方がむしろ複雑な気持でお顔を見たくらい、おくさまはさっぱりといった。

「その先生は、いつからお見えになりますのですか」

と、私は梅代さん達を代表したつもりで、きいた。

祖生先生は次の週から顔を見せた。中学校のつとめの余暇に、虎の巻の原稿を書いたり、若いのに積極的にはたらく人らしく、そういう仕事の関係で折竹へ来る時間も一定できないのだというが、いつも晩飯が終った後に来て、この人のために別に仕度しておく一人分の御膳《ごぜん》を食べてから、坊ちゃまの勉強のあいてをするのであった。

祖生さんの、たくましさを匿《かく》しているようなすんなりした野性的な感じのするからだつきはなまぐさい少年のにおいを残していて、時にはそれが嵐の前の電気を帯びた空気のように、むっとする感じを持つ。色の浅黒い顔に、きれいに澄んだ眼をしているのが特徴で、その眼を見ていると、この人はいわゆるビート族というのではないかという気もするのだが、しばらくすると私は、この人が参考書のように簡潔的確な知識で充満しているのを知った。摘要だけで備考のない知識とでもいうか、とにかくなかなかの努力家であることは私にもわかった。

　祖生先生が来た日から先生のために晩飯の用意がされるのを見て、それが前に来ていた頃からの習慣であることはわかったが、手のかかる人が一人増えても、だれも不平をいう者はなかった。だいたい折竹という家は主体になる人がおくさまと坊ちゃまの二人だけなのに、ひどく手のかかる家なのである。そのくせ、おくさまは格式ばった方でもないし、坊ちゃまも特に世話の焼ける子供というのではない。私の受けた印象では、おくさまはいつも綺麗《きれい》な手をしているために何もなさらないもののようだったが、気位いが高くて端《はした》仕事をしないのではない。その証拠にはたまに私達に替ってなさることもあり、或る時などは梅代さんの漬物《つけもの》が気に入らないで、ご自分で糠味噌《ぬかみそ》桶《おけ》をかきまわしだしたのに、おどろかされたこともある。

　旦那さまもどちらかといえば手のかからない方《かた》である。几《き》帳面《ちょうめん》だが気むずかしくないし、食事に文句をつけたりしたこともない。きれい好きだが、指の腹で埃《ほこ》りを拭《ふ》いてみせるような真似《まね》をする人とは違う。梅代さんに聞くと、以前は客を引っぱって来たりしたが、三四年来そういうことも絶えてないそうである。人手を要するような人は誰もいないのに、なんとなく手のかかるのは、つまり私達がいるためで、いってみれば、この家の生活の大半は、私達に働かせるための儀式にすぎないもののようである。どうしてそんなものが必要なのかといえば、私達お手伝いさんこそ、この家に不可欠の要素だからである。私達がいないと、この家は成立しない。それは、ご本宅が成立しないと同様に成立しないのである。ご本宅にはお手伝いさんが五人と男の召使いが運転手もふくめて二人いる。こちらのお手伝い三人と、家庭教師は最小限の均衡なのである。

おくさまは何もする気がないのではなくて、私達にさせるために何もしてはならないのである。坊ちゃまは手のかかる子でいる必要がある。そして、旦那さまの私達のあいだでの比重は、やや不当に軽い。旦那さまの係りはおくさまであるし、旦那さまは外来者で直接司令者の立場をとっていない。旦那さまはいくぶんお客さまでもあり、お客としてのあつかいは、いくら重くても一時的である。それはほんのすこしだが祖生先生の地位に似ていた。

祖生先生のもてなしに誰も不平を持たなかったのは、私達は私達なりに結構いそがしいと思っているが、それでもなお充分余裕のあることを自認していたせいもあり、同時に祖生さんがまたこの家にあらわれたということが、私達に一種の熱意を感じさせる事実でもあったからのようである。はじめ梅代さんもケイちゃんも、おくさまと祖生先生の二度目の接近がどういう結果をまねくかということに好奇心を持ち、秩序の破壊者の役目をする不安のある祖生先生を警戒の眼で見ていたようであった。梅代さん達ははじめの数日間、皮膚の一部をちょっと突ついてやれば飛びあがりそうに、わくわくし、びくびくしていた。

だが、日がたつにつれて梅代さん達の興奮もさめて行った。おくさまも祖生先生も、旦那さまとの約束をまもり、自粛してお互いに接近を避けているのか、それとも金銭のからんだ別れの後では、とうに白《しら》けた秋風が立ってしまっているのか、お二人とも何事もなかったような知らん顔をなさっているので、前の事件を知らない私には、ほんとうに何事もなくて、金の話も祖生先生が突然指導をやめたについても、梅代さん達の度を過ごした想像ではないかとさえ思えたほどである。

祖生先生はまたすっかり、この家の生活になずんで、おくさまとも談笑するし、家族の一員のようになって来た。

祖生先生が来るようになったことを眼に見えて喜んだのは幸嗣坊ちゃまであった。いちばん嬉《うれ》しがっているのはケイちゃんだと、梅代さんはいっていたが、さすがにケイちゃんも、そんな顔色は見せなかった。

「おケイちゃんは祖生先生に、おか惚《ぼ》れしてるのさ」

と、梅代さんが台所で私の耳に囁《ささや》いた時、おか惚れなどという言葉をもう何年にも人の口から聞いたことのない私は、かえってびっくりしてしまった。梅代さんは三業地に勤めた経験があるので、そんな言葉をおぼえていたのかも知れないが、いまだにこういう言葉が使われている場所があるのだろうかと思った。おか惚れのおかは、おか目八目《はちもく》などのおかで、傍《かたわ》らから何かすることだから、他人の情人《いいひと》に想いをかけたり、あいての気持もかまわず好きになったりするのを、おか惚れというのだと、おぼえているが、ケイちゃんが祖生先生に対して、はたしてそういう状態だったのかどうか私にはよくわからない。若《も》しそうだったとすれば、おくさまとの縁が切れたいま、祖生先生にその気さえあれば、ケイちゃんはおか惚れ状態から脱《ぬ》け出せるチャンスに恵まれたようなものであった。そういわれて見ると祖生先生が来た時、ケイちゃんはなんとなくそわそわしていた。だが、若い女が若い男の出現にまるきり平気でいられる筈《はず》もないし、またもともとケイちゃんは態度に落ちつきのある方ではないのだから、そのくらいのことでは、まだなんともいえないのである。

それにくらべると坊ちゃまの方ははっきりしていた。坊ちゃまがいちばん喜んだのは、補習塾へ通わなくてもすむようになったことである。坊ちゃまの補習塾は桜橋の近所にあって、家はふつうの小さな店舗づくりだが、生徒が百人以上もいて、いく組かに分けて教えている、ちょっとした規模のところであった。坊ちゃまには何よりも、他の生徒といっしょにやることが苦手なのらしく、周囲に気圧《けお》されてしまって注意が集中しないし、先生のいうことも、馴《な》れない先生だと怖気《おじけ》が先に立って、耳にはいらないようであった。私は一度、塾までお伴して行って、そういう坊ちゃまのようすを、わきから見ていたことがあるが、こういうところはまるで小さな子供である。自分のまわりにばかり気を取られていて、自分を忘れている。そういう時、ふと私と眼が合うと、ふいにその眼が恐怖を浮かべた。

その日、私は坊ちゃまをそこへ送って行き、すぐ家に帰って、勉強の終る時刻にまた迎えに行くことになっていたから、すぐ目礼して塾を出てしまったが、そのあとで坊ちゃまが何故そんな怯《おび》えた眼をされたのか気になった。もちろん私がこわい筈はない。坊ちゃまはふと夢から醒《さ》めたような表情をなさった。それはたぶん忘れていた自分に気がついたのではないか、自分の孤独に気がついたのではないかと私は思った。私には思いあたることがあったのである。私の幼児が猩紅熱《しょうこうねつ》にかかって最初の診察を受けた時、医師や看護婦のあいだから私の顔を見つけだしたその眼つきが私には忘れられない。そして坊ちゃまも、そのおさな児と同じ眼つきをなさったのである。それは救いをもとめる眼でもあった。私はちょうど区役所前の三叉《みつまた》形の三吉《みよし》橋の上を歩きながら、そこに思いあたると、更にそれを掘りさげてみて、私自身の不幸を呼びさまされた。

折竹に住みこんで、この家の空気になずんで来ると、私はしぜん坊ちゃまに対して愛情を感じるようになっていた。私ぐらいの年齢の女が、かわいらしい男の子に対して無関心でいられる筈はない。それに坊ちゃまはまるで自分を持っていらっしゃらないかのように素直な子供であった。素直なのか無気力なのか、それとも気力はあっても、まだ捌《は》け口が見出せないのか、ちょうど乳《ち》ばなれしてからいくばくもたたないで、まだ我《が》を張ることを知らない頃の渾沌《こんとん》とした眼《まな》ざしが、坊ちゃまにも残っている。子供のほんとうの可愛らしさは、まだぼんやりと外界の刺戟《しげき》を受けとり、動きにつれ響きに応じて、びくりとしたり声を立てて笑ったりする頃から、智恵がつきだしても悪たれることを知らない時期までで、生きるのもおぼつかなく、この世の連帯を手さぐりしている姿が、私達の母性本能を刺戟するもののようである。

母親はこういう子供の姿に憐憫《れんびん》と同時に快感をも感じる。それはこの弱い、庇護《ひご》をもとめる者に対して、自分の力が自覚されるからであろうか。この頃までは母親の自我が子供の自我とぶつからず、傷つけられることなく愛情を注げる時期なのである。幼くして死んだ唯一人の子供しか持ったことのない私の思い出の中には、そういう、いたいけな姿しか残されていないし、その子供はしかも母親に庇護する力を自覚させるどころか、私にはどうしようもない、いいえ、当時の人間の力では及ばなかった病魔のために、連れて行かれてしまったのである。私の場合は子供が私をもとめる眼が、私の無力をさとらせるものであった。だから私は、坊ちゃまの恐怖をうかべた眼《まな》ざしに追われるような気がしたのである。

因《ちなみ》にいうと、梅代さんの坊ちゃまに対する感情は私とは違っている。梅代さんは坊ちゃまをやや精薄児あつかいしていた。そして、坊ちゃまのような子供ができたことに依《よ》って、旦那さまとおくさまの関係を批判的に見ている。両親の無気力無選択な生き方が坊ちゃまのような性質の子供をつくりだしたのだという風に、梅代さんは見ているのである。子供を産んだことのない梅代さんにも、もちろん母性的な感情がないわけではないが、母親の自信は子供に対して、かえって苛酷《かこく》になる場合がある。梅代さんは坊ちゃまに対して思いやりがないのではないが、反撥《はんぱつ》の方がより強く出ているようで、それが批判にもなるのである。それに、梅代さんの場合は主人の子供という観念が意外に強いのと、私の思いすごしかも知れないが、子供が親達から大事にされすぎ、甘えすぎているのが、梅代さんには気に入らないらしく、そういう感情が入りまじって坊ちゃまにむけられているようである。私は梅代さんの口裏から、そういうものを感じたが、といって梅代さんが坊ちゃまに愛情を感じていないのでないこともわかる。ただひとつ、梅代さんの感情で、はじめ私には理解できないことがあった。

「ボクちゃんて、なんだか気味がわるいよ」

と、梅代さんは或る時いった。

「どうしてですの――」

「どうしてだか、わからないけどさ。あんなに大きくなっていて、まだ赤ん坊みたいな子――」

梅代さんにはそれ以上、うまく言いあらわせないらしかったが、軽く精薄児あつかいにできない何かを感じているようでもあった。

ケイちゃんの態度はまた違っていた。ケイちゃんは黙ってほうっておけば、ほんとうの母親以上に、坊ちゃまを馬鹿《ばか》っ可愛がりしそうであった。大きな子供だろうが小さな子供だろうが、ケイちゃんは差別しない。かわいらしければ可愛がるといった調子である。坊ちゃまがご主人の子だということは、ケイちゃんもよくわきまえている。わきまえていればこそ、どんな無理でも聞いてあげなければならないというように思いこみ、それが偏愛と一致している。私にはそんな風に見えたし、おくさまもケイちゃんの猫可愛がりには、ちょっと辟易《へきえき》しておいでのようであったが、一面ケイちゃんに感謝しているようでもあった。ケイちゃんには坊ちゃまを馬鹿にしたり荷厄介にしたりする素振りは毛ほどもなく、坊ちゃまに手を焼いている時も、他意なく困っているようすが目につき微笑されるくらいだったからであるが、ケイちゃんの尽し方は純粋で献身的で、年頃の娘と少年というよりは、少女と幼児という感じであった。

桜橋の補習塾へ通いだしてから、坊ちゃまが妙にいじけだしたこと、そして、そのうち学校の点数の落ちているのがわかると、旦那さまも真剣に考えなければならなくなり、それが別に補習塾の方針がわるいせいではなくて、坊ちゃまの性向によるものであることがわかっているだけに、そのうちには慣れるだろうと高を括《くく》っていたのが、やはりだめで、坊ちゃまの臆病もかなり徹底しているのには、旦那さまもがっかりさせられながら、頭に浮かぶのはやはり祖生先生のことであった。

祖生先生には実績があったから、その点では期待できたので、前に起きた不快な事実にこだわるよりも、坊ちゃまの教育の方が大切だと旦那さまは割りきって、双方が過去を水に流し、先生にまた来てもらうことになったのだが、さすがにそれだけのことはあって、坊ちゃまの三学期の成績はわるくなかった。なによりも祖生先生が来だして、補習塾へ通わないですむようになってから、坊ちゃまの顔色がよくなったことである。坊ちゃまはやっと安心して、わずかずつ着けて来た自信をとり戻したのらしい。

梅代さんから聞いた話が先入主になっていたのかも知れないが、私ははじめて祖生先生に会った時なにか危険なものを感じた。あまりにも若々しい感じ、それだけなら私のような年齢の女はかえって好意を持つこともあるが、その底にかくされている粗暴さが感じられた。それは私にビート族ではないかと思わせた、あおく澄んだ眼や、ちょっとした身振りから来ていたのだろうから、こだわるほどではなかったが、祖生先生が相当な勉強家だという保証がえられるまでは、私の気持はこの人に対して落ちつかなかったのである。にもかかわらず坊ちゃまが祖生先生になついているのは、どういうわけか考えてみて、私は世代のずれというようなものを感じた。坊ちゃまが祖生先生にすぐ打ちとけられたのは、その少年じみた野性的な感じのせいで、そういうものを敵にするのは恐ろしいが味方につくとなると頼もしく惹かれるようになるのではないだろうか。つまり祖生先生はまだ坊ちゃまに直結する先輩であった。そして、過去半ヵ年の実績で、先生は坊ちゃまに味方としての信用を植えつけてしまっていた。

祖生先生の印象が坊ちゃまと私に、まるで反対の受けとり方をさせたことは、考えてみるとおもしろい。何が真実かは容易にきめられないことである。真実のほんとうの姿はむしろ漠然として捉《とら》えにくく規定できない全体のかたちで見るべきかも知れないと、こういういろいろな場合が私に考えさせる。私は穿《うが》った観察をしているようであるが、実際は模索しているに過ぎないのであろう。

とにかく坊ちゃまに関しては祖生先生をお呼びしたことは成功だった。それに坊ちゃまを中心にして、おくさまも祖生先生も常識のある態度をしめしていたので、旦那さまも安心されたし梅代さん達も警戒をといたようであった。坊ちゃまは五年生になると、いよいよ本腰を入れて受験の準備にかからなければならなかったので、祖生先生の存在はますます重要になった。おくさまに聞いた話では、旦那さまは坊ちゃまを、ご自分の出た大学の中学部にお入れになりたいごようすで、それはもう希望というより決意といった方がよく、ご自分の踏んだコースを坊ちゃまにたどらせる必要を固く信じておいでだということであったが、よしあしは別としてその方針は動かせられないものになっているらしかった。

旦那さまの学校は程度が高く、なまなかの成績では入学はむずかしい筈だが、その点には自信がおありのようすで、教育や学位の関門も公然とお金の力であくような印象を与えられる昨今の社会では、そんなことは旦那さまにはわけがないというより、当然の特権行使だとお考えになっているのだろうが、さて入学してからの実力の点になると、旦那さまには自信が持てなかった。やはりご本人に力をつけて行くと同時に、当分のあいだは突っかい棒の必要があった。そこで坊ちゃまと馬の合う祖生先生にたよるより他はなかったのである。

折竹の家では、なんといっても坊ちゃまのことが中心になっていた。五年生は小学校の高学年であり、ひとりだちのむずかしい坊ちゃまがとにかくそこに到達したということは、旦那さまにもおくさまにも、ひと安心できる事実で前途に希望を持て、と同時にこれからもまた、ひと踏んばりしなければならない緊張も感じられる時だったから、新学年の始業式の日の夕方から祖生先生をまねいて、うちうちの小さな祝筵《しゅくえん》を張ることになった。

旦那さまは年度がわりの挨拶《あいさつ》に九州の事業所をまわるため、その晩、羽田を発《た》つことになっていたが、七時頃には姿を見せ、三十分ほど階下の六畳間の卓袱台《ちゃぶだい》の前に坐《すわ》って、祖生先生に盃《さかずき》をさしたり礼を述べたりしていたが、ご自分ではほとんど飲まなかった。飛行機の出るのは遅くなってからだが、その前に西銀座の数奇焼《すきやき》屋で会社幹部の送別会があるとかで、旦那さまは時間をはかって出て行かれた。

祖生先生は若いに似ず、かなり召しあがる方である。おくさまは春先の風邪を召していて、羽田へのお見送りは、公然の仲だからご遠慮の必要はないのだが、ご免をこうむることにしていたので、十時頃、二階の奥の六畳へ寝に立たれた。おくさまとしては祖生先生に、あまりいつまでも飲んでいられるのを好まなかったらしい。風邪を口実に自分が立てば、そのうち盃をおいて帰るだろうと、お考えになったもののようである。が、祖生先生は飲みのこしの二合徳利の燗《かん》をなおしに、わざわざ自分で茶の間へ立ったりして、ゆっくり飲んでいた。私達はおくさまの気を察して、祖生先生をもてなさずに打っちゃらかしておき、梅代さんもケイちゃんに目配《めくば》せして、客間へ行くなといっていたが、祖生先生は酒のあるあいだは余さずに飲んで行くつもりらしかった。

ケイちゃんにいって、坊ちゃまを奥の四畳半へ寝かしにやってから、わざわざお祝いに招《よ》んだ祖生先生に帰ってもらうわけにも行かず、客間の片づけもできない始末で、私は茶の間でつくろい物をはじめた。梅代さんは太い腕を枕にして、長火鉢のそばにごろんと横になっていた。二三日前まで寒さが遅滞していたのに、その晩はなま暖かかった。私は風邪ぎみのおくさまのようすが気になって継ぎはぎ物の手をとめ、階段をあがって行った。

意識してやっているつもりはないが、私は猫のように音を立てずに歩くと、梅代さんなどによくいわれる。軽量なのと、娘の頃しつけられた癖が残っているせいだろうか。その時も私は何の気なく静かに二階へあがって行ったのだが、妙なうめき声のようなものを聞きつけ、ぎょっとして廊下の途中に立ちすくんでしまった。はじめ頭にうかんだのは、おくさまが風邪の熱でうなされているのではないかということであった。おくさまは貧血症のためかときどき夢を見てうなされると、ご自分でもいっておいでになったからである。

たとえどんなに妙な声であっても、そういううなされ方もあると思ったが、声ばかりでなく物の触れあうような微《かす》かな音をともなっているのに気がつくと、おやと思った。だが、その時も私はまだ気をまわした考え方をしてはいなかった。で、おくさまを悪夢から救ってあげるために、お起こしするつもりだったが、まさか他人の寝室をぶしつけにあけるわけにも行かないので、そっと障子に手をかけて細目にあけ中をのぞいて見て、私はどきりとしたのである。

通りに面した肱掛窓《ひじかけ》の方を頭にして寝ている筈のおくさまの顔が、こちらからは見えないほど掛蒲団《かけぶとん》が盛りあがって、はげしく動いていて、その動きのリズムが私にはすぐ或ることを思いださせた。微かな音もうめき声も、人の姿は見えないが蒲団の中から洩《も》れて来るのである。あわてて廊下をひき返しながら、今度は足音を忍ばせるのに苦労した。私の老いかけた胸もはげしく動悸していた。

やっと階段を降りきると、そこに梅代さんが笑いをこらえた顔で立っていたのには、またおどろかされた。梅代さんはさぐるように私の顔を見た視線を、ちらと階上に投げあげるようにして、どうだという顔をして見せた。私も廊下の奥の六畳へ眼をやって、その眼を梅代さんの顔に返すと、梅代さんは首を振った。祖生先生がもうそこにはいないという意味にとれた。私も梅代さんの最初の問いに答えて頷《うなず》いてみせた。

梅代さんは歯を食いしばった顔つきで私の袂《たもと》をとらえ、茶の間に引っぱって行くと、いきなり畳に突っぷし微かな忍び笑いを洩らしながら、それでも笑いをこらえている身ぶりで、はげしく身をゆすっていたが、その分厚い背中を見ながら私はやはり索然とした気持であった。梅代さんが何を感じているか私にもわからない筈はなかったが、私はもう長いこと前から男女の問題に興味を感じることがなくなり、そういう想像から肉体的な影響を受けにくくなっていて、いま目撃して来た事実からも空恐ろしいような感じしか受けていなかった。みそかごとの悩ましさやおかしさよりも、何かしら凄《すさ》まじい感じしか受けなかったのであるが、梅代さんの笑いをこらえているだけともいえない背中のふるえを見ているうちに、さすがに脂っこい幻想が浮かんで来て、からだがぐらつきだしそうな不安なほてりをふと感じたのである。

梅代さんはふいに身を起こして、奥の間の襖《ふすま》をあけた。茶の間から見ると、ケイちゃんは掛蒲団の上から坊ちゃまを抱くようにして添い寝しながら、口をあけて眠っていた。梅代さんがいきなりケイちゃんの肩に手を掛けて揺り起こそうとするので、私は小声で叱った。私には、ケイちゃんを起こして二階の一件を見に行かせようとする梅代さんの魂胆がわかったからであるが、梅代さんは手をはなして振り返り、笑うとも泣くともつかない顔で私の方を見ながら、それでもおとなしく茶の間に帰って来ると、長火鉢のむこうにぺたりと坐って、瘧《おこり》の落ちたような霑《うる》んだ眼つきであははと笑ってから、ふいに意地のわるい顔になって、いった。

「こまった人達だよ。乃婦さんはいいところを見て来たの？」

「いいえ、蒲団だけですよ」

そう答えると私は急におかしくなって吹き出してしまった。梅代さんも釣りこまれたようにあははあははと興ざめた声で続けざまに笑った。ケイちゃんが眼をさまして上体を起こしかけ、梅代さんがあけたままの襖のあいだから、寝呆け眼《まなこ》で私達の方を見たが、私は黙っているように梅代さんに眼で合図した。しばらくすると、誰か足音を忍ばせて二階から降りて来る者があったが、私達はわざと茶の間を出なかった。足音の主は玄関の戸をあけて出て行った。それからちょっとたって、おくさまが階段を降りて来、便所にはいったようすであった。そして私達には顔を見せず、また二階にあがって行った。

私も梅代さんも、その晩のことを旦那さまに告げ口するようなことはなかった。私はそういうことをしない方針だし、梅代さんは自分の主人はおくさまだと思っているからであった。

その翌日、祖生先生が顔を見せると、おくさまは二人で二階に行かれたようであった。何も知らないケイちゃんが、そのあとで物を取りに二階へあがって行くと、お二人はとっつきの六畳間に座蒲団も敷かずに対座していて、ケイちゃんの足音で口を噤《つぐ》んでしまったようすであったが、その前におくさまがかなり強い口調で何かいっていたのが聞きとれたと、ケイちゃんはいっていた。

「どうしたんだろう。祖生先生がおくさんに叱られてるわよ」

と、ケイちゃんは梅代さんに報告しに来たのである。

私と梅代さんは、祖生先生が酔ったいきおいで二階におしあがり睡眠中のおくさまを襲ったのだという風に、前夜の事件を解釈した。眠っていたとはいえ、おくさまは抵抗しきらなかったのだから、あまり強いこともいえなかったであろうが、とにかくケイちゃんが二階に行った時には、おくさまはそのことで祖生さんを面詰していたのに違いないと考えた。面詰といっても、旦那さまが頼んだ祖生先生を一存で追い払うようなことのできる、おくさまではないから、以後気をつけるように厳重にいいわたした程度であろうが、私達はそういうおくさまの態度からも、お二人がふとした間違いをこれ以上おかさないだろうと考えていた。

さして広くもない家に四人の女と一人の子供が起き伏しし、いつも来るのは二人の男だけという家庭ではあるが、私達はそれぞれ用が多く、個人の挙動にいつも眼をつけ、この家で誰が何をしているかすべてに気を配っているというわけには行かない。それどころか、よほどのことがない限り、私達は自分の手許に気をとられて、ぼんやり日を送っているし、また多少神経を尖《とが》らしても、いくらも隙《すき》はある筈である。おくさまは以前は階下の奥の四畳半で、坊ちゃまと床を並べておやすみになっていたらしいが、坊ちゃまがお身大きくなって、三幅《みの》蒲団を二つ敷くには、この部屋が狭くるしく感じられるようになると、旦那さまがお見えにならない時でも、ちょっとお加減がわるかったりすると、二階の奥座敷でおやすみになるようになった。

坊ちゃまのお伽《とぎ》も、ほとんどケイちゃんにまかせきりであった。はじめは梅代さんが坊ちゃまといっしょに寝て、田舎の話などをして寝かしつけていたというが、坊ちゃまには梅代さんの分厚く女くさいからだつきが窮屈らしく、ケイちゃんの細っそりした柔軟な肢体の方が肌に合うようで、私がこの家に来た頃にはもうケイちゃんが坊ちゃまの専属のようになっていた。

その頃おくさまは、ほとんど毎晩二階でおやすみになっていた。坊ちゃまは人一倍さびしがり屋だから、一人で寝かしておくと寂しがって隣りの床にはいって来る。そのうち寝てしまうと子供のことだから自由に突っぱらかって、どこへでも手足を押しつけて来るので、それが骨の細いおくさまには窮屈で辛《つら》いのだと、ご自分でもいっておられた。かといって、おくさまはもちろん坊ちゃまがお可愛くなかったのではないが、私の見たところでは、可愛がるというより大事になさっているという感じの方が強かった。おくさまには坊ちゃまが自分の子であると同時に旦那さまの子であり、将来、保倉の家を継ぐようになれば自分の手をはなれて、本宅のおくさまといっしょに暮らすようになるという考えが、頭を去らなかったのらしい。

それだから疎《うと》んじるというのではなくて、そのためにいっそう大事にしなければならず、盲目的な愛情は慎まなければならないと思っていらっしゃるようであった。おくさまは坊ちゃまを隔てているのではなくて、ご自分を隔てていたのだが、結果は似て来る。おくさまはそう隔てがあると、平凡に旦那さまと自分と二人の子だという気持には到底なれない。そういう一般の母親はどちらかといえば父親のことはむしろ考えず、自分ひとりの専用物のように子供を扱いたがるものだが、それとは正反対の例がここにあった。おくさまは心のつめたい人ではないが、やや愛情の薄いところがあるとすれば、それもおくさまのせいではないように私には思える。世間には子供を平気で女中の愛情にまかしておける忙しい母親や、格式を重んじる母親もいる。おくさまの場合はそれとも違う。そういうのはむしろ心の広い人といえるかも知れない。が、おくさまの場合は一種のあきらめが造りあげた性格から来ていたように思う。だが、あきらめというものが完全に無抵抗なものかどうか、それはわからない。

何故こんなことを気にするのかといえば、梅代さんがその頃、私にこんなことをいったからである。

「おくさんは何故、階下《した》でボクちゃんといっしょに寝ないのかね。そうすれば間違いは起こらないと思うが――」

梅代さんには、おくさまがわざわざ間違いの起きる状況をつくっているのが歯がゆくもあり、わざとそうしているのではないかという疑惑も多少は感じているようであった。だが、私の考えはすこし違っていた。おくさまには何か私達にはわからない理由があって、現在の日常を変えることができないのではないかという気がした。おくさまが坊ちゃまと同衾《どうきん》されるのを避けるのは、ひょっとしたら坊ちゃまの感触に抵抗なさっているのではないかとさえ私は考えた。

穿ちすぎた見方かも知れないが、おくさまが旦那さまの優位を認めることによって、ご自分の立場を守ることを考えていらっしゃったとすれば、当然そこに複雑な感情の抑圧があるに違いなく、それに準ずる感情の起伏が坊ちゃまに対してもなくてはならぬと私は考えたのである。

三月《みつき》もごいっしょに暮らしてみて、私はおくさまが、うわべのさらさらした生き方の底に大きな屈託を秘め、実際はそのために金しばりにされているという印象を強めていたのだが、祖生先生とおかした間違いの原因もそのへんにあるのではないかと思えるのである。そして、それを金で解決されたりしたのでは、たとえおくさまがそれに同意し、よけいな出費を旦那さまにかけさせた愚ろかさを悔いて詫びたとしても、やはりどんなお気持だったろうか察しられる。世の中にはこんなにも素直な人があるのかと、つきあえばつきあうほど不思議な感じさえ増して来るようなおくさまで、まったく梅代さんか誰かがいったように、皮膚の一部を指先で押したら、へこんだまま元に戻るまでに膨《ふく》らむには何時間もかかりそうな人だが、それなりに複雑な抵抗が心の中でおくさまをさいなんでいたのではなかろうか。またそれだけに私は今度の間違いが繰りかえされるようなことは、よもやあるまいと考えていたのだが、私にはわからないような勘を持っている梅代さんは、おくさまの常識を信頼しながらも私よりは強い不安を感じていたようであった。

梅代さんの予感があたったのは、それから数日後の晩のことだ。その日、旦那さまは会社の帰りにお寄りになり、三丁目の運動具店で買って来たと仰《お》っしゃって、あたらしい金具のぴかぴかしているゴルフのクラブを私にお見せになった。旦那さまは九州からお帰りになってから、まだお仕事に身が入らないらしく、なんとなく浮き浮きしておいでだったが、梅代さんはそういう旦那さまの態度を見て、また新らしいのができたんだろうなどといっていた。あとでわかったことだが、その頃の旦那さまの相手は六本木のバーのマダムで、その女との関係は三月ほどしか続かなかったが、ゴルフの連れにもなるようなモダンな人だったという。旦那さまは大和田の鰻《うなぎ》をとらせて、おくさま坊ちゃまと早目に食事をすませると、頭が痒《かゆ》いから床屋へ寄って帰ると仰っしゃって、灯ともし頃に出て行かれた。

祖生先生が見えたのは九時頃。いつものように晩飯をあがって、奥の四畳半で坊ちゃまの勉強を見てから、十一時半頃お帰りになった。十二時前後から寝るまでのあいだ私達は毎晩、あと片付けに急がしい。そのあいだに私はふと便所に立って廊下に出ると、奥座敷で寝ていたはずの坊ちゃまが、階段の下にしょんぼり立っているのを見つけた。坊ちゃまは怯《おび》えたような眼で二階を見あげていた。風邪を引きやすいお子なので、何をしていらっしゃいます、などと声をかけながら、私は坊ちゃまの肩を押して寝室へ連れて行こうとした。坊ちゃまは眼をさまして便所に起き、二階へ寝に行ったおくさまが急に恋しくなって、そばへ行こうかどうしようかと迷って佇《たたず》んでいらっしゃるのかと私は思ったのであるが、坊ちゃまは白い眼で私を見ながら、廊下に足を踏んばって、いつになくちょっと抵抗をしめした。

私の声を聞いて梅代さんが台所から顔を出し、声をひそめて、どうしたの、といいながら坊ちゃまと私の顔をじろじろながめた。それから何を思ったのか玄関の土間へ降りて行って戸じまりをしらべた。

「あたし、さっきガラス戸にたしかに鍵をかけたつもりだけど、はずれてるよ。乃婦さんがあけたの？」

「いいえ——」

梅代さんは下駄箱を物色して一足の男靴をつまみ出すと、片手の親指を出して二階を指さし、

「来てるよ——」

といった。なるほどそれは祖生先生の穿《は》いて来る黒の短靴にちがいなかった。私はケイちゃんを呼んで、坊ちゃまを奥へ連れて行かした。梅代さんがかけた玄関の鍵を、私もケ

イちゃんも開けなかったのだから、おくさまがはずしたと思う他はなかった。男はいったんこの家を出てから私達の急がしい時間を見はからって、忍ぶように帰って来た。男が強要したのか、おくさまが誘ったのか、いずれにせよ牒《しめ》しあわせて中から鍵をはずしておいたのは、おくさまに違いなかった。私は何かしら裏切られたような気がした。

「それにしても、どうしてボクちゃんに知れたのかね」

梅代さんはにやりとしていうと、足音を忍ばせて階段を這《は》いあがりだした。下から見ていると梅代さんの大きなお尻はぴくりぴくり左右にひねられながら、ガラス壜《びん》の底から壜洗いのブラシを引きぬくように、暗い階段の空間をふざけてあがって行った。ついて来いといわれたが、私は足がすくんであがらなかった。いてもたってもいられないような短かい時がすぎると、梅代さんは真赤な顔をして降りて来た。そして笑いを嚙み殺した声で、

「やってる、やってる」

と、いった。いつの間にかケイちゃんも出て来て物見高い顔で二階を見あげているのに気がつくと私も顔がほてった。

「おケイちゃん、坊ちゃまは眠ったの？」

と、私はたしなめるようにいい、生返事をするケイちゃんを追いかえした。二階の一角に妙な焦点ができている感じで、私達は落ちつけなかった。が、どうするというわけにも行かないので、私も梅代さんもそこそこに女中部屋へ寝に行ったが、やはり簡単には寝つ

かれるわけがなかったのである。

そのうち私はいつの間にか眠ってしまったと見え、気がついて頭の上の電気をつけて見ると、時計はもう二時をまわっていて、梅代さんはすこし掛蒲団を踏みずらして眠っていた。便所に立ったついでに玄関の下駄箱の戸をあけてみると、二階の客がまだ帰っていない証拠のように男物の靴は依然としてそこにあった。夜更の街をほっつき歩くのは平気な祖生先生だが、今夜は居直って泊って行く気なのかも知れないと思い、私はちょっといやな気がした。情熱というようなものに同情がないわけではないが、その赴くがままに従うと、他人に与える影響などはかえりみなくなる。ふだんのおくさまの心掛けを考え、何故そこまでわきまえをなくされるのかと思うと、腹立たしいよりは哀れな気がして来るのだったが、それよりも私は、さっきの坊ちゃまの態度を思いだすと、その方が気がかりになった。

私は欄間からさす廊下のあかりをたよりに暗い茶の間を通って、奥の部屋の襖をあけた。坊ちゃまは真暗にすると眠らないので、行灯《あんどん》型の小さなベッドランプが床の間においてある。そこは冬の夜具を二つ敷くには狭すぎるので、ケイちゃんは坊ちゃまの寝床にもぐりこんで寝てしまうことが多い。わるい習慣だと思って私はいけないというのだが、あまり強くいうと、いやらしい想像ばかりするように取られても迷惑なので、ついケイちゃんの物臭さに負けてしまうし、それに何といっても、私達は坊ちゃまをまだ子供だと考えていた。一つの床から並んで出ている頭の方は蔭になって暗かったが、二人ともよく眠っているようであった。あかりをすこしずらして見ると、坊ちゃまもケイちゃんも額に汗をうかべ、気を揃えたように口をあけて眠っていた。ケイちゃんは坊ちゃまに負けないくらい、あどけない顔をしていた。

顔をちかづけると、二人の寝息の調子がほとんど合っているのに気がついた。だが、私は何か妙な感じを受け、ちょっと躊躇《ちゅうちょ》した後に、おそるおそる掛蒲団の下に手をさし入れてみた。そういう私自身の行為は客観的には恥ずかしいものであり、私も好奇心以上のものを感じていたのかも知れないが、しかし私にはやはり知りたいという気持の方が強かったように思う。私は動悸をしずめながら、掛蒲団の下の立体をそっと手さぐりした。坊ちゃまはパジャマの前をはだけ、ズボンは床の中に脱ぎ捨ててあるようだった。ケイちゃんは寝間着の細紐《ほそひも》も下穿《したば》きも取り去ったしどけないかたちで、手を入れると隔てのない体温が感じられた。ふたつのやわらかなからだは手の這いまわるのに充分なほど離れていたが、ぴったり密着していた時の湿り気が、坊ちゃまのかぼそい股や小っちゃな陰部にも、ケイちゃんのなめらかな腹やあまり多すぎない毛の周囲にも残っていて、私の手に汗のにおいが染まりつくほどに感じられた。

二人とも私にさわられたのも知らずに眠っていた。私はむごいことをしたというよりも、若々しい肌に触れて自分の胸がこころよくときめいて来るのを感じ、ありがたいような気持にさえなった。遠い昔の春の夢がその部屋を出るまで私を包んでいた。が、茶の間を通って廊下に出ると、私は寒気を感じて身ぶるいし、あわてて女中部屋の寝床に帰った。電気を消して眼をつぶったが眠れるどころか、いま手さぐりして来たものが眼で見たように、ありありと瞼《まぶた》の中にうかんで来るのである。その二人《ふたり》のしていたことを、ただちにみだらとかふしだらとかいってしまうことができないほど、私にはむしろ夢のように感じられたのであるが、だからといって放っておいてよいものかどうか。おくさま自身があの始末では誰に相談するあてもないし、私も別にこの家の監督にやとわれたわけではないから、そこまで心配する必要はなかったのだと思い、とりたてて騒ぐほどのことは何もないのだと考えると、ふと気持が遠のいて、たった一人《ひとり》で外を歩いている自分の姿が唐突に眼にうかんだ。冬の道を小さな風呂敷包みをさげて私はたった一人歩いていた。それが私の本来の姿で、誰にもかかりあう必要はないと思うと、気が落ちついて来て眠れそうになった。梅代さんは隣りの床でたくましい鼻息を立てながらよく眠っていた。私は眠気につつまれ、自分の弱さを感じながら、その音を聞いたのであった。

だが、なんといっても折竹に来てから最初にひどくおどろかされたのは、その年の五月、おくさまの自殺未遂事件を目撃した時である。いいえ、自殺未遂かどうか私にはわからなかったが、あとで梅代さんの話を聞いて、そうかと思ったのである。

ちょうど祖生先生とおくさまの関係が再燃し、私達の期待に反して、それがぐずぐず燻《くすぶ》っていた時で、それも知っているのが私達だけということになると、みんなが不快な落ちつかない気持を避けられないでいる時であったが、時候はすっかりよくなり、並木通りの鈴懸《すずかけ》の葉はもうかなり大きくひらめいていた。たしか台風第一号が硫黄島南方の海上に発生したとか、新聞に出ていたと思うが、その台風はもちろんまだ日本に影響はない筈なのに、その日は空が古いブラウン管の画像のように汚れた斑点《はんてん》で覆われ、湿っぽい気まぐれな風が吹きつけた。だが、降りそうでいて降らなかった。そんな天候の中を夜になって旦那さまはやって来られた。旦那さまはだいたい無口な方《ほう》だが、この日はいつになく機嫌がわるく、特にむっつりしていらっしゃるのがわかった。そして、おくさまが一人でおいでになった奥の四畳半に首を突っこむと、今夜は泊って行くと仰っしゃった。

「飯は外ですましたから、いらない。むしむしするから風呂にはいる」

と、旦那さまはいった。

ちょうど沸かしたての風呂に折よくまだ誰もはいっていなかったから、ケイちゃんがすぐ湯加減を見に行った。その晩は私達も早目に食事をすまして、梅代さんは翌朝の野菜を見に八百富へ行っていた。梅代さんは八百屋の若い衆などを相手に威勢よく喋《しゃべ》るのが好きな方で、半分は宵の口の外の空気を吸い油を売るのが目的だから、なかなか帰っては来ない。旦那さまは奥の部屋に服を脱いで袷《あわせ》の丹前に着換えながら、

「幸嗣は？」

と、きかれた。いつもここへ来て最初にいう言葉がすこし遅れて出たのである。坊ちゃまは早目に来た祖生先生と、二階のとっつきの六畳で勉強をはじめたところであった。坊ちゃ

旦那さまが湯を浴びているあいだに、私は二階に行き、祖生先生と坊ちゃまに階下に降りて客間で勉強の続きをしてもらうことにし、二階奥の六畳をざっと掃除して床をのべた。それから階段口の六畳を掃除し、押入れの中を片付けたりしていると、旦那さまがあがって来られた。私は二階にいたので知らなかったが、ケイちゃんの話では、旦那さまは湯からあがると、奥の部屋でおくさまのいれかえたお茶を飲み、ケイちゃんが客間にいる祖生先生に風呂をすすめに立つと同時に、腰をあげたということである。

旦那さまが二階の廊下を通りながら、葉書の買いおきはあるかと声をかけられたので、私は電気掃除機を提げて下に降り、茶の間へ葉書を取りに行った。おくさまは奥の部屋で帯を解いておいでになったが、

「なあに、乃婦さん、葉書ですって?」

といいながら、気をきかして洋服簞笥《だんす》の戸をあけ、中にかけた旦那さまの上着から万年筆を取りだして、私にお渡しになった。茶の間の片付けをしていたケイちゃんにきくと、祖生先生は帰ってから夜鍋《よなべ》仕事があるとかで入浴を辞退した。湯にはいると眠くなるからといっていたそうである。ケイちゃんはおくさまが風呂場に行かれてから、茶の間と奥の六畳の掃除にかかり、坊ちゃまは祖生先生と表座敷で、苦手の算数の勉強をやっていた筈

である。

私は旦那さまにたのまれて、二階とっつきの六畳で、坊ちゃまが勉強に使っていた大きな欅《けやき》の茶卓にむかい、簡単な時候の挨拶の葉書を二通書いた。その茶卓はこの家の元の持ち主が、もぐりの料亭をここでやっていた頃からあるのだという。この茶卓だとか、下の廊下の天井に吊りさげてあるガスの灯器だとか、奥の六畳の吊り壁にかかっている岸田吟香の書の額だとかは、その頃の遺物なのだそうである。旦那さまの代筆をしたのは、これが二度目であった。すぐに書き終えて旦那さまのパーカーといっしょにお渡ししたが、そのあとで欅の茶卓を押入れにしまうのに一苦労していると、急にどたどたと階下で駈けるように廊下を踏んでわたる足音がし、二階までひびきが伝わって来た。

その日は夜に入っても風がやまず、裏側の廂間《ひあわい》に吹きこんでは絶えず雨戸を鳴らしていて、こういう晩はちょっとした何でもない物音にも耳をそばだてさせられるものだが、私はやはり気になって、すぐ下に降りた。まっさきに眼についたのは、坊ちゃまの肩をおさえて茶の間をうろうろしている祖生先生であった。先生は澄んだ眼で私の顔を見ると、

「おくさんが――」

と、いった。私はすぐ風呂場へ駈けつけた。そこで私が見たのは、簀《す》の子の上にはだかで倒れて虫の息になっていたおくさまを、ケイちゃんと梅代さんが助け起こしているところで、ガスのにおいが強く鼻を打った。

「ガス湯沸かしの火が消えてたのよ」

ケイちゃんは私の顔を見ると、すぐに説明した。私は梅代さん達が濡《ぬ》れたおくさまのからだを奥の四畳半にかつぎこんでいるあいだに、祖生先生にたのんで坊ちゃまを二階に連れて行ってもらい、それから数野診療所へ電話をかけた。旦那さまは坊ちゃまと入れちがいに二階から降りて来られた。

診療所の若先生が看護婦を一人連れて駈けつけ、裸の上に薄掛をかけただけのおくさまを手当てした。医師《せんせい》が帰る頃にはおくさまの呼吸は楽になっていた。医者がもう大丈夫といったのを聞いて、祖生先生は帰って行った。先生とケイちゃんが玄関で立ち話をしているのを偶然聞いたが、二人はこんなことをいい合っていた。

「若《も》し先生がお風呂にはいってたら、先生がやられてたのよ」

「ぼくは鼻がきくから、ガス洩れじゃ絶対にやられないよ」

一晩寝ると、おくさまはだいぶ元気になられた。が、まだ起きられるところまでは行かなかった。旦那さまは前の晩は二階奥の六畳に坊ちゃまと床を並べてやすまれたが、お一人で起きて来て、おくさまが寝ておいでの四畳半にしばらく坐っていらっしゃった。私は茶の間にいたが、おくさまが旦那さまに、不注意のために心配をかけたと、詫びをいっていらっしゃるのが聞こえた。そのあとで旦那さまは茶の間に出て来て、朝飯はいらないといい、私のいれた茶を飲みながら、あたりをながめまわして、

「この家もそろそろ、ほうぼうに手を入れないと、いけないな。それとも、どこか適当なところが見つかったら引っ越すか——」

と、半ば独り言のように仰っしゃった。旦那さまはそれから服に着かえて、ぼんやりしたようすで出て行かれた。その日は梅代さんもケイちゃんも、その話ばかりしていた。

「ほんとうに風呂場だけでも早くなおしてくれないと、こまるよ」

と、ケイちゃんが、旦那さまの仰っしゃったことを聞いていたとみえて、いった。おくさまが裸で倒れているのを発見したのは、ケイちゃんであった。二階では聞こえなかったが、ケイちゃんは大きな声を出したそうで、ちょうど外から帰って来た梅代さんが、その声を聞きつけて飛んで行った。私が二階で聞いたのはその梅代さんの足音か、それとも表の六畳から駈けつけた祖生先生の足音か。祖生先生はさすがに、おくさまのあられもない恰好をひと目みると、ちかづきかねて茶の間をうろうろしていたのであろう。

ケイちゃんは裏の縁側へ電気掃除機のごみを捨てに出て、ガスのにおいに気がつき、風呂場の戸をあけたのが、おくさまを見つけるきっかけになったという。ケイちゃんはすぐ火口《ひぐち》をしらべて、壁にとりつけてある湯沸器の栓がいっぱいにひらいたまま、火が消えているのを発見した。風呂の焚き口の方は栓をしめてあったそうである。

それから一月後の六月中旬には風呂場をすっかり改造し、浴槽も長州風呂式にしたが、その頃はまだ角形の据《すえ》風呂で、床も三和土《たたき》の上に簀《す》の子を敷き、女中部屋に面した空地の方にくぐり戸がついている他は厠間にむかって高い息抜きの窓があるばかりで、うすぐらく冬は寒くてはいっていられなかった。岡湯の設備もなくて、鉄砲とかいう旧式の湯沸器が高いところに取りつけてあったが、火口が高窓の方についていたため、火をつけてからうっかり銅《あか》の風防《かざよけ》をしめ忘れると、風のある日などは危険なのであった。この火口の小さな板金の引き戸も枠が歪《ゆが》んで、きっちりしまらないようになっていた。新式のインスタント湯沸器のように、呼び火の設備がないから、じかに点火しなければならないのだが、この火口のことになると、ケイちゃんは青くなって、自分はたしかに風防を閉めたと言いはる。昨日《きのう》は厠間に風があって時々は息抜きの格子が笛のような音を立てるほどだったから、忘れるはずはないといった。

おくさまは実際にはちょっとガスに当てられた程度で、たいしたことはなかったし、旦那さまは数野先生と相談して内密にすませることにしたので、別に問題はなかったが、若《も》し警察が関係してでもいたら、こういう細かいことも相当面倒にあつかわれたに違いない。おくさまは二三日寝ただけで元気になられた。

それからしばらくたって、梅代さんとその時の話をしていると、梅代さんが急に、あれはおくさまの狂言自殺だと、いいだしたのである。梅代さんはケイちゃんの失敗には、ふだん神経質な方なのだが、この時はケイちゃんの肩を持った。ケイちゃんは湯沸器の火口に蓋《ふた》をしたに違いない、旦那さまがそんなものをあける理由がないから、あけた者がいるとすれば旦那さまの次に入浴したおくさまの他ではない、というのが梅代さんの意見である。

梅代さんはその意見の傍証として、私の知らない前年の十月に起きた事件の話をしてくれた。その頃、おくさまは祖生先生と最初の間違いをおかし、女の側から男に出す手切金もあるとすれば、そういうものを使って男と別れさせられた後であった。その日もちょうど旦那さまがお泊りになっていたが、旦那さまは二階の奥の部屋で坊ちゃまと床をならべてやすまれ、おくさまは頭痛がするといって階下の四畳半に一人でおやすみになったそうである。発見者はやはりこの時もケイちゃんであった。ケイちゃんは、前にいた若いお手伝いさんと同郷で、その人が郷《くに》に帰って結婚するのと入れ替りに折竹に住みこんでから、まだ半年ぐらいにしかならない時だったという。

ケイちゃんは梅代さんほど寝つきがよくないが、その晩はみんなが就寝してから一時間後にガス洩れを発見し、そのため、おくさまは命をとりとめた。おくさまはヒーター用のガス栓をあけて寝ておいでになったのだという。その時のことを梅代さんは、

「おくさんは祖生さんとのことで、いずれ旦那にお詫びのしるしを見せなきゃならないと考えていたのさ。旦那が寛大なのはありがたいが、ボクちゃんのために寛大にしてくれるので、しかも一方的にあつかわれたのじゃ、おくさんとしても引っこみがつかない。だけど、どうせ狂言よ。あたしたちが寝たばかりの時にやってるんだからね。誰かすぐ気がつ

くと計算していたのさ」

という風に見ていた。梅代さんはおくさまがご自分の意地を立てるために、一か八かの自殺をやってみて、生きるチャンスがあるなら生きのびよう、どうしても死にたいわけではないが他にやりようはないと思いこんで、したというように考えている。梅代さんがいう狂言とは、狂言としてもひどく危険な性質のもののようだが、梅代さんはなおも狂言だ作為だというのである。そんな否定的な生き方があるのだろうかと思いながら、すくなくとも梅代さんのいうことが暗示的には受けとれ、私はまだ梅代さんほど、おくさまを知らないのかとも考えたことである。

私はこの話をケイちゃんにも聞いてたしかめたので、うそでないことはわかったし、何よりもおくさま自身、みんなが考えたように自分で四畳半のガスの栓をあけたことを否定しなかったというのだから、梅代さんが考えているように、この最初の時が後々の事件に重要な示唆《しさ》を与えるものだということを認めないわけには行かないかも知れない。

「でも、それが、梅代さんのいうように祖生先生のことで旦那さまに義理立てした狂言自殺なら、今度の場合はどうなんですか。今度はまだ祖生さんとのことが、旦那さまに知られてもいないのに——」

と、私は別の疑問を梅代さんに出してみた。だが、梅代さんの答は私にはさらに不思議であった。最初の間違いが、どうして旦那さまに知れたかわかるか、と梅代さんは私に反問した。おくさまも祖生先生も旦那さまに見つかるような真似はしなかったという。そして二度目の間違いの時も私や梅代さんに、旦那さまに密告するような気はなかった。

「そうよ。誰も告げ口する者なんかいやしなかったわ。おくさんが自分で旦那に喋ったのさ」

と、梅代さんがいうのを聞いて、私は自殺にしろ狂言自殺にしろ、そういうことをする動機がつかめるような気がしたのである。

最初の事件から七ヵ月後に風呂場の事件があり、それから八ヵ月後には、おくさまはほんとうに死んでおしまいになった。この時はすくなくとも死を覚悟していたと私は信じているが、動機はすこし違うようである。

風呂場の事件から十日ほどたって、おくさまは旦那さまに、祖生さんと間違いをくりかえしたことを告白したらしい。旦那さまもおくさまも、そういう問題では私達にいっさいご相談にならない。私達は使用人という一線のこちら側にひきさがって、鼠《ねずみ》のように隙間からのぞいている他はないが、旦那さまやおくさまの動きで、すぐにわかってしまう。旦那さまはみそかごとに気がつかれないで、おくさまの方から打ちあけたのだと梅代さんがいったことは、今度の状況からも真実のようだった。そして今度は、おくさまは告白の前に覚悟のほどを旦那さまにお見せした。それが風呂場の狂言自殺の動機だと梅代さんがいうのも、たしかに頷《うなず》けないことはなかった。

旦那さまはおくさまが死にそうだった時よりも、祖生先生との仲の蒸《む》しかえしを知らされた時の方が、深刻な顔をしておられたようにお見受けした。旦那は去年の時より困った顔をしていると、梅代さんも見たところをいった。それは前年にくらべて、祖生先生の坊ちゃまの教師としての価値が、ずっと大きく評価されて来ていたからである。坊ちゃまの進学を目の前にして、祖生先生はちょっと手放すわけに行かない存在になっていたのである。

「おくさんや祖生先生の間違いなんか、旦那は簡単に赦《ゆる》せる人さ。旦那はそういう点、ひらけてるし、自分でも好きなことをやってるもの。だけど、まさか、わかればその儘《まま》にもしておけないからね――」

と、梅代さんは批評した。

結局、旦那さまがまた謝礼のかたちで金を出して、祖生先生に暇をやることになった。それも、新学期のはじまる九月までの夏休みをふくめた三ヵ月を冷却期間として、そのあいだに充分反省させ、もう絶対にくりかえさないという誓約のもとに再び来てもらうという約束だった。九月になると、祖生先生は平気な顔をして、また折竹に姿を見せた。おくさまも先生も、よそよそしい顔をしていたのは前の二月の時と同じであったが、旦那さまは今度は警戒をゆるめず、積極的な改善策を立てておいでになったらしい。

旦那さまは祖生先生の出世の尻押しをはじめたのである。その年の十月頃、旦那さまの会社の庶務課長をしていらっしゃる公時《きんとき》さんが、坂本さんとおっしゃる初老の人を連れて、ときどきおいでになった。

公時さんは前にも旦那さまの私用でたまにお見えになったことがあるが、この人が顔を出すとケイちゃんはいつも笑いをこらえて台所へ駈けこんでしまう。公時さんは痩せた顔色のわるい人で、金時ならば赤い顔をして張りきっている筈なのに、あの人はきっと金時の幽霊だと、いつか梅代さんが冗談にいったのを、思いだすのらしい。公時さんは病人と間違えられるほどおとなしい、私達にまで腰の低い人だが、何かめんどうなことがあると旦那さまはこの人をたのみにしていたようだから、しんには押しの強いところを持っていたのかも知れない。

坂本さんは公時さんとは対照的な中高《なかだか》の赧《あか》ら顔で、えがらっぽい声を立てる人であった。坂本さんは本所で謄写原紙《ステンシル》の工場をやっているとか聞いたが、旦那さまはこの人を介して、会社に文房具をおさめている日本橋横山町の株式会社三輪洋紙店のひとり娘を祖生先生に世話しようと考え、公時さんに交渉役を一任しておいでになったようである。

旦那さまはそういうことを、お一人で内密に画策していたわけではない。その話のきっかけはマル三の親戚の松本さんから出て、公時さんが何気なく旦那さまに伝えたので、マル三は女主人で一人娘だから誰か適当な婿養子のなり手はないか、社長さんあたりが保証してくれれば相手の氏素姓や財産などは問題にしないからというような話であったらしい。

旦那さまは祖生先生にそれとなく当ってみて、先生が戸籍上、養子縁組にさしつかえなく、養子に行ってもよいという意向があるのもたしかめた上で動きだしたのである。と同時に旦那さまはご自分の考えを、おくさまに話して、あんな有望な青年の前途をあやまらしたくないから早く身をかためさせた方がよいと思うし、縁あって物になればマル三なら彼にとって有利なバックにならないことはないから、お前からひとつ祖生くんに話してみないかと、相談するように持ちかけた。

旦那さまは祖生さんの人柄はとにかく、才能だけは実際に高く買っておいでになったようだが、おくさまは説得されるまでもなく、ふたつ返事でおひきうけになった。実はこの話が旦那さまの口から出た時、それは奥の四畳半でだったが、そこにはおくさまの他に坊ちゃまと私がいた。私は押入れの戸をあけて、半分くびを突っこみ片付け物をしていたが、旦那さまは私にも聞かせるつもりで話しだされたのか、私はおくさまの気をかねて身のすくむような気持だったが、急に座を立つのもわざとらしく思って、じっとしていた。祖生先生がまた来だしてから一月ほどたった後の気持のよい秋の日だったとおぼえている。おくさまは何も気になさる事がないような明るい屈託のない声で返事をしていらっしゃった。ほんとうに結構なことですと微笑をふくんだ声で仰っしゃったので、私は思わず押入れから首を出して、おくさまの切れ長の眼尻の見えるお顔をうしろからうかがったくらいである。

「あたしからも言いますけど、やっぱりちゃんとした方を立てて話していただいた方がいいと思います」

と、おくさまは悪びれずにいった。

「あいてのお嬢さんて、どんな方ですか」

「さあ、ぼくは会ったことがないが、公時さんに見てもらえば間違いはないだろう」

だが、そのあとで、おくさまは果してその話をご自分から祖生先生に切りだしたかどうか、私は知らない。公時さんや松本さんの動きが目立つようになる頃には、梅代さんやケイちゃんもひと通りその間の消息に通じてしまったようで、梅代さんなどはまるで新らしい張りあいができたように、そのことを話したがった。

「なんといっても、おくさんにゃちょっと気の毒な気がするよ」

と、梅代さんはいった。

「どうして？──」

「旦那のやってることは、わるいことじゃないけど、おくさんにとっては手術みたいなものだからね。でも、しようがないんだろうな。おくさんはお人形みたいな人だけど、やっぱり生きているから始末がわるいや。旦那もよほど持てあまして、今度のことを考えたんだろうからね」

「たしかに、ちょっと残酷なような気もしますね」

「そうよ。祖生先生はもうこないだから日本橋の亻《にんべん》のならびの何とかいう洋食屋で、あいてのお嬢さんと何度か逢ってるのよ。マル三の三輪愛子《みわとしこ》さんとね。新宿御苑をいっしょに散歩したこともあるんだってさ。ケイちゃん、どう思う?――」

梅代さんは祖生先生のこととなると、ケイちゃんをからかいたくて仕方がないらしいが、ケイちゃんはわりに屈託のない顔をしていた。

「別にどうも思わないよ。祖生先生、うまくやってるじゃないの。マル三って大きな紙屋なんだって。ゆくゆくはそこの旦那になれるんだろう」

「はりあいのない子だね。くやしくないのかい」

「あたしなんか、どうせ教育のある人のおくさんになんか、なれやしないもの」

「じゃ祖生先生が紙問屋の旦那になったら、使ってもらうかい」

「いやなこった。あの先生この頃すこし、いやになった。図々《ずうずう》しすぎるわ」

「そういうのは、やっぱりおケイちゃんが祖生先生に惚《ほ》れてる証拠だ。あぶないもんだよ。行きがけの駄賃だなんて変なことをされそうになっても、だまってるんじゃないよ」

「梅代さんの、ばか――」

ケイちゃんはあははと笑った。梅代さんがしつこくからかっても、ケイちゃんは案外あっけらかんとしている。そういうところが私には何となく頼もしく見えた。

洩れ聞いたところでは、マル三の方でも祖生さんが気に入ったらしく、その年の暮までにはだいたい婚約が成立して、次の年の四月に式を挙げる予定まで立っていたようであった。旦那さまはマル三の女主人の希望だった媒酌の役はことわったけれども、祖生先生の身許《みもと》保証人のような立場をひきうけ、そのかわり結婚後も幸嗣坊ちゃまが小学校を卒業なさるまでは、勉強の指導をやめない約束をさせたというようなことも聞いた。祖生先生はその頃では私達の前でも、三輪愛子さんの名を口にするようになり、梅代さんを蔭でくやしがらせたりした。だが、祖生先生とおくさまのあいだには、その後、何事もなかったろうか。

これは私とケイちゃんだけしか知らないことだが、次の年の正月の七草すぎのことである。私は夜なかに眼をさまして便所に起きると、便所の前の廊下にしょんぼり立って、肩をふるわしているケイちゃんの姿を見つけた。私はそのようすから何か間違いがあったのを感じて、背後の女中部屋に寝ている梅代さんを起こさないように声をひそめて問いかけてみた。

「祖生先生が――」

と、ケイちゃんが答えたので、私はとっさにケイちゃん自身の上に起きた間違いかと思ったが、そうでなく、ケイちゃんは奥の四畳半で坊ちゃまといっしょに寝ていたのだが、床の中の火っ気に喉《のど》がかわいて、台所へ水を飲みに立つと、玄関の戸があくような音を聞いたので、茶の間の襖をすこしあけて廊下をのぞいてみたのだそうである。ケイちゃんは気丈な方で、ケイちゃんを有名にした挿話があるくらいだが、玄関の戸をあけてはいって来たのは祖生先生であった。祖生先生は戸に鍵をかけ、ご自分の靴を下駄箱にしまって、そっと二階にあがって行った。旦那さまの来ない晩で二階には、おくさまが一人でおやすみになっていた。

ケイちゃんは台所へ行って水を飲んでから坊ちゃまの眠っている部屋に帰ったが、眠れなかったので、一時間ほど床の中でまじまじしていると、また玄関で音がしたように感じて起きて行ってみた。廊下に出た瞬間に、玄関の戸がすーっと閉まるところを見たそうで、それがまるで、ひとりでに閉まったように見えて、ぞっとしたといっていた。もちろん玄関の戸の鍵は、はずれていた。ケイちゃんは癪《しゃく》にさわって、そのままにしておこうかと思ったが、その頃、新年の気のゆるみで夜盗の被害が多いと聞いていたので、思いかえして戸に鍵をかけ、便所にはいった。そこへ私が出て来たというのである。一度帰った祖生先生がまたやって来て、おくさまの閨《ねや》に忍んで行った。そういう行為を懲《こ》りずにまだ続けているというのだが、私はまさかと思い、ケイちゃんが夢でも見て寝呆けたのではないかと考えた。だが、ケイちゃんの空恐ろしい事実を見た恐怖のうかんでいる真剣な眼を見ると、私こそ迂闊《うかつ》ではなかったかと苦い気持にされたのである。

しかし、それからの数日、おくさまも祖生先生も何事もなかったような顔をしていた。春めいた街の気分が周囲から折竹の家にも滲《し》みこんで来るようで、明るいうきうきしたようなおくさまの顔を見ると、ケイちゃんと私は、ときに顔を見あわせることもあったが、別にどうしようもないことであった。ケイちゃんはあけすけに物をいうが批判的ではなく、暢気《のんき》なところもあるので、すぐ気にしなくなってしまったらしい。いつまでも、ひとつ事にくよくよしているような子ではなかった。その証拠には、ケイちゃんの挿話というのも、その頃あったことなのである。

宵の口に、この家にこそ泥がはいったのである。賊は裏の風呂場の焚口《たきぐち》のうしろから廊下にあがって女中部屋へ忍びこんだところへ、偶然表廊下からはいって来たケイちゃんと顔を合わした。出あいがしらにケイちゃんが大声をあげたので、賊はあわてて裏口へ飛びだし、はじめに乗り越えて来た裏の塀に這《は》いあがる間がないと見たか、女中部屋の窓下をまわって表へ出、木戸をあけて逃げだしたところを、うしろから追って出たケイちゃんが泥棒泥棒と連呼したため、たちまち町角で弥次馬につかまってしまった。その時は私も梅代さんも胸がどきどきして立ちすくんでしまったのに、ケイちゃんはよくあんな大きな声が出せたものだと、感心して話しあったものである。

旦那さまもその翌日お見えになって、その話を聞くと、いつもあまり顔色に出さない人だが、その時は声を立ててお笑いになった。そのあとで、ケイちゃんは私のところへ来て、いきなり、

「おばさん、キントウザエモンてなあに？」

と、きいた。旦那さまが、おケイはキントウザエモンだといったと、おくさまにいわれて来たのである。私はすぐ狂言の瘦松《やせまつ》を思いだし、そのことだろうと思って、笑いながら説明してあげた。

「金藤左衛門というのは、泥棒を負かす強い女のことよ。ケイちゃんは旦那さまに褒められたんだわ」

こんな他愛もなく、うちじゅうが笑い興じるようなこともあったのだが、それから数日後におくさまはみずから命を断ってしまわれたのである。

私とケイちゃんだけが知っている或《あ》る晩のことは、やはり梅代さんが一貫して指摘している自殺または狂言自殺の理由になるかも知れないが、それにしてもなんという執拗《しつよう》さだろう。こうなると死もひとつの生き方なのかと考えさせられるほどである。が、おくさまは果して祖生先生への愛着が断ちきれず、かといって旦那さまへの感謝も忘れられず、現在の生活が捨てられなくて、半ば自責の念に駆られ半ば赦《ゆる》しを求める気持で死の飛び台に立ったか、あるいは助かる見込みがあって、半ばつらあてにやったのであろうか。私にはわからない。自殺だということは認めるが、こんなぐあいにその動機が説明される人とは、おくさまはどこか違うような気がするのである。だが、こういうことの理由は、はっきりわからないのが、ほんとうなのではないだろうか。そうだとすれば、それ以上の詮索《せんさく》は不必要であり、私にはむしろ美しかったおくさまの思い出を手がかりにして、おくさまの死を想う方が好もしく思えるのである。

転　他殺説の理由

小　柴

一月二十五日といえば正月気分はすっかりなくなっている頃だが、鵜館《うだち》巡査が巡回から帰って来て私の顔を見るなり、いきなり耳に口を寄せて、いったのである。

「妙な噂《うわさ》を聞きこんだのですがね、おやじさん。このあいだの銀座裏の事件と関係がありそうな――」

私は鵜館のささやきを半分聞いているうちに、ふといやな予感が浮かび、顔をあげて彼を見つめた。

「何だ――」

「あの晩――というより十七日の早朝――あの地区でガス工事をやったところがあるらしく、午前三時から四時まで、ガス会社がガスをとめたといいます」

「まさか会社は無通告でやったのじゃなかろうね」

私はますます不安になりながら、きいた。

「それがどうも、通告が徹底しなかったようでもあります。そういう噂が立っています」

「銀座裏の自殺事件にひっかけた噂かね」

「そうなんです——」

私がよほど苦い顔をしたと見えて、鵜館は不安そうに私を見つめたが、私の方はそろそろ腹を据えなおしにかかっていたのである。

「きみはその噂をどこで聞いた？」

思わず声が大きくなったので鵜館はおどろいて眼をぱちくりさせた。

「二丁目の八百富という八百屋です」

「グローサー八百富か——」

私は苦笑しながら、面倒なことになりそうだと思った。その事件はもう一応、既決になったものであるから、私はさっぱり忘れていた。まさかまだ一週間あまりにしかならない自分の手がけた事件を、実際に忘れてしまうわけはないが、必要がなくなれば、とたんに忘れた気持になるのが私達の習性でもあり、そうでないと頭の中の整理がしきれない。現にあの時に見たり聞いたりしたことは必要のなくなった今では、半分は忘却の中に埋もれてしまっていて、そういわれてはっきり思いだせるのは、鑑識の宮尾がはじめて死体を見た時、美人だな、と呟《つぶや》いたことぐらいであった。

だが、その美人死体は自殺であることが、かなりはっきりしていたから、それ以上あとを引く問題がないのに私達にはこだわる理由もなかったのであるが、事件の起こった現場付近の人達は、われわれとは、またまったく別の関心を持つものであることに留意しなくてはならない。かれらは私達ほど事件に対して不実ではないともいえるであろう。自分の土地で起こった事件は、感銘の程度によっては土地の歴史にもなるくらいだから、よく記憶されるのが普通で、そのためには独自の立場でかなりよく情報が集められていることがあり、うっかりすると、こちらが足もとをすくわれるような結果にもなって、馬鹿《ばか》にはできないのである。

この場合も、街の人達がわれわれの気がつかなかった情報を持っていたとすると、下馬評といっては失礼になるかも知れないが、すでにかれらのあいだでは私達の見解とは異なる意見もできあがっていて、必ず私達の迂闊《うかつ》や不熱心が不満や非難をまじえて噂にのぼっている筈《はず》であった。そんなことをいちいち気にしてはいられないが、ただこの場合は先におこなった調査の角度を、まるで変えてしまうような噂が立っている以上、捨てておくわけには行かないので、若《も》しあの女がガス会社の不注意による通告洩れのための事故で死んだということにでもなれば、これは別の意味で大きな事件に発展する可能性をふくんでいるし、それに附随した困難がいろいろ出て来るに違いないのであった。

だが、長年の習慣で尻が軽くなっているせいか、そんなことを考えて顔のしかまるのもほんの短かいあいだで、仕事はまだ終っていなかったかと思うと、そのやりかけの仕事に対する責任感に尻《しり》を叩《たた》かれて、私はすぐ腰をあげた。同僚の堀木刑事にたのんでガス会社の出張所をあたってもらうことにし、私自身は八百富へ行ったのである。折よく、鵜館巡査に情報を提供した若い衆が店にいたので、午後のひまな時間だったから、私は林檎《りんご》箱の端に腰をかけさせてもらい、話を聞いた。

その店員の話によると、彼がガス工事のことを知ったのは十六日の晩の七時頃で、それも正式な通告や回報によらず、顔見知りのガス会社の工事人から聞いたのである。その時刻に店員が店の前の歩道を片付けていると、工事人は邪魔だ邪魔だとふざけていいながら、隣りの洋酒屋の煙草《たばこ》売場まで自転車を乗りあげて来た。急がしそうだね、と声をかけると工事人は自転車にまたがったまま、買ったばかりの煙草に火をつけながら、今夜、地下管の補修工事をやるから、三時から四時までガスがとまるよ、と教えて行ったそうである。ガス会社から正式の通知はなかったのか、その点をきくと、店員の返事はあいまいであったが、並びの寿司屋には通知があったらしく、そこの職人もガス工事の件を事前に知っていたと答えた。ところで問題は、十七日払暁前の三時から四時のあいだ実際にガスがとまっていたか、ということであるが、八百富では実際にたしかめてみた者はなかった。この店で前夜最後に就寝したのは、やはりこの店員だったが、彼も近所の公衆浴場で仕舞《しまい》風呂にはいって一時頃には寝てしまっていたという。なお店員は私の質問に答えて、風呂屋にはガス会社の掲示は見あたらなかったが、いっしょにはいっていた近所の人達の中に、ガス工事の話をしていた者があったといった。

ガスがとまっていた時、実際にたしかめた者はないか、その点を押してみると、八百富の店員は、菊寿司では知っているかも知れないといった。この件について彼の記憶がかなり整っているところからみると、彼はもう何度かこの話を人にしたことがあるらしく、はじめてではなかなか、こうは行かないものである。で、私は最後の点に触れてみた。

「折竹はきみの店の顧客《とくい》だったらしいが、あのおくさんが亡くなったことと、そのガス工事と、何か関係があると思うかね」

だが彼は、うっかりしたことは喋《しゃべ》れないという顔つきになった。よけいなことはいうなと誰かにいわれでもしたのか、ガス工事のことはもちろん折竹雪枝の死と絡んでいるからこそ噂になったのに、鵜館巡査に話してからの短時間のうちに、彼の口がもういくぶん固くなってしまっているのが感じられた。恐らく彼の口に戸を立てようとしたのは、八百富の主人だろう。その人は私がそこにいるうち帰って来たが、外套《がいとう》を着た刑事が店に腰かけていることと、その足もとに煉炭《れんたん》火鉢がおいてあることで、急に不愉快になったらしく、きかれても意見をいわず、露骨に早く出て行ってくれという顔をした。

この人達をあまり刺戟《しげき》してしまうと、あとがきかなくなるから、私はほどほどにして、湿っぽく寒い八百屋の店を出た。道路に薄日があたって通行人の歩調もゆるみ、色彩はすべて店舗の奥に沈んでしまっているような午後の銀座裏の街を見わたすと、鈍い悲哀感が心にしみて来るようであった。それは捜査にあたっても、もう張りきれない自分の気持から来ているようでもあった。そのくせこんな時には、むかし一喜一憂した頃《ころ》のことが、ふと思いだされ、そして現在の自分をかえりみるからなのであろうが——といっても私はまだ休息を求めているわけではなく、まだまだ働きたいのだ——私は八百屋のならびの菊寿司の方へゆっくり歩いて行きながら、そんな気分におちいっていた。

菊寿司は鰻《うなぎ》の寝床のような店で、ここらの飲食店はたいがいそうである。ここも閑散な時間で、着物の上に白い割烹《かっぽう》着《ぎ》をきた威勢のわるい職人が客のかける腰掛にかけて第一版の夕刊紙を読んでいた。私はその男に噂の件をたしかめてみたが、この店には十六日の宵の口に、ガス工事についての通告があったそうで、それは刷り物や回覧ではなく、口頭でだったというが、ガス会社か町内会か、それとも近所の人か、だれが教えに来たのか、急がしい最中でもあったし、はっきりした記憶がないといっていた。

「だが、ガスは実際にとめられたのだろうかね。きみのところで、それをたしかめた人があるというのを聞いて来たのだが——」

と、私がきくと、

「だれがそんなことをいったんでしょう。時間も寝てしまってからのことで、必要もないのにそんな物好きな真似をする者はありませんよ」

と、私ぐらいの年配のその職人は答えた。あまり落ちついているので、これは主人かとも思ったが、私の記憶では菊寿司の経営者は女の筈《はず》であった。

「通知はあったが、実際にガスがとめられたかどうかはわからないのですね」

「この店の場合はそうです」

寿司職人はちょっと口籠《くちごも》りながらいった。

「すると、他に実際にたしかめた人がいるのですか」

「それはわかりませんが、朝の早い商売の人なら知ってるかも知れませんよ」

私は頷《うなず》いて、豆腐屋、蒲鉾《かまぼこ》屋、パン屋などを頭にうかべ、通りのむかい側の路地の奥に、パンの製造卸業が一軒あったのを思いだすと、礼をいって寿司屋を出て、その路地にはいって行きながら、八百富でも菊寿司でも、奥歯に物のはさまったような遠慮っぽい答弁を聞かされたと思った。二三日前から噂が立っているとすると、ガス会社でももう知っていて、私よりも一足前にこの辺に顔を出し、それとなく手を打っているということも考えられた。といって、ひしかくしにできるような事柄でもないから、同情を惹《ひ》くような弁明をして、何となく穏便にぼかしてもらうような方法を講じて行ったのかも知れなかった。こういう場合、直接の被害者以外は、あまり怒らないもので、不注意や不行届に対して世間は案外寛大である。世の中がすべてにわたってうまく行かないのを不可抗力のように考える気持が一般にあるらしい。進歩政党などが、現状のだらしのなさや当路者の手ぬかりを糺弾しても、血の気の多い若い人達は別として、あまり熱心に従って行く気風がないのも、そのためかも知れない。もし誰かに責任を問われたら、自分のしていることさえ信用はできない、という気持が腹の底にあるからであろうか。

　だが人間は正直なものだから、妥協を必要悪とみとめて真実をぼかしてしまう気になっても、知っていることをいわないのは気が咎《とが》めるか、すくなくともすっきりしないもので、そのため他人にかずけて自分の気持をごまかそうとするから、私のような者がよけいな足労をかけさせられる結果にもなるのだが、そんなことはいつもの伝《でん》で別に不平にも思わない。路地の中のパン屋もやはり、はっきりしたことはいうまいと思ったが、まさにそのとおりであった。この工場の主人は青い顔をした総入歯の小男で、戦後の統制時代に闇物資の使用で一回、その後衛生で一回、小火《ぼや》を出しかけて消防署でも始末書をとられたことがあるので、われわれの顔を見ると気が落ちつかないらしく、狭苦しい仕舞家《しもたや》を改造して、ガス竈《がま》が二台、床にタイルを貼《は》ったところへ電動式のパン捏機《こねき》が一台おいてある工場の中を、絶えずきょろきょろながめながらいうのであった。

「通知はあったと思うが、そんなに早く仕込みにかからないから、別に気にしなかった。パン屋も昔とちがって、夜っぴて竈の番をするようなことはありませんよ。毎日、四時半頃起きて竈に火を入れるんだが、最近火のつかなかったことはないから、あの日もその時間にガスが来ていたことだけは、まあ確実ですね」

ひとまわりしてみて結局だれからも、はっきりした返事は聞かれなかったことになるが、十七日の午前三時から四時頃まで地下管の補修工事のためにガスがとめられたこと、それは事前に通告されたけれども徹底しなかったことが、ほぼ事実だという確信を、その聞きこみから私は持てた。あとは堀木くんの調査の結果を待てばよいので、おそらくガス会社は適当な時間をえらび万全の策をとったと陳弁にはつとめるだろうが、まさか事実を否認するようなことはないだろうと思った。そんなことをすれば、あいまいなことをいってくれた人達を窮地に追いこむことになって、その人達もかえって黙ってはいられなくなるからである。

だが、私の仕事はガス会社を糺弾《きゅうだん》することではなくて、折竹の事件であった。もちろん本人をふくめて、あの家の関係者が、ガスのとまることを知っていたかどうかということが当面の問題である。死体が発見された十七日に折竹の家の者をしらべた時には、ガス工事の話はだれからも聞かれなかった。聞いていたら私達はもちろん問題にした筈《はず》である。当然考えられるのは、ガス会社の通告に不行届な点があったため、あの家の者はだれも工事でガスをとめるのを知らなかったということだが、そうなると折竹の女主人は、はっきり会社側の手ぬかりの犠牲者であって、私達も会社の過失について刑事責任を追及しなければならないことになる。折竹の家人にもう一度あたってみれば、はっきりすることだが、私はその前にすこし考えてみる必要があるように感じた。何かまだはっきりしないが心に引っかかるものがあったのであろう。

八百富や菊寿司の通りに出ると、折よくむこうから堀木くんがやって来るのに出会った。堀木くんは飛びぬけて背が高いというのではないが、色が黒く誠実そうな眼が光って目につく顔をしている。にきびの痕で肌理《きめ》のあらいその顔は、ちょっと恐《こわ》いようだが人柄はよく、徳島から東京に出て来て警官になり、この街へ来てからも、もう四五年になるが、よくやる割にあまりぱっとしない方だといえる。堀木くんは私がまだこの辺をうろついているとみて、連絡に来たのだといった。

「そこらでコーヒーでも奢《おご》るかな。まだ昼間だから」

というと、私の酒好きを知っている堀木はにやにやしながらついて来た。私達はフードセンターまで行き、しきりのない床の隅の椅子をえらんで腰かけた。ここならすこしがたついているが、あいての声は充分聞こえるし、他の席から話を聞かれないですむのである。

「ガス会社では否定していませんよ」

と、堀木はいった。

「十七日の午前三時から四時までガスをとめたことは認めています。事前通告はところどころに掲示したり、町会に伝達をたのんだり、できるだけやったといってますよ」

「そういうだろうと思ったよ」

「時間も使用者に不便をかけないように考えてえらんだのだそうです」

「だが、ガスストーブのことは考えに入れなかったとみえるな。会社側では折竹の件をどう見ているか、その点を突っこんでみたかね」

「ええ。通告が行きわたらない場合が、まったくないとはいわない、というんです。だが、あの街なかで、あれだけの人数のいる家で、だれひとり通告に気がつかなかったというのは、むしろ珍らしいケースといっていいのじゃないかと、出張所長はいってました。責任を逃れたいから、そういうのじゃないそうですがね」

「逆襲だね。だが一理あるな。それがまったくの偶然なら、犠牲のいろあいはいよいよ運命的になって来る――」

私はそういいながら、ちょっと考えこんだ。午前三時から四時までの一時間、ガスがとめられるということは、普通なら耳をそばだてるほど異例なことではないに違いない。あとで堀木くんから聞いたところでは、急患や怪我人の運びこまれる銀座裏の病院とか、夜どおしガスを必要とするところには、会社側でも周到に予告したそうだが、一般にはほとんど必要のない時刻だから、予告されてもあまり関心を持たれなかったと考えてよさそうである。だから会社でもその時間をえらんだといっている。が、その時間にガスがとまることには、なんら痛痒《つうよう》を感じない人の場合でも、こういう街なかでは、ちょっとでも変ったことと異例なことに一種のニュース価値があるもので、社会の末梢《まっしょう》神経といったものが義務感を刺戟《しげき》され、伝達の意志を動かすものなのかも知れない。具体的にいえば八百富や菊寿司は、聞いたことをお互いに話しあっているし、そのくらいだから、第三者にもその話を伝えていると考えて間違いはない筈である。八百富の通りと折竹の家のある一画は、さのみ離れてはいない。折竹の家だけが栄螺《さざえ》の殻の蓋《ふた》をしめて、必要な伝達にまで耳をふさいでいたのだろうか。

「三人も女中がいて、だれもその知らせを聞かなかったのかな」

と、私が呟《つぶや》くと、

「それとも、あの家の一画だけが通告洩れになったのかも知れない。宵の口から格子戸を閉め切っている家が多い裏通りだし、しかもこの季節だから、そういうことも偶然ありうるでしょう。あの通りの他の家をあたって見ますか」

と、堀木はいった。

「いや、あの一画全部が知らされていなかったなんてことは怪談じみる。ガス会社の通告が不用意だったにしても、現にすぐ近くでそのことが話題になっていたのだから、まあ知っている家もあり気のつかなかった家もあるという程度だろうか。折竹をしらべてみれば、そんな手間をかける必要もなさそうだ」

そういっているうちに私がふと思いだしたのは、十六日の晩、折竹の女中が二人、連れだって外出していることであった。記憶を呼びさますために手帳を出してみると、その晩の家の者の行動がノートしてある中に、土田梅代と原内ケイの二人が八時頃、夕食の片付けの終ったあとで家を出、八時半頃、家庭教師の祖生武志がやって来たのと前後して、帰って来ていることが書いてあった。しかも翌朝つから野菜を補いに、八百富へ行ったのである。

「気になるのは、あの晩、折竹の女中が二人、八百富に買物に行ってることだ」

と、私は堀木くんの意見を聞こうと思って、いった。

「それより一時間ばかり前に、八百富の若い衆の一人は、隣りの店へ煙草を買いに来たガス会社の工事人から、ガス工事のことを聞いている。ところで、この店員はかなりお喋りのように見うけられたが、彼が店にいる時、女中達が来たとしたら、そのホットニュースを喋らなかったろうかね」

「喋ったでしょうね。だが、その店員は店にいなかったかも知れませんね」

「いなかったら別だが、いたとしたら女中達は家に帰った時、既にガス工事のことを知っていたと考えていいのだね。そうだとすれば、そのことを女主人に話すべきではなかったかね」

「おやじさんはあの家で、どんなぐあいに事故死が起こったと考えてるんですか」

と、堀木はちょっと考えてから反問した。

「きまってるじゃないか。折竹の女主人は何も知らず、いつものようにガスストーブに点火して寝た。鈍感な人のようには見えないから、部屋が暑すぎる状態になったら、眼をさましてガスをとめただろうが、ちょうど充分にあたたまったところでガスのもとが切られ、自然に火が消えたために、それを感じなかった。そして気持よく眠っていると、一時間後にガスはまた放出された。この想定だと、あの人の死亡時刻ともちょうど一致する」

「しかし――」

堀木は私の説に頷きながら、微笑をふくんで、いった。

「三時から四時までガスがとめられると聞いただけで、すぐにガスストーブの危険に気がつくものでしょうかね。よほど頭の冴《さ》えてる時でないと、すぐそこへ頭が働かない方が、ふつうじゃないのかな。だからあの家の女中達もその時は聞き捨てにしていて、あとで度忘れしてしまったということも考えられるじゃありませんか」

「とにかく折竹へ行く前に一応、八百富の若い衆にあたってみる必要はあるな」

私はすぐ八百富に行く気になったが、そこのおやじの顔を思いだすと電話帳をしらべ、喫茶部の隅にある赤電話で、八百富を呼びだした。あいてを確かめると、何もいわないうちに、毎度ありがとうございい、といった威勢のよい声には、うまいぐあいに聞きおぼえがあった。

「いや、客じゃない。署の者だが、きみはさっきの店員さんかね」

「ええ――」

「重要な件で、きみに聞きたいことがあるのだが、ちょっと店をあけられないか。手間はとらせない、五分とはかからないと思うが——」

「ええ。いいでしょう」

といった受話器の声に好奇心が感じられた。

「ありがとう。それでは、ユダヤ教会の前あたりまで、ぶらぶら歩いて来てくれないか。ぼくもすぐ行くから」

勘定をはらうと私達は、あたらしくできた駅前のひろい歩道を横切り、都電の線路をわたって行った。壕川《ほりかわ》が埋められたかと思うと高速道路ができ、地下街ができ、地下鉄の駅が新設され、ここらもいつの間にかすっかり面貌《めんぼう》を変えてしまった。駅前の歩道は見つきもよく、道路がもっと拡《ひろ》げられたら、ここは洒落《しゃれ》た人の溜《たま》り場になるであろうが、いまはまだ、大きな壁面を持つ看板や、夜はネオンサインの、雑然とした谷間に過ぎず、現状ではこれ以上の改善は望めないのかも知れないが、そうでなかったら銀座に関する私の持論も変って来るであろう。その中にまるで盲いた頑固な老人が彳《たたず》んでいるようなユダヤ教会は、まだ小さな有楽橋の下を黒い水が流れていた頃の遺物のひとつなのであるが、八百富の店員は私達を待たせずに、その建物の前に姿を見せた。店員は私達が二人になっているのを見て、物々しさを感じたのか、ちょっと固い顔になったので私は気やすく、やあと声をかけた。

「きみに聞きたいというのは、実は十六日の晩のことだが、あの晩、たしか八時頃、折竹の女中が二人できみの店へ買物に行っているが、おぼえているだろうか」

「ええ――」

「きみがその時、店にいたとすると、きみはガス会社の工事人から、ガスのとまることを聞いたといっていたが、その話を折竹の女中達にも、して聞かせはしなかったかね」

「ええ、したと思いますが、それがどうかしたんですか」

「別にどうもしないが、その話をしたかしないか、はっきりおぼえてないか」

「しました。そういうことをお客が知らなかったら、教えてあげるのもサービスですから」

「まったく、きみのいうとおりだ。ぼくが聞きたいのは、それだけだが、ほかに何か気のついたことはなかったかね」

若い店員は私達との会見に興味を持ったようすで、ちょっと考えていたが、ふと思いだしたという顔で、いった。

「お手伝いさんが帰りかけた時、気がついたんですが、ボクちゃんの先生が隣りで煙草を買っていました。お手伝いさんはあの人がいたのに気がつかずに行ってしまったが、あの人は声もかけずに、そのあとからぶらぶらついて行きました」

「祖生先生かね？」

「さあ、名前は知らないが家庭教師をしている人です。こんなことが何か参考になるんですか。あんなことがあったので、あの晩のことはかなりよく、おぼえていますが、お手伝いさんが買って行ったのは、たしか三つ葉と生椎茸《なまじい》と柚子《ゆず》でしたよ」

「きみがガス工事の話をしている時、祖生は隣りの店の前にいたのかね」

「さあ、いたと思いますがね――」

　私は横で堀木くんが苦笑しているのを見ながら、礼をいって八百富の若い衆をかえした。腕時計を見ると日暮にはまだ間のある時刻であった。それから私は堀木と肩をならべて折竹の家の方へ、そこの女主人の死顔を胸にうかべながら、ぶらぶら歩いて行った。死体というよりも人形のようにきれいだったほとけを見て、鑑識の宮尾が嘆声を洩《も》らしたような印象を私はそのときはまだ受けなかったが、生前の動作が聞きこみにつれて死体の印象に息を吹きこんだのか、私はこれから行く家の茶の間の長火鉢の前に、その人の坐《すわ》っていた姿を生前にこの眼で見たことがあるかのような錯覚を知らず知らずのあいだに持っていたとみえ、そこにもうその人がいないことを考えると惜しいような寂しいような気持にさえなるのであった。が、堀木くんの方は私のように時間を贅沢《ぜいたく》に使わずに、いまの聞き込みを忠実にたどっていたらしい語気でいった。

「女中ばかりでなく、家庭教師までがガス工事のことを知っていたとすると、いくらかれらがそのニュースに無関心だったとしても、家の中で全然それが話題にならなかったとは考えられなくなって来ました。さっきのわたしの見方は取り消しますよ」

「なんのことかね」

「女中達が度忘れしていたということです。むしろ一度ぐらいはその話が出たと考えたくなります。あるいは他にも知っていた人がいるかも知れないし、それに女主人がストーブをつけて寝ることは、誰でも知っていた筈なのだから、その時刻がちかくなったら——さっきおやじさんがいったように——誰かが女主人に知らせてもいい筈ですよ。そうしないと、たいへんなことになるかも知れない場合ですからね」

「だが、この前しらべた時、だれもガス工事の話を、ぼくにした者はないよ」

「結局そこへ行きつくんですね。妙な話だが、やはり連中をあたってみなければ、わからないことですね」

と、堀木はあきらめたようにいった。


折竹の家には三人の女中がいるきりであった。八百富の若い衆までがボクちゃんと呼んでいた雪枝の遺児の幸嗣は、その前日からまた学校へ通いだしたが、母親が死んだばかりなので、大沢乃《の》婦《ぶ》という年長の女中が心配して二日間、送りむかえしているといっていた。その日も私達が行くちょっと前に乃婦といっしょに帰って来て、近所のお好焼屋で遊んでいるということであった。主人の保倉《やすくら》は来るかこないかわからないが、祖生は夜になってから来る筈だと乃婦はいった。みなさんに聞きたいことがあって来たというと、私達を六畳の表座敷にあげてくれたのも、この女中さんであった。

女主人の遺骨がまだ隣室においてあるというので、私はお線香をあげさせてもらった。骨壺は桐《きり》の箱にいれたまま白布でつつんで、半間の床の間においてあり、その前に新らしい仏具がならべてあった。みな真鍮《しんちゅう》や赤い漆塗《うるしぬ》りの小ぢんまりした物ばかりで、ぴかぴかてらてらしていた。

「そうですか、もう初七日を過ぎた？　早いものですね」

私は表座敷に帰って来ると、出された茶を啜《すす》りながら、乃婦に焼香の礼をいわれた時、そういった。

「よけいなことをお尋ねするようだが、この家はこのまま続けるのですか」

「はい。そのようでございます」

「なるほど――」

私は退屈そうにしている堀木くんの顔を、間のびした気分でながめた。

「ときに、おくさんが亡くなった早朝、この近所でガス工事があったのを、ご存じですか」

「ええ。だいぶ噂になっておりますようで――」

「実はそのことでうかがったんですが、あなたは事件の前の晩、そのことをご存じでしたか」

「いいえ、私はあの日は午後から一度も外へ出ませんでしたから――」

「他の女中さんにも、そのことをききたいんだが、手がすいてたら、来てもらってくれませんか」

乃婦が土田梅代と原内ヶイを連れて戻って来ると、私は今度はこの二人にむかってきいた。

「八百富の若い衆がいってるんだが、あなた方はあの晩、彼からガス工事の話を聞いたそうだね」

二人は顔を見合わし、梅代が代表して答えた。

「はい――」

「その話をおくさんにしましたか」

「いいえ――」

「だれか他の人には――」

「話しません」

「何故《なぜ》だね」

「ガスがとまることが、そんなに大事なことだとは思わなかったんです。だから仕事にかまけて思いださなかったし、わざわざ他の人に話す必要があるとも思いませんでした」

「あなたもそうかね？」

と、ケイの方に眼をやると、ケイはあわてて頷いた。

「ガストーブを点《つ》けっぱなしにしていて、若《も》しガスがとまり、とまって火が消えるだけなら被害はないが、それがまた放出されたらどんなことになるか、それを考えなかったのかね」

「そんなことになるなんて、気がつく筈がありませんよ」

「頭がわるいからね――」

ケイが恥じたような笑いを浮かべて相鎚《あいづち》を打った。私は腹の中でちょっとあきれたが、人間の日常というものは、このくらい不注意で思慮の足りないのが普通なのではないか、あとになってそれを怪しんだりするのは、さかしらだてにすぎないのではないかと思いなおした。だが、まだあきらめられない気持もあった。

「すると、あなた方は全然、危険を感じなかったのか」

「というより、はっきりした考えを持っていなかったんです。でも、なんとなく気になっていたようです。だから、あたしもおケイちゃんも二階へ行って、ストーブに火をつける気にならなかったんです」

「それはどういうことだね」

「いつも、気がつけば、おくさんが寝る前に部屋をあたためといてあげるんです。たいへんな冷え性だったんで――。あの晩はなんだかごたごたしていて、物を考える暇もなかったんですが、旦那さまが泊って行くと思って二階に早く床をとったので、おくさんが寝る頃には蒲団《ふとん》が冷えきってしまっているのに気がついて、おケイちゃんと台所でそのことを話したくらいです。ねえ、おケイちゃん——」

「ええ——」

「どんな風に話したのかね」

「あたしがおケイちゃんに、二階のガスストーブをつけておかなくて、いいかね、といったら、おケイちゃんが、だって三時から四時までガスがとまるって八百富でいってたじゃない、っていいました」

「その話をしたのは何時頃だね」

「おくさんが風呂にはいっていた時だから、十二時過ぎですね」

「台所にはその時、きみたちだけしかいなかったのか」

「ええ——」

「風呂場からは、台所で話している声が聞こえるだろうか」

「とても聞こえませんよ」

「あなたがその時、ガスがとまるから、ストーブに火をつけないといったのは、危険を感じたからじゃないのかね」

　と、私はケイに尋ねた。

「そこまで考えてなかったわ」

「では何故そういったの」

「とまるのに、つけても、むだだって考えたんです、きっと。馬鹿だわ」

ケイが下をむいてしまうと、梅代がかわって、いった。

「あたしもおケイちゃんにそういわれて、むだなような気がしたわ。それに、さっきもいったように、何故危険かはっきりわかっていたわけじゃないが、やっぱり何だか気になっていたので、といっても、どうせ眠りの浅いおくさんが一晩中ガスストーブをつけっぱなしにしておく筈がないのを知っていたから、それほど気にもしてなかったんでしょう。だが、おくさんはじきに風呂《ふろ》からあがって来る筈だったし、別に私達がわざわざ手をとめて二階へ行く必要はないと思ったんですよ」

「しかし、他人がわざわざ教えてくれたほどのことを、人に話さないというのはへんじゃないかね」

「若しあたしかおケイちゃんか、どっちか一人《ひとり》だけが表でそのことを聞いて来たんだったたら、きっとすぐ誰かに話す気になっていたわね。でもあたしたち二人《ふたり》だったから、人に話す興味がなかったんだな」

論理にならないような論理であるが、私は梅代にちょっと一本とられた感じで、苦笑を禁じえなかった。乃婦もそばでにやにやしていた。

「だが、ここにいる乃婦さんに話す気にもならなかったのかね」

「乃婦さんといっしょにいた時、そのことを思いだしたら、話していたと思うけど、なにしろ半分忘れていたんだから――」

「あたしもよ――」

と、ケイもいった。

「おくさんには全然話す必要がないと考えていたのかね」

「そうでもないけど。おくさんが寝に行くまでに、なんとなく話すきっかけがなかったんですね」

「多少でも話す必要を感じていたとすれば、それからでも遅くはなかった筈だがね。むしろそれからが大事な時間だったのじゃないかね」

「ええ――」

梅代はケイと顔を見合わせ、それから乃婦の方をちらと見て、下をむいてしまった。

「それとも、何かあなた方が二階へ行けない事情でもあったのかね」

と、突っこんできいたが答がないので、私は乃婦の方に質問をむけた。

「ところで、ストーブに点火したのは、おくさんだと思いますか」

「そうでございましょうね」

「二階にあるのは旧式なガスストーブだけれども、どうやって火をつけたのかね」

「マッチでおつけになったと思いますが」

　と、乃婦はおかしくもないという顔で答えた。

「ところが、おくさんの死体はマッチを持っていなかったし、あの部屋の中にもなかった。あなた方があの部屋から持ちだしたようなことはないでしょう」

「おくさまが亡くなったことを私が見つけるまで、誰も二階へ行った者はございません筈です」

「すると、おくさんは自分で火をつけてから、マッチを階下《した》へ返しに来たのかな。たとえば台所にある徳用マッチとか――」

「そんなことはありませんよ」

　と、梅代が顔をあげて、いった。そうでないという証拠があるのかと突っこむと、

「ええ。現にあたし徳用マッチが見つからなくて、ガス焜炉《こんろ》に火をつけるのに割烹着《かっぽうぎ》のかくしに入れてたマッチを使ったくらいですから。そうしたら――」

「あたしが風呂場へ持って行って、棚の上においたまま忘れて来たんです」

　と、ケイがリレー式に答え、更に念を押すように、いった。

「おくさんが一度二階へ寝に行ってから、また降りて来たとしても、廊下と玄関と便所だけで、他のところには、行かなかったはずだわ」

「それじゃ、マッチはどうしたのかね」

梅代もケイも答えず、ふしぎそうに私の顔を見つめていたが、この時、黙ってみんなの顔をかわるがわる見ているばかりだった堀木が、ふいに口をひらいて私に声をかけた。次のことを私がなかなかいいださないので、忘れているとでも思ったのだろうか。

「おやじさん。祖生さんという人も、ガス工事のことを知っていたのじゃありませんか」

私はこの堀木の言葉が梅代やケイに与えた効果をたしかめてから、説明してやった。

「あなた方は八百富へ買い物に行った時、祖生さんが隣りの洋酒屋で煙草を買っていたのに気がつかなかったとみえるね。若い衆は彼の話を祖生さんも聞いた筈だというんだが——」

「そういえば、この家《うち》へはいる時は、いっしょだったんですよ」

梅代はおどろいた顔でいって、ケイと眼を見かわした。私はもうそろそろ気合を入れる時期だと思った。

「きみたち、ほんとうのことをいってくれないと困るね。きみたちのために捜査が混乱するようなことにでもなると、きみたちもあとで叱られなければならないんだよ。いいかね。おくさんが寝に行ったあとで——いや、先でもいいが、だれか他に二階へ行った者があるだろう。きみたちでないとすると保倉さんか坊やか、それとも祖生さんか——。そして、その人が自分の持っていたマッチでガスストーブに火をつけたんだ。そうとしか考えられないじゃないか」

三人の女はしゅんとして顔を見合わせ、しばらく黙っていたが、年長の乃婦が心をきめたようすで、先ず口をひらいた。

「旦那さまは十二時頃ご本宅へお帰りになりましたし、坊ちゃまはそれから半時間ほどして床にはいり、お眠《よ》っておしまいになるまで、おケイちゃんがいっしょにおりましたんです」

「祖生さんは？」

「ちょうど私が表座敷の戸じまりを見てから、お風呂を頂きに行こうとしました時に、おくさまはお二階へあがって行かれ、祖生先生は玄関を出てお行きになるところだったのです。十二時半頃だったと思います」

「乃婦さんが風呂からあがってから、あたしはケイちゃんといっしょにはいりました」

と、梅代があとを続けた。梅代はケイとざっと流しっこをし、タイルの浴槽の栓をぬいて湯を落とし、中を掃除してから、あがった。

「それから玄関の戸に鍵をおろし、女中部屋に乃婦さんが敷いておいてくれた蒲団にはいって寝たんです」

「そうすると、やっぱり誰も二階へ行った者はないんですね」

堀木刑事が口を出し、また下をむいてしまった三人の女の顔を、光る眼で順次なぞるように見ていた。私も同じようにするより他にすることがなかった。折竹の女中達はその時、気をそろえて、ひとつの考えを持ち、ひとつの感情を持って、何かを守ろうとしているのではないかという気がし、その秘密めかしい姿が私には荷厄介にも幾分は薄気味わるくも感じられたのであるが、物識りぶった言い方をすれば、この女達は私に、白髪のおとめといわれるポルコスの三人の娘を思いださせた。ギリシャ神話の中で英雄ペルセウスは、正体を見た物は石になってしまうという恐ろしいメズサを退治するために、この生れながらの老婆達に会う必要があったのだが、この三人はひとつの眼と一本の歯を共通に使っていたので、ペルセウスはそれを取りあげてしまい、かえすかわりに自分の知りたい道すじを彼女達から聞きだしたのだという。

私もいろいろな本を読むのは好きだが、人に聞いたことの方がよくおぼえられるもので、こういう話はたいがい署の用務員から宿直の折などに仕入れたのである。私のおやじさんは見て来たような嘘《うそ》ばかりついていたが、私の子供の頃には、いわゆる雑学通という市井《しせい》の物識りが多くて、この用務員もそういう懐かしい人柄を持つ一人だったのである。それはともかく、私は女中達から、ひとつの眼と一本の歯をとりあげるために、もうひと押ししなければならないと考えて、いった。

「あなた方の中で寝てから何か異常なことに気のついた人はないですか。おケイさんはどうかね——」

三人のうちではケイがいちばん動揺しているのが眼についていたし、何か言いたいことがあるのを圧《おさ》えているようにも見えるので、私はかまをかけて、きいてみたのである。

「あなたは何か匿《かく》しているね。そうだろう」

ケイはびくりとして顔をあげ、私よりも堀木くんの光る眼に出会うと、はっとした顔になって思わず口走るというように、いった。

「鍵が――」

そういってしまってから、びっくりしたように梅代の方を見たが、梅代はやれやれという顔つきになって、

「いいよ。いっておしまい。その方がいいかも知れない。ほんとうのことをいうんだから、恐がることはないよ」

と、勇気づけるようにも、けしかけるようにもとれる調子で助言を与えたので、ケイは喋りだした。

「あたし寝てから一時間ぐらいすると、一度眼がさめて便所に行く癖があるんです。あの晩もそうでした。そうしたら玄関の鍵がはずれてるのに気がついたんです。物騒だから、鍵をかけなおして寝ました」

「鍵のほかに異常はなかったの」

「ありません」

「それは何時頃だったか、おぼえていますか」

「ええ、二時すこし過ぎていた筈です」

「梅代さんが玄関に鍵をかけたのは？」

「一時頃か、ちょっと過ぎていたかね。早く寝たいので風呂の掃除はざっとだったから――」

「鍵をはずしたのは誰かね」

と、堀木がすかさず、きいた。

「おくさまでございます」

と、乃婦が梅代達の顔を落ちついた態度で見ながら、切口上でゆっくり答えた。

「死人に鞭《むち》をあてるなと申しますから、このことだけは申しあげないつもりでした。別に相談したわけでもございませんけど、三人ともそのつもりでいましたんです。梅代さんが鍵をかけたあとで、おくさまがこっそり、おはずしになった筈です」

「何故それがわかったんです？　そうしているところを見たわけじゃないらしいが――」

「いま、はじまったことじゃないからね」

と、梅代がそばから、いった。

「おくさんは外へ出て行ったのかね？　いいや、そうじゃないな。おケイさんが見た時、鍵がはずれていたんだから。誰かを入れるためにやったのだね。誰です？」

と、私は緊張して、いった。

「祖生先生でございます」

乃婦はみんなを代表して言質《げんち》の責任をとるといった調子でいい、いってしまうと、ほっとした顔つきになった。

私には意外な事柄だったので次の質問が出るまでに、ちょっと暇がかかった。この家の女主人が自分の子供の家庭教師と情を通じていて、旦那の来ない夜、旦那の帰ったあと、そして女中達が寝静まってから、こっそり男をむかえ入れていたなどとは、死体の女がそんな大胆なことをしそうには見えなかっただけに、意外であると共に、私の知らなかったその人のなまめかしい影が、肱《ひじ》まで捲《まく》りあげた白い手でこの家の沈滞した空気をひと掻《か》きし、そこから色のある波紋がひろがって来るような気がした。その秘密をそしらぬ顔で守っていたらしい白髪のおとめ達まで、ふいに際立った感じに見えて来たくらいであった。

が、私は用心ぶかく質問を続けた。

「おケイさんは玄関の鍵がはずれているのを見て、どう思ったかね。祖生が来ているのをすぐに感じた？――」

「いいえ、もう帰ったあとだと思ったわ。祖生先生はこの頃では、はいって来ると自分でまた鍵をかけ、靴をしまってから二階にあがって行くんです。慣れたもんだわ。でも、あたし達みんな知ってるから、笑っちゃうわ」

「可笑《おか》しいことかね」

「恐《こわ》いことですよね。やっぱり――」

と、乃婦がケイにいった。

「――それで、鍵がはずれていたから帰ったと思ったんだね。はじめはおくさんがはずし、祖生がはいって来て、またそれをかけ、最後に自分ではずして出て行った。すくなくとも二時頃には出て行った筈だが、はいって来たのは何時頃かな――。おくさんが鍵をはずしたのは、あなた方が寝てからか寝仕度をしていた時と考えていいだろうが、それが一時十分前後、それから十分か二十分後に祖生が引っ返して来たとみて、いいのじゃないかね」

私は女中達がうなずくのを見て続けた。

「そういった物音を聞いた人はないのかね。たとえば玄関の戸があく音とか――」

「一時や二時では、まだ表の物音が絶えませんし、こちらはかえって寝入りばなですから――」

と、乃婦が答えた。

「おケイちゃんは奥に寝てますし、梅代さんは枕に頭をつけるとすぐ寝息を立てるほど寝つきがいい方ですし、聞いたとしましたら私なんですが、あの晩はふだんと変りのない晩で何も気になることはございませんでしたし、梅代さんのかけた鍵がはずれていたことは、寝る前には気がつきませんでした。それにあんなことの前にしては、おくさまもふだんとお変りなく平静でいらっしゃいましたので、私は床にはいるとすぐ、うとうとしてしまったのだと思います。そういわれてみますと、玄関の戸のあく音が聞こえたような気もいたしますけど、はっきり聞こえたと申しあげることはできません」

「つまり証言できるほどではないというのですね」

「さようでございます」

私は乃婦の話を肯定する眼つきで聞いている梅代とケイに、最後の質問をした。

「次の朝、おくさんの死んでいるのが見つかった時、あなた方はガス工事のことを思いださなかったのかね」

「ええ、気が顚倒《てんとう》しちまってて、それどころじゃなかったわ。それからの騒ぎで、すっかり度忘れしてしまってたんです」

と、梅代が答えた。

「あたしもよ。近所の人がそのことを噂しているのが耳にはいったのは、きのうあたりだわね」

と、ケイがいうと、

「灯台もと暗し、だよ」

と、梅代は暢気《のんき》そうにいって、私達を苦笑させたが、そういう梅代の顔を見ると、ちょっと皮肉な気持になって、私は彼女の自殺説をとりあげてみた。

「おくさんが自殺したといったのは、梅代さんじゃなかったかね。たしか、この家のみんながそう考えていたようだったが、今度はどう思うかね」

「あたしにはわからないですね。ガス工事のことを八百富で聞いた時、ストーブを使うと危険だってことに気がついていたら、もちろんおくさんに知らせたでしょうが、そうしなかったために、おくさんが事故で死んだとしたら、あたし達の責任です。だから責任のがれでいうわけじゃないが、あたしにはまだ自殺だって気がするんです。二度も自殺に失敗して、三度目に知らない間に事故で死ぬなんて、あんまり頓馬《とんま》すぎて、おくさんらしくないものね」

「でも、そういうこともあるかも知れないわよ」

ケイがそばからいうと、梅代は怒ったようにケイをにらんだ。この女はなかなかの頑固者だなと私は思った。乃婦はちょっと皮肉そうな表情をうかべたまま黙っていた。自分でも気詰りではないかと思えるほど、この人は軽率に物をいうまいとしているように見えた。


また来るからといって私達は折竹の家を出ると、暮色の濃くなって来た街を連れ立って署の方へ歩いて行ったが、堀木にはまだよく事情が飲みこめないながら、使用人だけがまもり顔な銀座裏の喪家《そうか》の印象は、彼にとってもあまり明るいものではなかったらしく、

「女三人よれば姦《かしま》しいというが、姦しい方がまだいい。女が三人も寄って黙りこくっているのは、いやなものですね」

と、堀木はいった。

「そういっても、まだ初七日を過ぎたばかりだからな」

「なんですか、死んだ女主人が子供の先生を夜更けに引っぱりこんでいたというのはほんとうなのですか」

そういう風にいうと、いかにも逞《たくま》しい感じで、あの女には似つかわしくないような気がしながらも、私は頷いた。

「祖生という男が、あの晩、一時半から二時まで、女主人と二人きりで二階にいたとすると、ストーブに火をつけたのは、その男なのかも知れませんね」

「祖生だと考えてもいいようだね」

「或《あ》いは、祖生はあの家に引返して来なかったかも知れませんが、どうです？」

「何故――」

「女主人は彼が帰って来るのを期待して、玄関の鍵をはずしておいた。それをおケイさんという女中が二時頃に起きて見つけた。このあいだがわずか四五十分です。密会の時間にしては短かすぎるような気もするし、鍵がはずれていただけで、必ずしも祖生が来たとはいえないと思います」

「男と女のどっちが誘ったか知らないが、一応約束をしたから鍵をはずしておいたので、正味三十分の密会は短かすぎるかどうか経験がないから何ともいえないが、人目の多い家の中でやることだからあまりゆっくりもしていられなかったのじゃないのか――」

「祖生のアリバイはどうです？」

「それは前にしらべたが、祖生にはアリバイはなかった。彼は三田のアパートに住んでいて、その晩そこに帰ったことはわかっているが、何時に帰ったのか不明なのだ。アパートの住人が翌朝、彼と顔を合わしているだけでね――」

「おやじさんはあの晩、祖生がまたあの家に引返して来ていたと思いますか」

「祖生でも誰でもいいが、一時半から二時頃まで、女主人といっしょにいた者がないとマッチが行方不明になってしまうからね」

「誰でもいいというのは、他にも心あたりがあるからですか」

「そうじゃないが、たとえば旦那《だんな》の保倉だ。きみにはこの前のとき手伝ってもらえなかったけれども、あそこの女主人が二号だということは知っているだろう。保倉はあの晩、急に帰るといいだして、十二時頃、出て行った筈なのに、タクシーで三河台の本宅へ帰ったのが二時半頃で、これもそのあいだのアリバイが証明されていない――」

「若し引返して来たのが主人だとすると、彼も女主人に急用ができたのですかね。祖生はガス工事のことを知っていたらしいが、保倉の方はどうです？」

「それはわからないが、何故だね」

「ガスがとまる一時間前まで誰にしろ、そのことを知っていた者が女主人といっしょにいたとすれば、単純なガス事故とは考えたくなくなるじゃありませんか」

「はじめは自殺だと思ったのだがね――」

「その女は二度も自殺をしそこなったということだが、それは確認された事実ですか」

「ほぼ確認されているようだね。雪枝って人は一昨年の十月と去年の五月と二度、自殺を企《くわだ》てたといわれている。一昨年の秋は階下の四畳半で、話に聞いただけでも疑いのない状況だ。去年の時はすこしあやふやで、風呂場のガス湯沸器のとりあつかい不注意による事故とも考えられるのだが、自殺ととれないこともない」

「どういうことなんです？」

「たしか、湯沸器の火口《ひぐち》に風が吹きこんで消えたのが原因だったが、そこの蓋《ふた》を女中が閉めるのを忘れたのか、それともおくさんが自分であけておいたのか、その点がはっきりしない」

「事件後に女主人はどういってるんです？」

「火がついてるかどうか自分で火口をたしかめた時、そのまま閉めるのを忘れたといっていたそうだが、風呂の仕度をしたおケイさんに迷惑をかけないために、そういったのかも知れないしな」

「ガスの事件だからでもないが、どうも臭いですね」

「そうかね――」

「商売にしたがるわけじゃないが、事故でも自殺でもないという場合は考えられないものですか」

と、堀木は、笑い顔をひっこめて、いった。

「そうすると他殺か。どこからそんなことを考えついたんだ――」

「おやじさんがいったマッチの箱からですよ。祖生があの晩、引返して来て二階の部屋にいたかどうかは推測ばかりで証拠がないから、なんともいえないが、それよりも彼がガス工事のことを知っていたとすると、その翌日、彼の口からその話が出ないのは、おかしいように思う。女中達ならともかく、祖生がそのことに気づかない筈はないでしょう。気がついても黙っていたのは何かふくむところがあったのか、それとも八百富の店員がいった臆測《おくそく》にすぎなくて、はじめから祖生は何も知らなかったか――」

「知っていて黙っていたのだとしたら？」

「ガス工事を利用して、手をくださないで殺したということも考えられますね――」

堀木がこういうことを指摘しても、私はさのみおどろきはしなかった。というのは私もその点を考えてみないわけではなかったからであるが、いきなりそこまで飛躍する気には、まだなれなかった。私の苦笑いを見て堀木は念を押すようにいうのであった。

「仮定としては可能でしょう」

「そうかも知れないが、きみのいうとおり祖生が二階にいたという証拠はないし、だいいち、なんのために、彼がおくさんの死を望んだのかも、わからないからな」

「それを、しらべてみるべきですね」

私はこういう堀木くんの熱心にそそのかされたというわけではないが、署長に話をしたうえで、この事件をすこししらべ直してみることにした。その晩は私にさしつかえがあって折竹の家を再度訪れることができなかったかわりに、堀木くんに頼んで行ってもらったが、彼の報告が聞けたのは翌日のひる前だった。堀木は同家で祖生をつかまえ、いろいろ尋問したようである。

「祖生はあの晩、折竹へ引返したことを、もちろん否認すると思っていたが、やはりそうでした」

と、堀木はその時刻に署で顔を合わすと、私にいった。

「彼は十二時半頃、折竹を出て、新橋駅ちかくにある『雀』というトリスバーに寄り、そこでしばらく時間を潰してからアパートに帰ったといっています。――ところが、おかしなことがあるというのは、その『雀』という店を探して寄ってみたら、バーテンもカウンターの女も、祖生という中学教師がときたま来ることは認めたが、その晩おそく来ていたかどうか、来たともいえないし来ないといえるほどたしかな記憶もないというんです。若し来たとしたら、ほんの短かいあいだ、店にいた程度じゃないのかともいっていました。

――それだけなら別におかしいというほどのことでもないが、ちょうどうまい工合に、祖生の知合いだという、アルバイトに競馬の予想表の印刷をやっている大学生が居合わして、祖生はたまにその店へ寄るか、または三原橋の近所の『ホタ』という喫茶店に顔を出すこともあるということがわかったんです。で念のため、そこへも廻ってみたところが、そこの女の子は、十六日の晩一時前後に祖生がやって来て、しばらくいたというんです。その店は毎晩一時半頃まで営業しているそうです——」

堀木は二時間足らずのあいだに、それだけの情報を手に入れ、折竹に引返してみると、祖生はまだそこにいたが、彼の質問に対して、それは何かの間違いで恐らくホタの女の子は誰か他の人物を祖生と思いこんでいるのだろうと答えた。自分はその晩ホタへは行かず、たしかに雀へ寄ってからアパートへ帰った、そんなことを間違える筈はないし、嘘をいう必要もないことだ、といったというのである。

「ところが、ホタの女の子というのがまた、かなりはっきりおぼえているようなことを、いうんですよ。祖生はその時ウイスキーコーヒーを注文して、煙草を二本吸うあいだ、そこにいたといっています。それは祖生が帰った後で灰皿をさげる時にわかったんだそうです」

「たしかかね。この頃の女の子はみんな推理小説を読むらしいからね」

「飲んだのが祖生かどうかは別として、ウイスキーコーヒーは売上帳につけてありましたよ。とにかく妙に記憶がいいのか、何か特別な理由で記憶していたのか、まるで出たらめともいえないのです――」

若し少女のいうことがほんとうとすれば、祖生の記憶ちがいか、それとも嘘をいっていることになるが、祖生のいうとおり、そんなことを間違えるのはおかしいし、では嘘をつく必要があったかどうかということが残る問題であった。祖生が帰りによった店の違いなど気にする必要はないように思うが、たったひとつ、その店のしるしのある物品を折竹に置き忘れてでも来たとすると、祖生が午前一時以後、その店から同家に立ち戻ったという証拠になるから、そのことを紛らわしくする必要も生じて来る。という場合を仮定すると、しつこいようだが私にはやはりマッチの件がひっかかって来るのである。バーや喫茶店にはいると、たいがい灰皿といっしょに店名入りのマッチを持って来るし、客はまたたいがいそれをもらって帰る。祖生が若しホタのマッチでガスストーブに点火し、そしてそれを二階に忘れて来たとしたら、彼としては気にしないわけにはいかない筈であった。死体のあった現場に一個のマッチもなかったことは既にたしかめたが、今度は目標にするマッチの種類がはっきりしているので、それがまだ折竹にあるか、もうなくなっていても家人がそのマッチのことを記憶しているか、どちらかの収穫があるかも知れなかった。それが見つかったからといって、ただちに祖生がそれを犯行に使用したということにはならないが、とにかく一歩前進はできると思ったから、私は堀木くんに案内させて二軒の店をまわってみた。

雀というバーは新橋駅のちかくの横町にある小さな三階建のビルの二階にあった。同じビルにバーが四軒、球突屋、麻雀屋、タイプ印書所、DP屋などがある。こういう酒場が入口を並べたり看板を重ねたりしていて、うっかりはいって行くと目的の店をとりちがえるような小ビルは、銀座から新橋にかけて無数といってよいくらいあるようだが、元気よくあがり降りしたら転落すること請合いという狭い危険な階段をあがって行って、この調査のために午後三時まで待って出かけたにも拘《かかわ》らず、どの店も寂《せき》として扉を閉しているのを見ると、がっかりさせられた。ビルの管理をしているDP屋できいてみると、五時頃にならなければ誰もあらわれないというので、私達はそこをあきらめて三原橋ちかくの通りにある、ホタに行き記憶のよい少女に会った。

ここはまた、おどろくほど小さな店で、テーブルが三つしかおかれていない。仕切りの奥でモーターの音がしているところをみると、裏側は何か製造している工場で、昼間は仕事をしているとみえる。この少女はかなり意地っぱりらしく、祖生は十六日の晩この店には来ないと自分でいっているが、きみの思い違いではないのかというと、そんなことはない、たしかに祖生さんだったといって譲らなかった。トリスバーで再尋問しても恐らくあいまいな返答しか得られないだろうから、傍証としてはここの方が強いわけであった。私はマッチをひとつもらって、ホタを出ると参考のマッチはまだ揃わないが、一応折竹の女中達に当ってみることにした。

三人の女中は折よく揃って家にいた。乃婦はやはり今しがた幸嗣を学校へ迎えに行って帰って来たところだといったが、幸嗣の方はまた近所へ遊びに行っていた。母親が死んでからは一人で家にいるのをいやがり、女中の手があく頃まで外で遊んでいるということであった。私はホタのマッチを出して女中達に見せ、これか或いは雀という店名入りのトリスバーのマッチか、どちらかが現在この家にないか、又は誰《だれ》か最近家の中で同様の物を見かけた記憶のある者はないかと、きいてみた。

女中達は早速、家じゅうを探してみてくれたが、持って来たのは広重の五十三次の縮刷が貼《は》ってある煙草屋のマッチばかりで、たったひとつ変っているのがあったが、それは烏森の『おきな』という汁粉屋のものであった。梅代とケイは雀にもホタにも心当りはないといったが、乃婦だけはホタのマッチを受けとってしばらく見てから、

「これと同じ物を奥の四畳半で見たような気がいたしますが、思いちがいかも知れません」

といって私に返した。

「見たというのは、おくさんが亡くなってからのことですか」

「はい――でも、はっきりとは申しあげられないのです。いったい、これはどうしたマッチなのでございますか」

「そのホタというのは、祖生さんがときどき寄る喫茶店なんです」

「では祖生先生が前にいらっしゃった時に、持っていたのかも知れません。きっと私の思いちがいでございましょう」

と、乃婦があっさり前言をとり消したので、この人だけは注意力のすぐれた記憶のよい人だと思っていただけに、私はがっかりしたのである。

マッチの件は失敗に終ったが、堀木はこの事件に他殺またはそれに類する行為、もしくは自殺幇助《ほうじょ》の疑いがあるものとして、それから数日、裏附捜査をやってみた結果、思いがけない事実がわかって来た。

先ず折竹雪枝の死の理由に金銭的な功利性が含まれ得るかという問題であるが、雪枝は生命保険をかけていなかったし、保倉も祖生も、この人を被保険者とする契約をした事実はなかったばかりか、国民健康保険にさえ加入していないのである。それに雪枝には遺産というほどのものもない。銀座の家屋敷は幸嗣の名義になっていたし、彼女の生活には従属物は多いが、すべて保倉からの一定の仕送りによってまかなわれていて、余剰というものはありはしないのである。金銭的な理由から、この人を殺したり、この人の死を望んだりした者は先ずあり得ないといってよかった。

次に——そしてこの方にむしろ私達は力を入れたのであるが——痴情を問題にすると、やはり調査再開の時から浮かびあがって来ていた祖生武志というものが有力な対象であった。祖生は二年前の四月にはじめて幸嗣の家庭教師を引きうけ、銀座裏の家に出入りするようになったが、女中達の話によると同年の夏頃には、すでに女主人と肉体関係ができていて、それが発覚したため九月に罷免された。発覚といっても、雪枝が保倉に自発的に告白してしまったのだから、保倉としても旦那、保護者の立場をとらないわけに行かなかったものと考えられるが、彼は雪枝の過失を赦《ゆる》し、祖生には体裁のよい名目で金を与えて、後くされのないように手を切らせたのであった。

ところが、幸嗣の教育のために、どうしても祖生が必要になり、次の年の二月からまた彼に来てもらうようになったが、金まで使って別れさせられた間柄であり、充分の自重を約束させられていたにも拘らず、いわゆる焼木杭《やけぼっくい》に火というやつで、たちまた関係が生じてしまった。今度も雪枝の告白でそれを知った保倉は、幸嗣の教育の方を重く見ていたせいか、やはり寛大な措置をとり、三ヵ月を冷却期間として勉強を休ませ、祖生には九月からまた来ることを許した。

女中達も今度はまさかと思っていたので、かれらの仲が再び復活したのを知った時にはさすがに茫然《ぼうぜん》としたらしいが、考えてみると家族同様に出入している者が旦那の動静を知ったうえでやることだし、女中達は絶対に密告しないと来ているのであるから、このくらい容易に火のつきやすい場合もないといってよいかも知れないのである。だが、それは義理も常識もわきまえない者の場合であって、雪枝や祖生の行為としてみると、やはり私達には到底理解できないほどのだらしなさという他はないのであるが、私は堀木とこの話をして、とても凡慮のおよぶところではないと匙《さじ》を投げたのであった。堀木はいみじくも、いった。

「そう聞くと、祖生という男がすこし憎らしくなって来るが、女主人の方は生前ひと目でも見ておけなかったことが惜しくなりますね」

なるほど私にもそういう女のイメージが浮かびはするが、雪枝の行為は私にはやはり不可解で、それをどう解釈すべきかという点には、かなり問題があると思うのである。

雪枝は二年前の十月、祖生との関係を保倉に告白して手を切った後で、ガス自殺を試みている。次の年の五月には告白の前に、同じくガス自殺と見做《みな》してもよいようなことが起こっているのである。そして、今度の場合も、若しまた本人が生き伸びていたら、三度目の告白がされただろうことは想像に難くない。だから、最初から見て来ている梅代などにいわせると、雪枝の自殺と告白とは貨幣の裏表のように同一の意志で刻印された行為とでもいうことになり、梅代の自殺説が裏書されているようにも見えるのであるが、私達はそれをそのまま受けとってよいものであろうか。

たしかに今度の場合にも、前の二つの例の範囲を出ないところがある。外見は三度とも判で押したように同じだといってもよい。俗にいう死に憑《つ》かれたというもので、ひとりの人が一定の期間に同じような行為をくり返して自殺をなし遂げた例はいくらもあるようだが、その行為を受けとる側の人の心も、いつも同じだといえるだろうか。そういう表だった単純な――しかも他人に衝撃を与えるような――ことの繰りかえしの蔭に、累積されて行く心理の複雑な変化を計算に入れないでもよいであろうか。

たとえば保倉だが、仏の顔も三度というくらいで、今度も彼は寛大な気持でやりすごすことができたかどうか疑問である。これは保倉が雪枝の性懲りもないあやまちに気がついていた場合を考えてのことだが、私には保倉に何か考えがあって、我慢して素知らぬ顔をしていたのだとしても、三度目の事実に全然気がつかないほど彼が盆暗《ぼんくら》であったとは考えられないからである。若し雪枝が告白する前に、保倉がそれに気がついていたとしたら当然、雪枝に対して憎悪を抱くであろうし、幸嗣への影響というようなことも、そろそろ深刻に考えだしていたのではないかと思える。

「保倉さんは幸嗣くんを、おくさんから引きはなせると考えていたのでしょうかね」

と、私は乃婦にきいてみた。

「籍だけは最初から、はなしてあったようですね、坊ちゃまは保倉姓ですから。旦那さまはゆくゆく坊ちゃまを、ご本宅にお入れするお考えで、それは亡くなったおくさまも、ご承知になっていたことなのです。けれど坊ちゃまはずっと、おくさまとごいっしょにお暮らしになって来て、おくさまをお慕いしていらっしゃったのですから、とても引きはなすなんてことが、できたとは思えません。ご本宅に入れるといっても、ずっと先のことで、大学にでもおはいりになる頃でしょうか、現にこうやって私達といっしょにおいでになるくらいでございますものね」

と、乃婦は答えた。

この見解を正しいものとすれば、やはり雪枝を幸嗣から引きはなすためには、非常手段を必要とした筈である。私達は再調査のはじめから、この事件の内容のこじれたところは、祖生の行為に起因しているという風に考えていたのだが、動機の点では先ず保倉を疑ってみる必要があった。保倉はやはり寝とられた夫という立場にいるからで、堀木もその追及にはなかなか熱心だったが、前にもいったとおり保倉には事件当時のはっきりしたアリバイがなく、その時の行動を追及されると、あいまいな返事しかできないようすで、疑われる要素はあったのである。

私と堀木はもちろん保倉と個人的に面接して、しらべたのだが、彼はその点を堀木に押されると、最近面倒を見ている女のことを、しぶしぶ打ちあけた。あの晩は車を拾ってその女の家に寄り、ちょっとそこにいてから三河台に帰ったので、疑うならその女にきいてみてくれといって気の進まないようすで女の住所を教えた。その女というのは、青山の墓地裏に小さな教習所をひらいている若いバレー教師だったが、そこへは都合で堀木に一人で行ってもらった。女は保倉の証言を裏づけしたが、堀木はいちがいには信用しないで、女が保倉にそう言えと教唆《きょうさ》されていたのかも知れないと考えているようであった。その女の証言だけでは弱いことは、たしかであるし、その他にも堀木の意見には聞くべきものがあった。堀木は雪枝の三回の異常な経験を縦に結びつけて、そこにやはり異常なすじみちを見つけようと努力していた。

「おやじさんも、梅代って女中のいうことを聞いたでしょう。最初の事件だけについていえば、わたしもあの女の意見に全面的に賛成です。一昨年の十月、祖生との関係を告白したあとで、女主人は誠意を見せるために狂言自殺をたくらんだ。ずいぶん危険なかねあいだが、そのくらいのことをやらないとおさまらなかった女の気持は、梅代の話を聞くと、わかるような気がします」

と、堀木はいうのである。

「だが、わたしの考えは、ここから違う。思うに、そんな事をやったお蔭で、あの女は自分の運命に弱点をつくってしまった。この女を殺すなら、うまく自殺を偽装すれば、前例があるから容易に人を信じさせられると、考える者が出て来るかも知れない危険をつくった。実際に二度目の時も今度の場合も、他殺の目論見《もくろみ》が蔭にあったと仮定すると、それが最初の事件の線をなぞっている点を指摘できる。ガスを使った方法も、被害者の迂闊《うかつ》を利用した手段も共通しています」

「犯人がいるとすれば、同じ人間かね」

「でなかったら、どちらも前の事件を通して知っている人物だが、恐らく同じ人間でしょう。ところで去年の風呂場の事件の時、保倉には動機が考えられるが、祖生にはそれらしいものが見つからないようだし、この場合はどうしても保倉の方が疑わしい。女主人は、折角一度ゆるしてやったのに、また間違いを犯したのだから、保倉には勘弁できない気持があったかも知れない。それにこの事件は、ガス湯沸器の火口の蓋《ふた》の閉め忘れか本人が故意にあけておいたかが原因になっているが、それも偶然でも本人の意志でもなくて、第三者がその晩の台風まがいの風と火口の向きを利用して、偶然か本人の意志かを偽装しようとした殺人行為と考えられないことはない。女中達の話によると、この日は祖生は風呂にはいらなかったのに、保倉は女主人がはいる直前にはいっているのだから、先ず彼が火口の蓋をあけておいた人物と思われて、怪しまれても仕方がないわけです」

「保倉がその時、失敗したので、今度また試みたということだとすれば、彼はあの晩おそくガス工事があるのを知っていなければならない筈だが――」

と、私が横槍を入れたのは、前年の事件が殺人未遂だったとしても、はっきりした証拠でもあれば兎《と》に角、いまさらどうにもなることではないし、またそれを論理的な裏づけとして使うためにも、今度の事件での保倉の位置を正確にしておかなければならないからであった。

「保倉があの晩、赤坂の料亭でやっていた会社の新年会から、会社の車で直行して来たことはわかっているのだから、折竹の家にはいる前から、この場所に限られたガス工事のことを知っていたとは思えない」

と、私は堀木にいった。

「その後の調査で、ガス工事のことが発表された十六日の灯ともし頃から後、折竹の家には近所の人、配達人、出前持などの外来者は一人もなかったことがわかっている。もちろん祖生は別だが——。従って、このニュースを外部から持ちこんだのは梅代とケイだけで、この女中達はそのことを誰にも話していないのだから、家から一歩も出なかった他の連中は知る筈がなかった。それに、あの家にはどういうわけか、恐らく子供の勉強のためか何かで、テレビは置いてないし、茶の間のラジオも音がしているのを聞いたことがない。ガス会社ではあの工事のことをラジオで通告などしなかったのだから、どっちみち同じことだけれども——。が、たった一度だけ他の人に知れたかも知れない機会があったのは、女中達が十二時頃そのことを思いだして、台所で話題にした時だが、その時、保倉はもう帰った後だった。だから若し女中達の話を聞いた者があるとすれば、家の中にいた雪枝と乃婦と幸嗣と祖生の四人の中の誰かだが、保倉ではない。保倉がガス工事のことは知らなかったと証言しているのを、私も認める」

私のこういう説明で堀木も納得したらしかったが、完全には納得していない顔つきであった。

「若し女主人を殺そう、いや死なせようとした者を、保倉と祖生のどちらかに限るとすれば、わたしはやはり動機の点で保倉の方に重点をおきたいと思います。祖生の場合には女主人を死なせたがる意味がわかりません。くどいようだが、保倉は十二時に折竹の家を出てから、近所でガスの件を小耳にはさみ、それを利用できないかと考えて、もう一度、引返したという風には考えられないでしょうか」

「そうだとすると、保倉はよほど雪枝を死なせたがっていたことになるが、それにしても保倉は――祖生でもいいが――何のために引返す必要があったのか、その点をもうすこし考えてみないか。――先ず保倉は折竹の家にいるうちにはガス工事の話を誰からも聞かされなかったのだから、若しきみがいうように、外に出てからそのことを聞いたとするとその時彼はこう考えるだろう。――折竹では雪枝はじめ誰もそれについて、まだ知らず、時刻からいって翌日まではもう知る機会がない、とね。知らないとすると雪枝がガスストーブをつけて寝るのは毎晩の習慣だから、彼女が寝る前に――それが雪枝であるにしろ女中達であるにしろ――平気でストーブに点火するにちがいない。そうすれば、ガス会社がガスをとめた時に、ストーブが自然に消えても雪枝は眠っているし、工事が終って、ガスがストーブをまた放出された時にも気がつかずに、一酸化炭素の中毒で死んでしまうことになる。――保倉が雪枝の死を願っていたとすれば、手を下さずに事故で死んでくれる機会を発見したわけで、喜びこそすれ、わざわざ自分が引返して行く必要を感じるだろうか」

「その機会を完全に利用するためには、引返して行く必要があったと考えられる点もあります——保倉には折竹を去る時の状況で、彼が帰るとすぐ女主人が入浴して寝るということは、わかっていたと思います。寝るのが午前一時頃とすると、それからガスのとまる三時までの二時間、眠りの浅い女主人はストーブの熱に耐えるでしょうか——この点は、おやじさん自身、前に指摘していますよ。——恐らく寝床のあたりは過熱状態になっている筈ですが、とすれば女主人が眼をさましてガスをとめてしまうかも知れないし、そうすると折角の事故も起こってくれなくなります。保倉は恐らく女主人のそういう習性を細かいところまで知っている筈だから、そこで、ガスをつける時間を遅らせようと考えたかも知れません。——二時頃点火して三時に自然に消えるというのが、この場合もっとも理想的な条件のようですが、保倉は一時過ぎに、急用を思いついたふりをして引返し、二階の部屋へ行くと熱いからとかなんとかいってストーブを消し、それからまたガスをつけて寝たから帰った。女主人の方は何も知らずに、それからまたガスをつけて寝た。睡眠薬はその時飲んだのか、それとも既に飲んでいたか、飲みつけた少量の錠剤だから、水無しにいつどこでも飲めた筈です——」

「マッチの件はどうかね。その場合、保倉が帰ってから、雪枝がまたストーブに点火したとすると、マッチはどこへ行ったのかという疑問が残るがね——」

「では保倉がガスに火をつけてやって、そのままマッチの箱をかくしに入れて持って帰ったとします。ライターでもいいでしょう。——マッチの件にはもうそれほど、こだわる必要はないと思います。原則的に考えてみると、先ず実際にマッチが使われたかという問題があるが、自殺のためならば、その必要はないわけです。ところが女主人の死亡推定時刻は、午前四時から五時までのあいだということになっていて、これが動かせないとすると、単純な自殺とはどうしても考えられない。女主人はガス工事のことを知らなかったのですから、工事が終るのを待ってから死のうなぞと考えるわけもなし、寝てからすぐ決行したとすれば――自殺と見るなら、そう考える方が自然なようだが――ガスがとまる前に、もう死んでいた筈です。ところで、すぐに自殺にとりかからなかったとすると、女主人はひどい寒がりだったということだから、とにかくストーブに点火した筈です。ということは女主人がマッチを持っていたことになります。あの家にあった広重のマッチでもいいし、『おきな』という汁粉屋にはたびたび行っていたそうだから、茶の間で発見されたその店のしるしつきのマッチの他にも同じ物があったと考えていいでしょうが、とにかく一個のマッチを持っていたことは決定的事実といえるのじゃありませんか。――ところが、そのマッチがあの部屋からは見つからないとすれば、誰か他の者が持ちだしたと考える他はないのですから――どうせ刑法上は微妙な問題になるが――とにかく、他殺の可能性が生ずると同時に、マッチのこともこれで説明がつくと思いますがね――」

私はマッチの件をあっさり片付けられたので、すこしおもしろくなかったが、堀木の意見でもやはりマッチが重大なポイントと見られており、マッチにこだわるなというのは、それを既成事実と認めるという意味であって、調査のはじめから見ると、われわれの考え方がそこまで成長しているのだと考え、我慢することにした。ところで、この考え方は祖生の場合にも、あてはまるだろうか、その点を堀木くんがどう考えているか私には興味があった。

「祖生の場合も、すこし違うだけです」

と、堀木は説明を続けた。

「八百富の店員の言葉を信用すれば、祖生は女中達がガス工事の件を、その店員から聞いたのを知っていました。ところが女中達がその話を女主人にしなかったらしいことにも、気がついていた。したか、しないかについての確信というほどのものはなかったかも知れないが、若し彼に殺意があったとすれば、保倉の場合と同じ経路で、チャンス到来と思ったに違いありません。従って彼は、女主人がそのことを既に知っているかどうか、それをたしかめたうえで、若し知らなかったら、保倉の場合と同じ方法でガスの点火を遅らせ、女主人の死を確実にすることができると考えた筈です」

「だが、ホタの女の子のいうことを信じるとすると、祖生は何故、折竹の家を出てから後の足どりをいつわったのか。くどいようだが、それは祖生がホタのマッチを折竹の二階へおいて来たからではないのか。——ただ、そうすると、きみの考え方でいえば、あの部屋にマッチが二個なければならないことになってしまうが、その点をきみなら、どう考える？──」

「祖生の態度には、わけのわからないところがありますね──」

「つまり、これは引返して来た者が誰にせよ、何故マッチを持って帰ったかということが、問題になるのじゃないかな」

「どっちにしても、マッチを持ち帰ったのは、たいへんな失敗でしたね。でなかったら、この事件は単純な事故死か自殺として、疑われなかったのだが――」

「雪枝はひどい寒がりだったから、引返して来た者があの部屋にはいって行った時には、もうストーブに点火されていたという、きみの見方は、自然で正しいと思うんだが、そうすると、やはり、きみがいうように、そこには既にマッチが一個あったことになる。先ず保倉の場合を考えてみると、きみは保倉がそのマッチを使ってストーブに火をつけたといったが、何故そのマッチを彼は持って帰ったのか。何故きみが今いったように、たいへんな失敗をおかすようなことをしたのか、だね――」

「そうです。保倉はそこにあったマッチを使ったのだから、たとえ殺意を持ってそうしたとしても、それを持って帰る必要はありませんからね。まさか指紋を恐れたりする筈もなかろうし――。ですから、その場合はうっかり持って帰ったのじゃないかな。保倉も量は少ないようだが煙草飲みだし、その時マッチを切らしていたとすると、うっかり持って行くということもあるでしょう。その点をわれわれにきかれたとして、事実をそのまま素直に話しても、怪しまれるようなことじゃないのですから。引返した理由も何とでもこじつけられるし――」

「すると、こっちからも突っこむ隙はないのか。保倉がやったとしても一種の完全犯罪になるのだな」

「祖生の場合は――かりに足どりの点で偽証を認めるとして、――自分が持って行ったホタのマッチで、ストーブに点火したとしましょう。これは持って帰るのが当然です。持って帰っても事故死なり自殺なりの状況を毀《こわ》す心配もなかった筈です。彼が来た時、ストーブに火がついていたとすれば、眼の前になかったにしても、すでに一個のマッチが部屋の中のどこかにあると考えていい筈ですからね」

「なるほど――。だが、それなら何故、足どりを偽証したのかという矛盾が残るが、何か他《ほか》に理由があるのかね」

「わかりません。祖生にあたってみる他はないようです。彼が偽証した点を押して、おやじさんがホタからもらって来たマッチを使って、鎌《かま》をかけてみたらどうでしょう」

「その手も悪くはない。――だが、いまの説明で、もうひとつ足りないのは、祖生があらわれる前にストーブに点火したマッチは、どこへ行ったかということだが――」

「その点は、どうもわかりませんね」

「あまりむずかしく考えなければ、保倉や祖生でない第三者が持ち出したということになるね。保倉の場合も、きみのいうほどうっかりしているとは思えないから、使ったのが前からあったマッチならば、そこへおいて行くと思うが、彼もきみが祖生の場合に考えたような過程で、自分の持っていたマッチを使ったと思っていい筈だ。はじめストーブに火をつけたマッチは恐らく事件に直接関係のない第三者——たぶん女中のうちの誰か——が男の来る前に、ちょっとした用事で雪枝の寝室にはいり、その時に持っていったのだろうが、その女は関係になるのを恐れて、そこへ行ったことを話そうとしないし、そのことは誰も知らないので他から証言をもらうこともできないという状況になっているのだと思う。そういう意味では、きみがいうとおり、マッチの件にはそれほど、こだわらないでいいかも知れない——」

私と堀木の見方は——内容はこのようにすこし違っていたが——共通の筋を追うことによって結局、意見の一致を見た。ただしその筋道は二岐《ふたまた》に別れて、しばらく迷わさせられたのであるが、そのうち保倉のアリバイについて、墓地裏の女の証言を裏づけするのにほぼ充分な傍証が集められ、彼の行動についての臆測——成功すれば推理というものであるが——は否定されることになった。そこで残るのは祖生ひとりであるから、祖生の場合の動機を追及してみると、前年の秋頃から保倉の肝入《きもいり》で祖生の婿養子の話が進行していることが、女中達の口から洩れた。相手は日本橋横山町の株式会社三輪洋紙店の一人娘愛子《としこ》である。保倉にも会って意向を聞いてみたが、祖生のような有望な青年の前途を傷つけないために、早く身を固めさせ、加えて経済上の安定感も与える方がよいと考え、世話をする気になったと、いっていた。

それにも拘らず祖生はまた雪枝と間違いを繰返していたことになるが、保倉は最近のかれらの関係に気がついていたのであろうか、これは調査上重要な点であったが、保倉は正直に、うすうす勘づいていた、と語った。それだから愛子と祖生の結婚を、できるだけ早くすませたいと思っていたと、いった。

「こういう事態になってもまだ、あなたには祖生さんの後押しをやる熱意がおありなんですか――」

と、私がきくと、

「それはやりかけたことですから。相手の手前も、いいかげんなことはできませんよ。それに祖生くんには、まだまだ幸嗣の勉強の面倒を見てもらわなければなりませんから――」

と、保倉は答えた。

そういっても、保倉にいまさら熱意が持てるとも思えないが、現在ではもう相手方の三輪家の方が熱心になっているので、引くに引かれない立場に追いこまれているのだと、女中達はいっていた。だが、そこで祖生の立場の方を考えてみると、彼はこの縁談に非常に乗り気だったし、相手の娘もひどく気に入って、理想的な花嫁だなどと、女中達の前でもいっていたそうである。にも拘らず、そのために身を慎しむどころか、またまた雪枝と密会をはじめているのは、祖生というのが若いに似ずよほど多情な男なのか、それとも雪枝の方から持ちかけられて、志操堅固ではいられなくなってしまったのか、どちらにせよ、彼がまだ雪枝との悪縁を断ち切れずに、もたついていたことは事実であった。

雪枝が死んでしまったので、この人の心情を今はもう聞くこともできないが、雪枝は実際、祖生を真剣に愛していたか、或いは肉体的な魅力が忘れられなかったのか――その点で女中達の意見はどちらも否定的だったけれども、それもいわゆる判官贔屓《はんがんびいき》というものかも知れないし――とにかく女の方から絡みついて行ったとすると、祖生がその関係を断ち切るためには、やはり非常手段を必要としたかも知れないのである。

祖生武志に署へ出頭してもらい本式にとりしらべたのは、雪枝が死んでからおよそ二週間後の、二月二日の日曜日であった。雪枝との関係は保倉をはじめ女中達まで知っていることであるから、祖生はさすがに否定しなかった。それどころか、私が三輪愛子の名を口にすると祖生はたちまち青くなって、この事件は愛子や三輪家には何の関係もないことであるから、あの一家を調査の対象とするようなことはしないでもらいたい、その代り自分の知っていることは何でも話すといった。三輪愛子とその背後が、思ったよりもはっきりした彼の弱点となっているのがわかって、私は一驚したくらいであった。

「それなら、きくが、きみは三輪愛子さんと結婚したいと思い、その仲介をしてくれた保倉さんに感謝していましたか」

「そのとおりです。しかし、そのことにはあまり触れたくないのですが――」

「よろしい。では折竹《おりたけ》のおくさんの場合はどうなんです。きみはあの人も好きだったのか。正直にいってください」

「はっきりいうと、あれは遊びだと思っていました」

と、祖生はちょっと考えてから、いった。

「というのは、どういう意味ですか」

「おくさんは人間的には好きでした。だが、ぼくなぞには、わけのわからない人だし、ぼくの将来に関係のある人だとは、とても考えられなかったからです――」

「旦那持ちだし、子供もあるからかね？」

「そういう意味じゃなく――」

「きみのいおうとすることは、だいたいわかるが、それじゃきみたちの関係は、いつもおくさんの方から持ちかけていたのかね。――年上の女から誘惑されたということは、いいわけにはなるだろうが、保倉氏が黙っていたところから考えても、おくさんはそんな人のようには見えないんだ。――死んだ人を傷つけない意味でも正直にいってもらいたいが」

「ぼくの方が熱があったのは事実です。おくさんの方がぼくに曳《ひ》きずられていたように、女中達なぞがいっているのじゃないのですか。しかし、ぼくが誘惑したなんてことはありません。おくさんは知らん顔をしていても、こっちを耐《たま》らなくさせるものがある人なんです」

祖生はいかにも若い熱のあふれていそうな、からだつきをしているので、口先で否定しても無駄だと思ったのか、案外すなおに、ぶちまけて話したが、私はその誇らしそうな正直さを嫉《ねた》ましく思ったほどである。

「では、きみはおくさんを嫌《いと》わしく思ったことはないんですね」

「ある筈がありません——」

「だが、ふつうの手段では、おくさんと手を切れないと思っていたでしょう」

「そんなことはない筈ですよ。ぼくが結婚すれば自然解消することになるのですから」

「そこまで行けば、きみはおくさんを見ても平気になれると思っていたんですか。だが、きみは今年の春には三輪愛子と結婚することにきまっているのに、正月になって、またごそごそやりだしているね。一方であんな関係を続けていながら、そのまま結婚に持っていけると、きみは考えていたのかね。たとえ保倉氏はあきらめて我慢するとしても、おくさんはそれほど——石仏みたいに——無抵抗でいるだろうか。きみはいざという時の、おくさんの抵抗をちっとも恐れていなかったと、いえますか」

祖生はいっそう青ざめて、何と答えてよいか迷うようすで下をむいていた。

「一月十六日の晩、きみは二丁目の洋酒屋の店先で、煙草を買いながら、隣りの八百屋の店員が折竹の女中達に、早暁のガス工事のため、ガスがとまることを聞かせているのを、小耳にはさんだ筈だ。女中達はきみがそこにいたのに気がつかなかったが、店員は知っていた。彼は正式の証言もいとわないと、いっている。――きみはその晩、保倉氏が急に帰って行ったのを見ると、おくさんと打ち合わせて、一度出てからまた引返して来るからといって、玄関の鍵をはずさせておいた。――折竹を出てからのきみは、ひま潰しにホタへ行ったのだが、きみが雀というバーにこだわるところを見ると、アリバイ工作のつもりで、そこへも寄ったのじゃないか。ところが、あいにく雀の女はきみのことを記憶していず、たまにしか行かないから、まさかきみの素姓を知るまいと思っていたホタの女の子が、きみの知り合いの競馬の予想表を刷っている大学生から聞いて、よく知っていたのだ。きみにとっては思いがけない伏兵だったわけだが、あの子は案外、きみにおぼしめしがあるのかも知れないな――」

私はそれから堀木くんが立てた筋書どおりに要点を押して行ったのだが、それがなかなか旨《うま》くできているのに、われながら感心したのは、同時にその反応が祖生の顔色にいちいちあらわれるからで、それは青いのを通り越して、苦しそうな斑《ぶち》になって行くのであった。ただマッチの件は私にも依然として疑問ではあったけれども、私は強引に行く手を変えず、平気をよそおって、自分がホタへ寄った折にもらって来たマッチを、とりだして示しながら、

私の方がおどろいたくらいであった。
「これが、あの二階の部屋で見つけられたとしたら、きみはなんというつもりかね」
と、いうと、祖生が思わぬ反応をしめして、歯の根も合わぬくらい顫《ふる》えだしたのには、私の方がおどろいたくらいであった。

祖生は遂に殺意を吐いた。一月十六日の晩、正確にいえば十七日の午前零時半頃、彼は折竹の家を出て新橋の『雀』へ寄った。この店は終《しま》い際《ぎわ》がやたらに混むので空席はなかったが、祖生はカウンターの隅に立ったまま、白ラベルのオンザロックを一杯飲んだ。そこへはいったとたんに顔が赫《か》っとして来たくらい熱気がこもっていたから、うまいと思いながら飲んだそうである。そこには、からだの二つはいりそうな大きなセーターを着た若いラジオ作家や、ひと冬に必ずマフラーを一本、酔って落として来るという胃潰瘍《いかいよう》恐怖症の二流新聞記者など、常連の顔が見えた。バーテンもカウンターの女の子も彼の顔を見た筈であったし、勘定を払う時、へたなアリバイ工作だが、これからアパートへ帰って寝るなどという文句を、口の中で呟《つぶや》いてみたりしたそうであるが、あいにく誰も注意をはらってくれなかった。人はかなりお狭匙《せっかい》やきなくせに、大部分の時間は自分のことにかまけて一切《いっさい》に無関心なものであることに、祖生は気がつかなかったのであろう。

それから彼はホタへ寄って、ウイスキーコーヒーを飲みながら時間をはかり、折竹に引返した。そっと二階にあがって行くと、奥の六畳にあかりはついていたが、雪枝はもう寝床にはいっていて、床の間のガスストーブは消えていたが、部屋の中は寒くなかった。のぞいてみると、雪枝は眼をあけて天井の一角を見つめていた。祖生が二枚掛けの蒲団の上にのしかかるように寝て、天鵞絨《びろうど》の夜具の襟にかくれていた唇を吸おうとすると、雪枝は重たそうに眉をしかめて、いやいやをした。祖生が続けて強引に蒲団の下に手を入れようとすると、雪枝はするりと床から脱けだして、今夜はいやよ、といったそうである。

祖生もそれが本心ではなかったが、なかばはいつもの癖であり、いつものようにしないと疑われると思ったからでもあろう。雪枝にはずされて外套を着たまま畳の上に転がった位置から、雪枝が寝ていた時に眼を向けていた方を視線でたどると、床の間の鴨居《かもい》の上で銀色に光るものを、ふと見つけた。それが雪枝の秘蔵している舞扇であることは、すぐにわかったが、雪枝が何故そんなものを長押《なげし》にはさんで、ながめていたのか、ふしぎな気がしたのは後のことで、その時は彼自身の冷たい気持がその扇面から射返されて来たように感じて、起きあがらざるを得なかったという。

雪枝は寝間着浴衣《ゆかた》の上に綿入半纏《はんてん》をまとって、床の間の前に坐《すわ》った。（その半纏は私が現場をしらべた時、袖《そで》だたみにして枕もとに置いてあったが、滝縞《たきじま》のお召に薄綿を入れ、黒八の襟をつけた仕立直し物らしかった）その晩の雪枝は、まるで長押にさした扇面の翁《おきな》の眼をはばかりでもするかのように、なおもからみつこうとする祖生をはらいのけたそうであるが、祖生にしても長居は無用と考えていたので、いいかげんで態勢をととのえ寝てもらう方が好都合だった。それには先ずご本人がガス工事の件を知っているかどうかが問題で、寒がりの雪枝がストーブを消しているのは、ひょっとしたら既にそのことを知っている証拠かも知れなかった。

「何故、ガスストーブをつけないの」

と、思いきって聞いてみると、

「すこし部屋が温まりすぎたから、いま消したところよ」

と、他意なく答えたので、やはり早晩にガスがとまることは知らないのだなと、祖生は思った。それから雪枝は彼を前に坐らせて、意見がましいことをいったそうである。若しマル三の婿養子になることを真面目に考えているのなら、こんな関係はきっぱり打ち切りにしないと、どんなところから故障がはいらないものでもない。祖生さんが偉くなるつもりなら、もっと自分を引きしめてかからないと成功はおぼつかない。若い時には何事も思いのままになるような気持になる時期もあるが、世間は決してそれほど甘いものではないなどと、姉が弟に言いきかすような調子でしばらく喋り続けるのを、神妙な顔で聞いていると、やがて、今晩はもうこれで帰って頂戴《ちょうだい》といわれた。

「ぼくはその時、そのまま帰ってしまおうかと思ったんです」

私に突っこんできかれると、祖生はもう腹をきめていたと見えて正直に答えた。

「その晩、おくさんにいわれたようなことは、いわれないでも勿論《もちろん》わかっていたんですが、やはりそのままでは、おくさんとの仲を断ち切れないと思いました。思いきってやる他はなかったのです」

で、祖生はおとなしく立ちかけて、ストーブに眼をやり、雪枝がすぐ寝るなら火をつけて行こうといって、かくしからホタのマッチを出して点火してから、ふと雪枝の顔を見ると、その顔が眼を据えて凝《じっ》と彼の手許をみつめていた凄艶《せいえん》とでもいうような美しさに、祖生は冷《ひ》いやりとしたものを感じて身ぶるいが出たそうである。いや、美しいというか恐《こわ》いというか、そして探るような雪枝の眼に会うと、自分のたくらみを見すかされたかという不安もちらと感じたが、雪枝はすぐいつもの、ちょっと放心したような眼つきに返って、彼の手からマッチをとりあげ、裏表を返してながめながら、

「この喫茶店にはよく行くの？　マル三のお嬢さんと結婚するつもりなら、ほかに女の子なんかこしらえちゃ、だめよ」

と、前の調子でいった。が、祖生のいうところでは、彼には経済的にもそんな余裕はなかったし、金も無しに若い女の子と遊びまわれるような器用さもなかったから、雪枝だけが遊びの対象で——彼はそれを品のわるいことだとは考えていないようであった——それだけに雪枝と切れることができなかったのである。

「そういう意味では、ぼくは折竹のおくさんを愛していたといってもいいのです。だから、金まで出してもらったり、良縁を世話してくれたりしたのに、なんて卑劣な裏切行為だといわれるかも知れないが、ぼくにはやはり、おくさんはたったひとりの愛人でした。——

愛人というだけでなく、ぼくは両親や兄弟とも遠くはなれているし、友達は一人もない。いや、そんなものより身近に安心して肌を触れあわすことのできる、たったひとりの人だったので、おくさんは愛人以上のものでした」

「それでも、きみはあの人との件を遊びだったというのかね」

と、私はちょっと、ききたくなった。

「遊びというのは、その関係に何も束縛されたものがないという意味なんです。だからこそ、ぼくはおくさんが、またと得られないものの感じで、別れていると惜しくてたまらなくなったのです――」

「きみにとって、おくさんは不可解な人だというようなことを、いっていたように思うが――」

「たしかにそうです。あの人の物の考え方は、ぼくにはまったくわかりません。あの人が、まるで違う世界の人間のように見える時もあったくらいです。だが、そんなことはお互いが好きになる場合、別に関係ないですからね」

「つまり、心の通う必要のない遊びの場合はね――。ところで、きみが、あの晩ホタへ行ったことを否定したのは、このマッチのためだけなのかね」

「ええ。ガスに火をつけてから、それをかくしに入れようとしたら、おくさんに見せろといわれて取りあげられ、そのまま、返してくれないものですから、しかたなくそれなりにして帰って来てしまいましたが、後で気になってしようがなかったんです」

「ぼくにはきみのような若い人の考え方は、よく理解できないけれども、とにかく悪いことはできないものだよ、祖生くん。きみが直接やったというわけではないが、きみは計画し、そしてそのとおりになった。ふつうの殺人のケースとは違うが、やはり殺意があり、どんな方法によってでも、それが遂行されたことにおいては違わない。しかも、たとえどんな理由にせよ、きみは功利的な目的で、それをたくらんだのだからね」

「功利的な目的からばかりでもありません」

　祖生はふいに抵抗するようにいうと、その顔がまた青ざめて来た。

「では、他にも理由があるというのかね」

「そうなんです。むしろ、その方が——」

「それは、どんな理由だろうかね」

　と、私はひどく好奇心をひかれて、きいていた。

「こわかったんです。恐怖から逃れたいような気持だったのです。——おくさんはぼくに死んでくれといいました。いっしょに寝た後で三度ばかり、続けてせがまれたんです。保倉さんに申訳のため、いっしょに死のうと、おくさんはいいました。三度もいわれて、その真剣さがわかると、ぼくはこわくなったのです。そんなことをいいだしたのは去年の暮頃からですが、こんなことではマル三とのことも、いざとなってからうまく行かなくなるのではないかと、ぼくは考えたのです。おくさんの妨害という、前には考えたこともないようなことが屈託になって来ました。おくさんの妙に陰気なところが眼につくようにもなり、何となく恐くなったという方が適切かも知れません。――ぼくには自分の気持だけれども、はっきりつかめないが、そのくせ、おくさんからも離れられなかったんです。――ガスがとまるときいて、ひょっとしたら空気のように抵抗なく、おくさんとの関係が切れるかと思いついたのは事実だが、ぼくの考えた方法で必ずおくさんが死ぬとも思いませんでした。可能性の問題だから必ずしもぼくに責任はないという風にも考えました。それでやってみる気になったのです。だけど、恐らくぼくはおくさんのたのみを聞いてあげて、いっしょに死んだ方がよかったんです。いっしょに死んだ方がよかったんです――」

後悔というよりも、過去の情熱を思いだして、ふいに感情がたかぶって来たかのように、祖生は急に両手で顔をおさえ、人前もはばからず泣きだしたのであった。

祖生の自白の内容は私と堀木くんが考えた筋みちとは、すこし違っていたが、特に意外だったのは、祖生がホタのマッチを死の部屋において行ったという点で、これで、前から推理の暗点であった、問題のマッチの落ちついたところはわかったが、その後、そのマッチがどこへ行ったかは依然として不明のままであった。しかし、祖生があれほどはっきりした告白をしている現在では、マッチの問題にそれほどこだわる必要もあるまいと、私達は結論した。もっとも、そう結論する前に、もうひとつのマッチのこともあるので、私は折竹の女中達に証言を求めたのであるが、その時、大沢乃婦はこういった。

「このことを前に申しあげなかったとしたら、ほんとうに申しわけございませんが、わたくし、十六日の晩、風呂を頂いてから寝るまでのあいだに、ちょっとおくさまのごようすを見に二階にまいったのです。その時はストーブに火がついていて、おくさまは寝化粧をしていらっしゃいましたが、床框《とこがまち》の上に載っていたマッチを取って、これも要らないから、茶の間へ持って行って頂戴と仰っしゃって、わたくしにお渡しになりました。――それが、いつかお見せした『おきな』のマッチなのでございます。――おくさまは火のつく物をおきらいになりまして、坊ちゃまにも焔硝《えんしょう》を使う玩具《おもちゃ》のピストルなど、お持たせにならないくらいです。台所のマッチ置き場などは特にやかましくいわれる方でした。――祖生先生がおいていらっしゃったというマッチのことは、わたくしたち全然存じません。祖生先生がお持ちかえりになったのを、思い違いしておいでなのではございませんか。おくさまが帰りがけにオーバーのかくしにでもお入れになったのを、気がつかずにいるということも、あると思いますけど――」

乃婦の証言は私達の思っていたとおりで、ホタのマッチについても、同じような結論になったのであるけれども、私はこの品のよい初老の女から、狡猾《こうかつ》な印象を受けた。それでなくても、この年配の女は秘密くさい感じを持ち、得体《えたい》の知れぬ探るような眼で人を見るものであるが、女の積んだ経験は本人に、へんな自信をつけさせるものなのかも知れない。だが、この場合は、いやなかかりあいになるのを恐れて、その時の自分の行動を匿《かく》したので、祖生が殺人類似の行為をしたことがわかると、やっと安心して事実を述べたのだろうから、深く咎《とが》めるほどのことではなかったのである。

私達はもう祖生の告白と雪枝の死を直接むすびつけていた。マッチ一個の所在にこだわって、そこに第三者を介入させてみることなどは、もう必要がないと考えられたし、訴追《がん》の方向がきまると、私達はどうしても早くそれに飛びつくのである。堀木くんは一度眼をつけた保倉に未練があったようだが、ガス湯沸器の事件では堀木に見落しがあるように、私は最初から考えていた。前年の五月に風呂場で起こった事件で、折竹の雰囲気の中で考えると、不思議といかにも雪枝を目的にしているように見えるのであるが、堀木の論法をあてはめて考えて、保倉が殺意をもって仕掛けたことだとしても、保倉は彼の次に入浴するのは祖生だとばかり思っていたのだから、彼の狙いは雪枝でなく祖生だった筈である。だが、この問題はもう再調査が不可能だし、何でもない事故か、あるいは梅代がいっているように、雪枝の狂言自殺と見た方が自然なように、いまでは考えられる。堀木も日がたつにつれ納得したし、祖生の微妙な自白をとれただけでも彼には満足だった筈である。

私は署長と相談して一応、事件の新らしい段階を書類にし検察庁に送った。ところが、祖生は任意出頭を命じられると、日を遅らして出頭し、今度は前言をひるがえして、雪枝に殺意を持ったなどということは絶対にない、刑事の誘導に乗せられて、それらしいことを喋ったかも知れないが、自分にはそんなことをいうつもりは、すこしもなかったのだと言い張った。彼の行為については傍証を固められる点もあり、さすがに全部を否定はしなかったが、もともと、突っこんでも肝心の急所はあいまいにできるような微妙な事実の集積で、これという証拠もないのだから、殺意を否定されると、こちら側の立場は弱いものになってしまう。祖生は弁護士の入れ智恵と、例の虎の巻的なアレンジの才能で、その急所をすっかり心得てしまったらしかった。

検察側は一審にかける前に、かなり長いことかかって、状況を検討し、態度をきめるのに迷っていたようだが、遂に証拠不充分で不起訴にする方をえらばざるを得なかったようで、堀木はその結果にかなり不服のようであったが、私は祖生が検察庁で殺意を否認した時から、実はもうあきらめかけていた。祖生のやったことは道義的には立派な犯罪であると思うが、法的処理には相当な困難があるだろうと、はじめから考えていたので、おどろきはしなかった。

祖生は私達から完全に自由になったし、その後、学園から追われたということも聞かないが、事件を検察庁に渡した当時から、祖生の背後にある教員組合の動きが目だって来て、あまり急激な決定をしないように教育委員会などからも申し入れがあったりしたのだが、検察側の鉾先《ほこさき》を多少鈍らしたというようなこともあるであろうが、祖生は何とかいう特例法の適用も受けなかった筈である。

　戦後の警察というものは実にむずかしくなった。私など、むかしから自分は穏健な好人物だと思っていたが、それでもやはり物の考え方のうえでは百八十度にちかい展開をしなければならなかったので、もちろん感情的にもそうでなかったとはいえないけれども、やはり今の方がよいと思うことでは一般と変りはない。そのかわり頭が悪く、めんどうなことはわからないので、基本的人権の尊重ということを第一義と信じこんでいて、ときどき制度上の疑問にぶつかると、この方がよいのだと思って我慢することにしているくらいだが、実はそんなところまで頭を使う必要は認められていず、もっと縁の下の力持ち的役割で満足しなければならないという点では、私達の位置はむかしとちっとも変りがないのである。

　だが、それでいいのだと私は思っている。私達には私達の仕事がある。それで充分ではないのか。一心にやって手柄にならないこともあるが、それも仕方がないので、五十年生きて来た経験は、目立たないところでやっている仕事が、いちばん実《み》のある仕事だということを私に教えている。この事件の場合でも、私達の努力は、もっと高いところにいる大きな手で、もみ消されてしまう結果になったけれども、決して無駄ではなかったと思う。祖生はやはり教訓を受けたに違いないからである。そう考えて私は多少満足しているのであるけれども、実をいうと、この人達の生き方が私には、よくわかっているわけでなく、たとえば祖生が若い野獣のように、危険な経験を持ったまま平気で生きのびて行くとしても、この事件に関する限り、私達はもう彼のために罠《わな》をはることはできないのである。

結　状況と理由

乃　婦

おくさまが亡くなってから早くも一月あまり経《た》ったが、私はこの人のことで、すこし依《い》怙地《こじ》になりすぎていたかも知れなかった。それも無理がなかろうといいたいのは、依然としてお骨《こつ》が奥の四畳半の床の間におかれていたからで、日に一度はお茶のあげさげをし、香を立て、時には花や供物《くもつ》をそなえたりしていると、箱の中のものが、ただの白骨を入れた壺だとは考えられず、その中にその人が小さく納まっているような気がして来るのは、人情というものであろう。

おくさまはまるで藪《やぶ》の中に咲いている水引草か露草のように、美しいけれども眼につかない人で、生きておいでの時からこの白布で包んだ白木の箱のように、家の中のどこかにきちんと居て、私達に意識されない方であった。しんにはやはり下町の人らしく、張りのあるところもあるらしくて、たまにはそれがすこし口やかましく出ることもあったが、それは私達の微笑をさそうくらいで反感など持たせる筈《はず》のものではなかった。私にはやはりおくさまは、祖生《そぶ》さんとのようなことがあったにしろ、時には哀れなといいたいほど、可愛い人であったし、旦那《だんな》さまも同じような見方から、おくさまのあやまちを大目に見ていらっしゃったのではなかろうか。とにかく、生きておいでになった時の居ずまいにどことなく似た白い骨壺の中に納まって、依然としてこの家にいらっしゃるとすれば、それがこの家の焦点のように私に感じられたのも無理のないことではないか。それ故、私はこの骨壺のほとりから、その後の世間のようすを、おくさまとごいっしょに見ていたような気がするのである。

警察の小柴《こしば》さんが最後にお見えになったのは二月四日、立春の日だったと思うが、その時、祖生先生を起訴するかも知れないというお話をうかがって、私はひどくおどろくと同時に、若《も》しおくさまが壺の中でこのことをお聞きになっているとしたら、どうお考えになるだろうかと、思いは自然その方に片寄るのであった。

たしかその前の日曜日は祖生先生が坊ちゃまの勉強の指導をお休みになるに定っていた日だったが、あくる日になってもお見えにならないので、風邪でもひいたのか、学校へでも電話をかけようかと思っているところへ小柴さんが見えて、日曜に祖生先生を警察に呼び、しらべた結果を、ちょっとお洩《も》らしになったのだが、たとえ一時《いっとき》でもおくさまに悪意を抱いた人を、おくさまは当然お恨みになるだろうか、それとも、いつものあきらめた眼つきをなさって、お赦《ゆる》しになるだろうかと私は考えてみた。が、その答を骨壺の中から引きだすことは、むずかしかった。

祖生先生はそれきり銀座の家にはお見えにならなかった。旦那さまもこのひと月のあいだ、あまりおいでがなかったが、その頃、おいでになった時に、祖生先生を正式にことわったと仰《お》っしゃった。祖生先生の告白は旦那さまにもとり次がれ、さすがに決心をおきめになる他《ほか》はなかったらしく、坊ちゃまの卒業までにはまだ一年あるから、適当な方法を見つけることにすると、いっておいでになった。私も梅代さんも実は、祖生先生がおくさまの死後も出入りされていることに、ちょっとぎごちない気持を持っていたのであるけれども、いざ来なくなってみると、旦那さまもお急がしいせいもあって足を抜いていらっしゃるし、折竹《おりたけ》の家はひとしお寂しくなった感じであった。

梅代さんは祖生先生が来なくなったことよりも、マル三のお嬢さんとのことがどうなったか、その方がしきりに気になるらしく、さかんにそれを話題にしていたが、到頭《とうとう》たまらなくなったのか、旦那さまにおききしたところが、

「それはもう三輪家と祖生くんとの問題で、先方が承知ならば、ぼくが反対する筋あいはないし、あくまで祖生くんの後見人になれといわれれば、最初からの約束だから、いまさら逃げる気はない。へんに聞こえるかも知れないが、実をいうと、ぼくは祖生くんにも多少迷惑をかけたような気持でいるのだから、できるだけのことはしてやるつもりだ。が、

彼の顔を見たくないし、幸嗣にもちかづけたくない——」

といっていたそうであるが、こんなところが旦那さまの本音であったかも知れない。

そのマル三の件もやがて怪しくなって来たことは、その次に旦那さまが見えた晩、会社の庶務の公時《きんとき》さんと、三輪家の親戚《しんせき》の松本さんが、後からつながって来て、むずかしい顔つきで表座敷にはいった時に頷《うなず》かれた。私が台所の廊下口にいると、松本さんの妙にえがらっぽい喉《のど》から押し出されて、いまにも咳《せき》にかわりそうな声が甲《かん》だかく聞こえ、もっと小さな声で話すように注意しているらしい公時さんの低い声が、電灯の光を手で匿《かく》すように、松本さんの大きな声をちらちら、とぎらしているのが聞こえた。お茶を持って行くと、旦那さまは酒の仕度をするようにいわれた。時分どきだったので、私は菊寿司に電話をかけて寿司種《だね》とにぎりを注文した。

松本さんは接待に出た私の存在など、いっこう気にもしないで、あいかわらず声高に、いまにもとぎれそうな声がよく続くと思うほど喋《しゃべ》りまくっていたが、いつに似ず旦那さまに対する物言いが、慇懃《いんぎん》尾籠《びろう》に聞こえたのは、わざとでもないようだったから、腹立ちを無理に抑えて下手《したで》に出ているせいなのかも知れなかった。松本さんの話を小耳にはさんだところでは、何とかいう夕刊新聞の記者が、マル三の店に坐《すわ》りこんで、祖生先生のことを素破《すっぱ》ぬき、マル三の女主人が、そんなことは信じられないが、記事にしないでもいいなら、なるべく伏せてもらいたいというと、出した金を受取って帰って行ったのだそうである。

その男は後で考えるとほんとうの新聞記者かどうかも疑わしかったが、若《も》しそんな事実があって新聞記事にでもなれば、それこそ、とんだ迷惑を受けると考えて、松本さんがていよく呼びつけられ、そこでこの人が公時さんに事情を追及すると、公時さんは匿《かく》してもおけないと考えて、祖生先生が警察でとりしらべを受けたことを話した。

松本さんはふだんでも赧《あか》ら顔だが、それがまっかになって、どうしても社長とあって話をつけるというので仕方なく、午後から工業クラブに行っていた旦那さまに電話で連絡し、銀座の家で落ち合う約束をしたというのが、その晩の顔寄せまでのいきさつであった。それでも松本さんは、ここへ来るまでに公時さんになだめられて、いくぶん落ちついてはいたらしいが、酒がすこしまわって来る頃《ころ》には、世間馴《な》れのした老人らしく、すっかり鉾《ほこ》をおさめて、ゆとりを見せて来た。それとも、怒ってみても埒《らち》があかないくらいは、はじめから心得ていて、わざと強く出たのは駈け引きかも知れなかったが、旦那さまはすっかり腐ってしまったごようすで、おくさまが亡くなったことだけなら、祖生先生の方は無疵《むきず》で通ったのに、警察が疑って内輪の絡みあいを裏返して見せるようなことをしたため、自分まで予測しない恥さらしな目に合うことになったのを恨んでいるようでもあった。

「まあいいですわ。泣く子と地頭には勝たれんといいますからな、社長さん。だが、それならそうと一言《ひとこと》耳打ちしといてくれたら、考えようもあったんですわ。厄介者をおっつける魂胆だけでなかったことは、わかりました。祖生くんだって、そんなにわるい青年じゃない。たしかに優秀なところはあります――」

と、松本さんがいった時、苦笑がみなさんの顔に浮かんでいて、表座敷の空気までが、しかめ面をしているようであった。

「そういっても、どっちみち、この話は破談にせにゃいかんですから――」

と、公時さんがいうと、

「それで、おたくの会社と気まずくさえならなければいいが、庶務課長さんが請合ってくだすっても、係りのちがうことですし――」

「そんなことはないし、そちらに収拾策があるなら、祖生くんの方はこちらで引請けます」

と、今度は旦那さまがきっぱりいうと、その辺で手を打つのが適当だと考えたのか、酒のはいったせいもあって、松本さんの鼻の大きい中高《なかだか》の長い顔は、機嫌のよい輝きを帯びて来た。

「わたし個人の意見をいいますと、祖生くんは優秀だが、マル三のような店にむくかどうかという心配が、はじめからありました。もちろん社長さんが尻押しして下さるから問題はなかったんですが――。それに、あの人はいかにも青年らしい、きれいな眼をしているので女達はすっかり信用してしまって、――いや、その話はやめましょう。実はこちらの縁談を知らない人が、札幌の同業者の次男坊をもらわんかという話を、いま持ちこんで来ていましてね。本人も悪くなさそうだし、養子は低い方からもらえなんていいますから、急いでこの方に切りかえようかとも考えている最中なんですが——」

「そう願えれば結構ですね。祖生くんの問題は、警察でも内密にあつかうと約束してくれたんですが、その新聞記者の場合はどこから洩《も》れたのか——。しかし、その点は公時くんが責任を持って、ご迷惑をかけないようにしますから——」

と、旦那さまがいうと、公時さんは黙って頭をさげた。

「いやあ、まあ、あの連中はそれが商売なんですから——」

松本さんは機嫌よくいって、もう酒の方に気をとられているようすであった。旦那さまはそれから十分ぐらい、そこに半《なか》ば相手を忘れた顔で相鎚《あいづち》を打っていたが、こまることがあったら何でも公時さんに相談してくれといって、そそくさと座を立った。旦那さまが帰ってしまうと、松本さんはお酒に酔った人独得のかたちで、公時さんの顔をつくづくながめ、あんたもたいへんですな、などといい、公時さんは苦い顔をしていたが、それからじきに松本さんを引き起こすようにして出て行った。旦那さまのつけで、そこらのバーにでも連れて行くのらしかった。

だが、私には別の屈託《はばかり》があった。というのは、やはり雪枝おくさまのお骨《こつ》のことである。その時も、公時さんが便所へ立った折に廊下で顔を合わすと、私はそのことをきいてみた。

「おくさまの三十五日は、どうなさいますか。初七日もろくにできなかったのですが——」

初七日には内輪の者がここに集って、どこか宗旨は同じでも関係のない寺から頼んで来た坊さんに、お経をあげてもらっただけであった。お好焼屋のおかみが気にして、亡くなったおくさんは東京の人だというのに、近くにお寺はないのかと、きかれたのには私はじめ気まりのわるい思いをしたが、その坊さんを頼んで来たのもこの人であるから、そういう事情をよく知っている筈なのに、公時さんは困った顔をして、ちょっと煩《わず》らわしそうにいった。

「忘れてるわけじゃありません。社長はどうするかちょっと迷っているようだけれども、三十五日頃までには、きめないといけないでしょう。わたしもそのつもりで、やっていますが、いまはあなたも知ってる他のことで、とりこんでるから。まあ、いずれ——」

三十五日は二月二十日にあたったが、旦那さまの関西出張でまたお流れになった。肝心のお寺の方もまだきまっていなかったのである。おくさまがあんな亡くなり方をなさった後だけに、旦那さまのこの家に来にくくなっているお気持もわからないことはなかったが、それならそれで、お骨をここに置いておかないで、早くお寺さんへ預けてしまう方が、かえってよいのではないかと、梅代さんもいっていた。そのことではいちばん、おくさまが不当にあつかわれている気がして腹立たしくもなるのであったが、旦那さまにはご本妻もあり、他に好きな人があっても、やはり雪枝おくさまを亡くしたことで心に深手を負ったごようすで、坊ちゃまのお顔も見るに忍びないのか、たまに見えても、まだ親しくお話しになる機会も、作ろうとなさらないようであった。

節分の日にご本宅の豆蒔《まめま》きの年男をつとめさせるといって、坊ちゃまを迎えに車をお寄こしになったが、その日がおくさまのご死去以来、旦那さまと坊ちゃまがごいっしょに長くいらっしゃった、はじめての日なのではなかったろうか。だが、その時も翌日学校があるからという理由で、坊ちゃまを本宅にお泊めにはならなかった。それとも坊ちゃまの方が、いやがったのかも知れないが。

小柴刑事さんの来たのは、たしかその翌日であったと思う。小柴さんはそれきり姿を見せなかったが、あの事件以来、親しみの増した鵜館《うだち》さんが、巡回の途中でちょっとお寄りになった時などに聞いた話では、祖生先生の件は検察庁の手にうつって、そこで練られているけれども、証拠が充分でないうえに本人が自白をひるがえしたから、起訴されないようになるかも知れないということであった。そんなことってないよ、と梅代さんもいい、私もそのくらいですむとしたら、物足らない感じであったが、梅代さんときたら、裁判になれば祖生先生は死刑になるとでも思っていたらしかった。

その頃の私達の二大関心事は、祖生先生が裁判されるかどうかということと、おくさまのお骨の始末はどうつくかということであったが、せめて四十九日はお寺でやらないと、近所のてまえも、ぐあいがわるくて困ると梅代さんは蔭《かげ》でいきまいた。私達はそんな話ばかりして暮らしていたが、その重大事も間もなく二つながら、けりがついてしまった。人生は過ぎて行くもので、心に深く残るものは別として、どんな屈託もあとから見れば、さらさらと流れ去って跡かたもなくなってしまうから、さばさばしているけれども味気ないといえばこんなに味気ないものもないであろうが、その時々にはやはり本気になっていきまいたり恐れたり口惜しがったりするもので、そういう異生《いしょう》の身に感じるあがきこそ、私達の一生なのであるから、決していちがいに疎《うと》んだりしてはならないのである。

私が特に四十九日のことを気にしたのは、二月の月末《つきずえ》に川西酒店の番頭が売掛の請求書を持って来た時、いったことに、ふと刺戟《しげき》されたせいもあるらしい。と、いっても、おくさまの葬式について、とやかくいったわけではない。番頭といっても、この人は川西の総領娘のお聟《むこ》さんだとか、色の黒い小男で眼つきがおかしいのを誤解されて、助べったらしいと、ケイちゃんなどには嫌がられているが、別にそんな挙動はなくて実直によく働くおとなしい男である。

「今日《こんにち》は別に御用はありませんか。明日は弟の百ヵ日でお休みにしますから、できればいっしょにご注文を頂きたいんですが――」

そういった酒屋さんの言葉が私の胸にひっかかったのである。

川西の息子はいわゆる親に先立つ不孝の子であった。それも理由のわからない自殺を遂げたのである。二月二十六日が百ヵ日だというから、逆に日を繰ってみればわかることだが、その事件があったのは、たしか前の年の十一月の、小春日和というような、よく晴れた暖い日が続いた週であった。その頃までは、この息子さんが折竹にも御用聞きに来ていたので、痩《や》せぎすだが見あげるように背が高く、何というのか田舎縞《いなかじま》に似た柄のスポーツシャツを着て、脛《すね》にはりつきそうな細いズボンの上に酒屋の前垂れをしめ、バイクに乗って来ると、ケイちゃんなどは、ほのぼのした顔で見ていたり、梅代さんは、あら兄さんイカスじゃないの、などとからかったりした。

その息子が急に来なくなって、かわりに来るようになった聟さんが、あの人どうかしたの、と聞かれても生返事をしているうちに、その事件は新聞にも出たというが、私達お手伝いの身では新聞にゆっくり眼をとおす暇もないから、気がつかずにいると、近所の噂《うわさ》がまとまった形になって耳にはいって来るようになったので、梅代さんが聟さんをつかまえて、くわしい話を聞き出したのである。

川西酒店の得意の中に、木挽町《こびきちょう》のアパートに止宿して、銀座の酒場につとめている若い女がいた。その女も前に一二度、自殺未遂をやったことがあるそうだが、川西の息子は初冬の晴れた日に、その女の部屋で女と心中してしまったのである。女の方が二つぐらい年上だったというが、別に前から関係があったようすもなく、客と商人ではあるが若い者同士の気安さで友達みたいな口をききあっていただけで、その女に気があるような素振りは家の者にも見えなかったし、それに息子には婚約者があって仲よく交際していたというから、何故《なぜ》その女と心中したのか、その理由はだれにもわからないのであった。新聞には同情心中と書いてあったそうで、他人が自殺するというのに共鳴して、ふらふらといっしょに死んでしまう例は他にもあるということだが、たとえば遺書などにそういう理由が書いてあることがあったにしても、誰も当人にあたって、ほんとうの気持をたしかめた者はないのだろうから、実際のところはわからないのではないだろうか。それにしても、愛しあう同士でもない相手といっしょに死ぬからには、当人にそれだけの自殺の下地《したじ》とでもいうようなものが、できていなければならない筈であるが、川西の息子の場合には、そういう傾向に気のついた者もいなかったというのである。

まったく、この若い人は、軽いつきあいの女といっしょに、たあいなく死に踏みきってしまって、肉親や許婚者を呆然とさせたのであるが、親兄弟は理由がわからないままに、とんでもない魔女が町なかに住んでいて、いきなり餌食《えじき》をくわえて飛び去ったようにでも感じたのだろうか、おかしな眼つきの聟さんなどは、魔がさしたんですねえ、といっていた。

それは雪枝おくさまが亡くなる、ちょうど二月《ふたつき》ぐらい前で、やはり自殺未遂の経験のあるおくさまに、相当の刺戟を与えはしなかったかと思うのであるが、警察のしらべによると、おくさまはその年の暮頃から、祖生先生に再三いっしょに死んでくれと仰っしゃったそうであるけれども、恐らくおくさまは、その女がやすやすと道連れをつくって死んで行ったことを、羨《うらや》ましく思われたのではなかろうか。それはともかくとして、親兄弟の連帯からいえば裏切者に等《ひと》しい行為をし、その人達をとり返しのつかないほどがっかりさせた息子ではあるが、その不孝不信を憎まずに初七日《しょしちにち》以後の回向《えこう》も忘れずにとりおこなっているのがわかると、床《ゆか》しくかなしい気持を誘われ、おくさまのこととひきくらべて考えさせられたのであった。死後のむなしい回向よりも、生前何故《なぜ》もっと理解しようとしなかったのか、ともいえるだろうが、人は皆それほど賢くないのではなかろうか。

せめて、おくさまの四十九日をと思いつめていた際で、何でもない世間なみのしきたりが、ことさら心に沁《し》みたのかも知れないが、その私達の屈託のひとつが解決されるのとほとんど同時に、別の方も目鼻がついたのであった。どちらも私達にとっては、やや不本意であったけれども、きまりがついてしまえば後はどうということもなく過ぎ去ってしまうのが世間の常である。お寺のことは四十九日の二日前の三月朔日《ついたち》になって、やっときまった。その日は土曜日で、坊ちゃまも早く学校からお帰りになったし、旦那さまも会社からすぐおまわりになったようすで、早目においでになり、今日は泊って行くと仰っしゃったのは、おくさまのお葬式以来はじめてのことであった。

旦那さまがいらっしゃると間もなく、公時さんがお見えになって、表座敷で半時間ほど用談をなさってから、公時さんはお帰りになり、旦那さまは奥の四畳半へお戻りになって、私が呼ばれた。いつも折竹へお見えになると、旦那さまはまっさきにそこへはいって行かれ、床の間の前にきちんと坐《すわ》って、お骨の箱にむかって合掌し、短かい経文をおあげになる。口の中でぐちょぐちょいっていらっしゃるが、ちゃんとしたお経のようであった。梅代さんがいうには、代表社員というものは偉い人のお葬式に出なければならないので、お経の一節ぐらいおぼえていないと具合がわるいのだそうである。旦那はあれだけしか知らないんだよといって、梅代さんは私やケイちゃんを笑わせたのであった。

私が奥へ行った時、旦那さまはそばで雑誌を読んでいる坊ちゃまに、何かいっておいでになった。何か欲しい物はないか、といっておいでになったのである。坊ちゃまは、はにかんだ顔で、拳銃《ガン》が欲しいと仰《おお》っしゃった。火の出る玩具かね、それは母あさんが何というかな、と旦那さまがお骨の方へ眼をやって笑いながらいうと、坊ちゃまは旦那さまのお顔をちらと見て、すぐにまた雑誌へ眼を落としてしまった。そんな風に坊ちゃまを、おくさまに縛りつけておくのはよろしくございませんと、いいたかったが黙っていた。旦那さまは私の顔を見ると、前に坐らせて、

「雪枝の骨《こつ》はやはり深川の願信寺に埋めることにしました。うちの寺へと思ったが、やはりうまくなくてね。それに、聞いてみると雪枝の両親も、あそこに葬られているそうだから、あれのためにもその方がよくはないかと思う。それであなた方にも諒承《りょうしょう》してもらいたいが――」

と、仰っしゃった。

「私などが諒承するも何も――」

「寺の方は公時の世話で、万事もう手配ずみでね、あさって納骨式の法要をやってもらうことになっているから、そのつもりで頼みますよ」

「かしこまりました」

そのあとで旦那さまは坊ちゃまを連れてお出かけになった。おもしろい映画でもやっていれば見て来るし、晩飯も外ですませて来ると仰っしゃって行かれたが、こんなことも珍らしいことであった。旦那さまは一応お骨の始末をつけて、ほっとなさっていたのかも知れなかった。祖生先生が不起訴になったことも、その時、旦那さまからうかがったのであるが、それやこれやを梅代さんとケイちゃんに話して聞かせると、多少不服そうではあったけれども、事がきまった安心感から、二人とも気のぬけた顔で、あまり多くをいわなかった。祖生先生に殺意があって、自白の中でいったようなことを実際にしたのだとしても、その結果は梅代さん達の不注意のせいにも多少はなるのだから、あまり派手に攻撃もできないし、お寺の件はもはや場所の当不当を論じるよりも、近所のてまえもあって、早く始末をつけてもらいたい気持の方が強かったのである。

旦那さまと坊ちゃまは四時前に出かけて、七時半頃、帰って来られた。食事はやはりすませておいでになったというので、早速お風呂の仕度をして四畳半に行くと、そこには坊ちゃまが一人で、もう雑誌と首引きをしていらっしゃった。お父さまは、ときくと、二階に行ったと仰っしゃるので、あがって行ってみると、旦那さまは奥の六畳のつめたい畳の上に坐って、押入れからご自分で出したらしい坊ちゃまの買いおきの雑記帳を五六冊、膝の前においで何か考えこんでおいでになった。そんな物を何にするのかと不審に思ったが、お寒くはございませんかといいながら、旦那さまのライターを借りてガスストーブに火をつけ、風呂の沸いたことを知らせて立ちあがろうとすると、旦那さまにとめられ、ちょっと坐ってくれといわれた。

「乃婦さんにきくが、雪枝の持ち物を整理した時、何か書いたものを見つけなかったかね――」

旦那さまは考えこんだお顔で仰っしゃるのであった。

「ともうしますと？――」

「書置きのようなものを、残して行かなかったかと思うんだが――。というのは、祖生くんはあんな自白をしているけれども、ぼくにはどうも自殺だったような気がしてならないのでね」

「そういうものはございませんでした」

「そうですか。いや、そうかも知れない。恐らく書きのこすような理由のない自殺だったのだろうから。祖生くんが多少、間違った考えを起こしたとしても、それが成功したとは思えない。こんな狭い家の中で他に二人もガス工事のことを知っている者がいたのだから、ぼくなどは兎《と》も角として、全然あれの耳にはいらなかったとは考えられないのだが――」

「そういうこともございましょう――」

「そうかな。――祖生くんは不起訴になったからいいようなものの、やはり殺人者の刻印を押されてしまったようなもので、うまくないからね。このあいだ、幸嗣の勉強の世話をことわるについて、あいまいにするのは嫌《いや》だから、公時に謝礼を持って行かせたのだが、その時、祖生くんは学校をやめて、しばらく郷《くに》へ帰って来てから出直すつもりだと、公時にいったそうだ。あんなに希望を持っていたマル三との縁組も破談になったし、いくら組合が尻押ししても、このままではやって行かれないことが、わかったらしいから、祖生くんはもう裁かれたのも同じことで、大きなミスをやったことを後悔しているだろう。考えてみれば、あの男も気の毒だった――」

旦那さまは何故もっと祖生さんを憎まないのか、はじめはご自分をいたわるために憎しみを抑えて、わざと寛大に言訳までしてやっているのかと思って聞いていたが、そうでもないようであった。旦那さまはご自分の中に深い悔《くい》の心を見つけられてから、この事件のために誰かが痛手を受けると考えただけでも、いとわしくなり、まして祖生先生が自分の抱いた悪意の犠牲になって、それが世間に大業《おおぎょう》にしめされることなどは耐えられないとお感じになっていたのではなかろうか。おくさまの生前の情事には案外平気であった旦那さまが、死後その悲しみを独占して、他人と分けあうことをむしろ嫉《ねた》ましくさえ思っていたなどと考えるのは、突飛《とっぴ》にすぎるかも知れないが、私はそんな印象を受けたのであった。

「乃婦さんは、雪枝が持っていた舞扇を棺の中に入れてやったそうだね」

と、旦那さまは思いだしたようにいわれた。

「はい。おことわりしませんでしたでしょうか。でしたら申しわけないことをいたしました」

「いや、そうじゃない。そうしてくれてよかったんだが、――その扇子にでも何か書いて行きはしなかったかね」

「いいえ。何も書いてなかった筈でございますけど」

「そうですか――」

旦那さまはちょっと、がっかりなさったようであった。旦那さまは何故しつこく、おくさまの最後の言葉を探していらっしゃるのか、おくさまの死が祖生先生の所業に因《よ》らないことをたしかめたかったのか、或《ある》いはご自分にひと言も残して行かなかったとは信じられなかったからか、それは私にもわからなかった。

「梅代に聞いたのだが、雪枝は死ぬ晩、あの扇子をこの部屋の長押《なげし》にさしておいたそうですね。あなた方がそれを見つけたんだってね。何故そんなことをしたのかな」

「旦那さまに、お心あたりはございませんか」

「わからないね。あの扇子はあれが踊りをやっていた頃、私が骨董《こっとう》屋でみつけて買ってやったんです。あれは芸者をやめてからしばらく、幸嗣が生れる頃まで、稽古事《けいこごと》だけは続けていたんだが、その頃の思い出があれにはそんなに大事だったのかね――」

「そうでございましょうか。私にはあれは旦那さまだったように思えますが――」

「あれって、何がですか――」

「お笑いになるかも知れませんが、あの扇面の翁《おきな》でございます。おくさまはきっと旦那さまとごいっしょにおいでになりたかったのですよ」

私は大袈裟《おおげさ》にならないように、ちょっと笑いながらいったが、旦那さまはぎょっとしたように私の顔を見つめて、それから急に暗い顔をしてうつむいておしまいになった。

「さあ、お風呂をお召しになってください」

と、なかば命令するようにいって、私は席を立った。

旦那さまが風呂からおあがりになり、狭い板間で丹前に着替えておいでのうちに、風邪気味のケイちゃんのかわりに梅代さんがパンツ一枚の裸になって、坊ちゃまをお風呂に入れた。梅代さんは指先に力があるので、坊ちゃまの柔らかな二の腕や脇腹に手がかかると、梅や痛いよ、などと悲鳴をおあげになるのが聞こえた。私がお茶をいれて奥へ持って行くと、旦那さまは前とは打ってかわった明るい顔になって、お骨の箱の前に線香をあげておいでになったが、私の顔を見ると、早速おっしゃった。

「どうかね、乃婦さん。仏壇をひとつ買わないといけないのじゃないか。これを寺に納めてしまうと、ぼくのひとつおぼえのお経もあげられなくなるからね。やはり下谷《したや》あたりへ行かないといいのはないだろうが、公時にいって早速注文させよう」

「そのくらいのことなら私がいたします。この近くにもよい仏具屋さんがございますし、特別上等の物でなくてよろしければ、間に合うと思いますが――」

「そう。それじゃ乃婦さんにお任せします。この辺はやはり幸嗣がもうすこし大きくなると、環境がいいとはいえないから、そのうち青山辺に新らしい家を探させようと思っているんだが、だからまあそんなに粗末でなければ間に合わせのつもりでもいいが、黒漆《うるし》で扉が四枚、折りたたんで観音びらきになる、このくらいの高さのがいいと思うね――」

と、旦那さまは両手で大きさをしめしながら、いわれた。

その晩は十時半頃、旦那さまは坊ちゃまと二階の奥座敷に床を並べてやすまれ、私達も十二時には女中部屋に床をのべたが、朝眼がさめてみると、いつの間にか坊ちゃまがケイちゃんの寝床に枕を並べて寝ていて、ケイちゃんもそれを知らずに眠っていたのには、大笑いした。旦那さまもそれに気がつかず、降りて来て坊ちゃまが階下にいるのを見ると、幸嗣はずいぶん早起きなんだなと仰っしゃったから、私達も前夜の脱走のことを旦那さまには内密にしてあげた。この日は日曜日だったが、旦那さまは人に会う用事があると仰っしゃって、午頃《ひる》お帰りになった。

四十九日はちょうど上巳《じょうし》の節句にあたり、前日まで晴れて寒かったのに、この日は朝から曇って生暖かかった。四十九日といっても葬式を兼ねていたのではあるが、会葬者はほんのうちうちだけで、ご本宅から旦那さまが総領のお嬢さまといっしょに十時頃、車をまわして来られたのに、私がお骨を持って坊ちゃまと二人便乗して行き、むこうで公時さんと落ちあっただけの寂しいものであった。お好焼屋のおかみにだけは話したので、いっしょに行くといってくれたが、折角《せっかく》の雛《ひな》の節句で、お宅にはお喜美ちゃんのために、きれいに雛壇の飾りつけができ、昨日は坊ちゃまなども、ほとんど一日じゅう遊びに行っていたくらいだから、ご遠慮してお彼岸にでもその気があったら、いっしょに行って頂くことにした。ケイちゃんは到頭本式に風邪をひいて寝ついてしまったから、梅代さんに留守番をたのんで、かわりに私が坊ちゃまについて行くことになったのである。

車は勝鬨橋《かちどきばし》を渡って月島の通りを真直に行くと、深川も本所寄りの寺町まで、いくらも時間はかからなかった。願信寺はここらではあまり大きな寺ではないが、お旗本の墓だという一段高く斎垣《いがき》をめぐらした塚のかげに並んでいる、苔《こけ》の色に染った小さな墓石のひとつに、折竹家之墓と彫られたのがあり、本堂でお経がすむと、私達はそこへ案内されて骨壺を埋め、みんなでシャベルでひと掬《すく》いずつの土をかけた。私は梅代さん達にたのまれて来たので、みんなの名でお塔婆を立てさせてもらったが、それでも会葬者が少いので七八本にしかならなかった。

車が銀座の家に着くと、格子《こうし》先で私達を降ろしたまま、また来るといって旦那さまは総領のお嬢さまと行っておしまいになった。梅代さんが塩をつかんで玄関に顔を出し、坊ち

ゃまと私の手にかけてくれながら、

「ずいぶん早かったじゃない。旦那はお寄りにならないの。あっけないね。まるで馬鹿《ばか》にされたみたいじゃない」

と、頬《ほお》をふくらして、いった。

「亡くなった人のことは、これくらいでいいのですよ」

「そうかねえ――」

「それより、ケイちゃんのぐあいはどう？」

「しようがないよ、あの人は。医者がきらいで、なんてったって見てもらうっていわないのだから。でも、根が丈夫なんだから心配ないさ。これから晩にかけて凄《すご》い熱になるのは、わかってるんだ。ちょっと風邪をひくと、すぐ四十度ぐらいの熱を出す人なんだからね。でも、きまりきった薬を飲ましとけば、明日の朝までには癒ってしまうわよ」

「それならいいけど――」

「ああそうだ。仏壇が届いてるわよ。どこへ置いたらいいかわからないから、四畳半の用箪笥《だんす》の上に載せといたわ」

つながって、そこへ行ってみると、堆黒《ついこく》といってもたいしたものではないが、だいたい旦那さまの指定されたようなのが届いて来ていた。前の日に私は京橋の仏具屋へ行ってみたのだが、そこには数がなくて、思うようなのが見つからなかったために取寄せてもらったのである。

「ここでいいでしょう。ここより他に置くところはないわね」

と、私はいい、それから葬儀屋がおいて行ったのを収《しま》っておいた白木の位牌《いはい》を押入れから出して、お寺で戒名を書いてもらって来た紙切をそれに貼《は》り、仏壇に納めた。何と読むのかと梅代さんがいうので、浄竹雪寿信女と書いてあるのを読んであげると、

「おくさんも、到頭こんな名前になってしまったのかねえ」

といって、梅代さんは急に眼頭《めがしら》をおさえた。

仏壇に必要な小さな仏具はあらまし揃《そろ》っていた。あとは位牌を新調するだけだけれども、これは旦那さまに相談してみなければならなかった。梅代さんがケイちゃんの薬を買いに行くから、ついでにお花でも買って来ようかというので、おくさまがお好きだった菊の花をどっさり買って来てもらうように頼んだ。坊ちゃまは余所行着《よそゆき》を脱がせると、すぐお好焼屋へ飛んで行ってしまった。そのあとで、女中部屋に行ってみると、ケイちゃんは蒲団《ふとん》をかぶって小さくなって寝ていたので、この分ではまだなかなか癒るまいと思った。こういう寝姿だとまだ熱がこもっている最中なのである。

梅代さんが菊の花束を持って帰って来ると、仏壇の花立では足りないので、花瓶にさして、まわりにまで置いた。

「これでいくらか気持がよくなったよ」

と、梅代さんがそれを見ていった。

「今夜あたり、ケイちゃんが病気でなければ、うちでも癪《しゃく》だから雛祭をやるんだがね——」

「そうそう、去年はやりましたね。おくさまのお雛さまを飾って——」

「うちにはボクちゃんだけで女の子がないけど、おくさんは毎年おやりになったわ。あのお人形は、おくさんが世帯を持った年に、旦那が揃えて買ってくれたんだそうよ」

「旦那さまもいいところがおありでしたのね——」

「それはそうよ。十七か八の半玉さんに家を持たせたんだもの。おくさんは二号さんていったって、旦那の他に男を知らなかったのだからね」

旦那さまは花を散らした責任をとって、おくさまを生涯お世話なさったことになるけれども、いまではおくさまのためを考えて、かえって後悔されておいでになるのではなかろうかと私は思うのであった。本妻といい二号というも、考えてみればみな仮の紲《きずな》であり絆《ほだし》であって、若しもあの世というようなものがあれば、そこで誰と誰がいっしょに暮らすことになるか、わかったものではない。が、そのようなものはありそうもないから、やはり分のわるい立場の者が貧乏籤《びんぼうくじ》を引くことになるのであり、心のつながりよりも法のさだめの方が幅をきかすというのは馬鹿らしいようではあるが、それが人の世の姿なのである。

「ご本宅には女の子が二人もいるのだから、いまごろ雛壇の前に友達でも集めて、大騒ぎをしているかも知れないね。こっちは仏壇が届いたところで、同じ壇でも雛壇と仏壇じゃたいへんな違いさね」

と、梅代さんはいやな洒落《しゃれ》をいって、ひとりでくすくす笑った。むこうで笑っている人があるかと思えば、こちらで泣いている人もある。それどころか、いま私達が古くさい仏壇を荘厳《しょうごん》することなどにかまけている時、同じ世界のどこかで核爆発とかの実験をやっている人もいる。同じ時に別のところでまるで気分のちがう生活が営まれているのを考えると、当然のことでありながら、私には不思議でたまらなくなって来る時がある。これほどあたりまえなことはないのだが、そう考えるのがいかにも空々しい感じなのである。

日暮時になると、ケイちゃんは梅代さんがいったように凄い熱を出した。梅代さんは手まわしよく電気冷蔵庫でたくさん造っておいた氷を、氷嚢《ひょうのう》につめ、熱さましを飲ませたりした。この日は曇って生温かく、前の日より暗くなるのが一時間も早かったけれど、ケイちゃんは蒲団をかぶってふるえていた。梅代さんはよく面倒を見てやっていたが、別に心配しているようすはないようであった。

街に灯がちらつきだした頃、私はお好焼屋へ坊ちゃまを迎えに行った。坊ちゃまは四五人の女の子の中にまじって、おとなしく遊んでいらっしゃったが、今日はもう店を閉めて晩飯がわりに、うちでみんなでお好焼をして遊ばせますから、十時頃までお預かりしておいてもいいでしょうと、おかみさんがいってくれ、坊ちゃまも楽しそうなので、私はそのままお願いして帰って来た。

十時頃また迎えに行くと、女の子供達を相手にして、めずらしくはしゃいでいる坊ちゃまの声が聞こえた。坊ちゃまはまだ帰りたくないごようすで、もうすこしたったら送って行きますからと、おかみが口を添えるので、私はまた一人で帰ったが、坊ちゃまが帰って来たのは十一時をちょっと過ぎてからであった。

その晩はケイちゃんが熱発《ねっぱつ》しているので、梅代さんに坊ちゃまを寝かしてもらうことにし、私はケイちゃんの看護《みとり》をすることにしたが、女中部屋へ行ってみると、ケイちゃんは氷嚢《ひょうのう》をはずし、両腕を出してよく眠っていた。こうなれば熱は急にはさがらなくても、もう心配のない状態だから、私は蒲団をかけなおしてやって、茶の間にひきかえし、そこにしばらく坐っていた。いつも十二時前に寝たことがないので、その日は久しぶりに遠出をして疲れている筈なのに、やはりまだ眠れそうもなかったからであるが、私は長火鉢の火をほじりほじりしながら、時のたつのも忘れて物思いに耽《ふけ》った。

私は旦那さまに真実をもうしあげなかった。二日前、旦那さまがここへおいでになって、私を引きとめ、持ち越しの疑問をお洩らしになった時、私は胸のうちで旦那さまに、むしろそんな疑問は捨てておしまいなさい、これ以上おくさまのことにこだわるのはおよしなさいといっていた。私は旦那さまの疑問をはねかえしていたのである。おくさまが自殺なさったことを突きとめたところで何になるのであろう。旦那さまのお気持がよくわかっていたとはいえないけれども、祖生先生に殺意を抱かせるような状況をつくった元も旦那さまで、それ故その責をかぶる辛《つら》さに耐えられないで祖生先生の問題を疎《うと》まれる――もちろん旦那さまは祖生先生にご同情なさるわけがない――のではなく、そうした夾雑物《きょうざつぶつ》を捨て去って、ただひたすら死を追われたおくさまへの責任を一身に負おうと思いかためていらっしゃったのではなかろうか。遠因は旦那さまにあるにしても直接の加害者があらわれたのでは責を独占することができないから、それでは旦那さまの自尊心が承知しないのであろうか。

これは私の先くぐりかも知れないけれども、そういうお気を起こす下地はおくさまが生前の、お二人の暮らしの中に見出されるのではないか。そこぬけに睦《むつ》みあえば睦みあえるものを、心の下紐《したひも》まで解くに到らなかったところに、こういう生活環境も生れたのであろうけれども、まるでそのさらさらしたきれいな表面に包まれた鬱屈の結晶のような坊ちゃまが残されてしまったのでは、これも社会的な不幸とでもいわなければならなくなって来るのであって、そこになまなかな責苦の火を今更ともそうというのなら、おやめなさいといいたくなる。苦しむのはいいが、旦那さまにどこまでそれに耐える辛抱がおありになるのか、よけいなことはおよしになった方がよいと私は思ったのである。

畢竟《ひっきょう》、旦那さまは雑駁《ざっぱく》な思いを持たれたまま体裁よく生きて、次の世代にバトンを渡すような人なのである。すこしばかり割り切ってみたところで旦那さまの人生は、どうなるものでもないのであるから、事件のかたちもあいまいなままに旦那さまに負わせておく方が好もしいと私は考え、警察の小柴さんに洩らさなかったことは旦那さまにもいわなかったのであった。

一月十六日の晩のことを、もう一度たどってみると、祖生先生は八時半頃、梅代さん達が買物から帰って来たのと同時にお見えになって、一人で晩飯をあがり、九時頃から奥の四畳半で坊ちゃまの勉強をおはじめになった。おくさまもそこにおいでになった。旦那さまは十時半頃おいでになり、ほとんどお酒のあがれない方であるけれども、新年会で多少はおすごしになったとみえ、重苦しいお顔をなさっていたが、茶の間でお茶をいれてさしあげると、旨《うま》そうに飲んでいらっしゃった。おくさまも出て来ておあいてをなさった。隣りの四畳半の勉強はそれからまだ半時間ほど続いていたが、そのあいだ旦那さまは夕刊を読んでおいでになった。私もその頃そこにいたが、祖生先生が熱のはいった調子で、社会科の勉強か何か、漢字の講釈をして聞かせておいでになるのが、隣室から聞こえた。おくさまもちょっと手持ぶさたで、それを聞いていらっしゃった筈である。

「――つまり中国の字というものはね、形のある物の名前は、その形を簡単な絵であらわし、形のないことがらは、たとえば横棒を一本ひいてその上に点を打つと上という字、下に点を打つと下という字といった風に、符牒《ふちょう》であらわしてあるんだ。そうやって決めた簡単な形の字をいろいろ組み合わせて、新らしい意味を持たせ、たくさんの字ができたわけだが、わかるかね。——たとえば、この家という字は、宀《べん》と豕《し》と二つの字を組み合わせてある。宀は家の形、豕は豚の形なんだが、むかしの中国では一人前の家にはみんな豚が飼ってあったから、これが家という字になった。——それから今度はこの死という字だが、これは歹《かつ》と匕《くわ》を並べたもので、歹《かつ》は骨という字の下の肉月《にくづき》を取除いて、もっと簡単にした形、つまり肉や髄《ずい》のはがれた骨だね。匕《くわ》は人という字の原型を逆さにした恰好《かっこう》で、人が生れてだんだん大きくなって行く、その進み方が逆になってしまうことをあらわしている。死んで枯れた骨になってしまうことだよ——」

　私は憂鬱な気持で祖生先生のお講義を聞いていたが、ふと見ると、おくさまも何か思い入ったごようすで、ぼんやりしていらっしゃった。十一時頃、勉強が終ると、旦那さまとおくさまは奥の坊ちゃまのそばに行かれ、旦那さまがはいらないと仰っしゃったので、祖生先生にお風呂にはいって頂いた。祖生先生がよく温まって、あがって来られると、茶の間でお茶をさしあげた。そのうち旦那さまが急に帰るといいだして、お帰りになってしまったが、おくさまにお聞きしても、別に気をわるくなさったようなごようすはなく、ふいに何か思いだしてお帰りになったらしいということであった。おくさまは旦那さまを送りだしてから、風呂をお召しになったが、あがって来ると坊ちゃまがまだ四畳半で祖生先生をあいてに漫画の本を見ておいでになったので、早くおやすみになるようにいわれた。その頃、私が廊下に出て行くと、おくさまと祖生先生はそこで立話をなさっていたようであったが、別れて祖生さんは玄関を出て行き、おくさまは二階へあがって行かれた。

ここまでは常の夜とすこしも変らないのであるが、その次、私が風呂《ふろ》を頂く番だったので、茶の間で着物を脱いでいると、台所で梅代さんとケイちゃんが話していたガス工事の件が耳にはいったのである。梅代さんはそのことを小柴さんに話す時、おくさまの入浴中に、その話をしたというように思い違いしていたが、台所からは誰が風呂場にいるかわからないから無理もなく、それにこれは重要なことではないが、おくさまがおあがりになってから私がその話を立聞くまでに十分ほどしかたっていなかったのである。そしてその時は私も別に気にもせず聞きながして風呂場へ行った。そのあとでケイちゃんは坊ちゃまを寝かしつけに奥へ行った筈である。

だが、私は入浴中、いまの話を思いだすと――この時はもう岡湯の装置ができていて旧式のガス湯沸器はとりはずしてしまった後だったが――ふと前の年の事件が頭にうかぶと同時に、梅代さん達の何気ない話の内容の危険さに思いおよんだのであった。梅代さん達がそのことを私に話さず、おくさまにお伝えしたようすもないのは、どういうわけか、私はびっくりしながら考えたのであるが、梅代さんもケイちゃんも、そのことがらの危険な性質に気がついていないのだということをさとると、私は恐ろしくなって、タイルの浴槽の中で身ぶるいしたのである。私は梅代さんでもケイちゃんでも、まるで自己を否定しているような弱い雪枝おくさまに好意を持ち、いたわって考えているものと思っていたが、そうばかりでもなく、みんながおくさまに反撥《はんぱつ》を感じたり、怒りや憎しみを持つことがあるのにも気がついていた。

もちろん愛情を感じる時もあったのはいうまでもないが、大部分は無関心が時を占めているのであって、おくさまも勝手に生きていらっしゃるし、私達にも勝手に生きる権利はあるのだと、口にこそ出さないが、腹の中では思っているに違いなかった。そして無関心ほど恐ろしいものはないことも、お互いに知らないのではないし、もっと丁寧に日を送りたいと願わないのでもないが、何かに追い立てられていてそれができないのは、梅代さんやケイちゃんのせいでもないので、だが、この場合も、若し私の耳にはいらなかったら、おくさまはガス事故で死んでしまうかも知れないのではないかと、その時、私は思ったことである。時間は充分にあったが、おくさまが眠ってしまわぬうちと考え、私は早目に入浴を終え、それから二階に行くと、おくさまは寝間着の上に滝縞《たきじま》のお召の綿入半纏《はんてん》を着て、ガスストーブの前で寝化粧をしていらっしゃった。

「朝の三時から四時まで、工事のためにガスがとまるそうですから、ご用心くださいまし」

と、私がいうと、おくさまは不審そうに私の顔を見つめたが、そのことの意味にお気がつかれたようすで、はっとしたように眼をみはり、まるで女形《おやま》の役者が見得《みえ》をきったような美しいお顔をなさった。

「まあ、そう——。でも、どうしてわかったの」

「いましがた梅代さんとおケイちゃんが台所で話しているのを聞きましたんです。梅代さん達、さっき外で聞いて来たようでございますわ」

「では、ガス会社から知らせがあったのじゃないのね。いやあね、あの人達、どうして知らせてくれないのかしら」

「別に、それだから危険があるとは思っていないらしゅうございますね。ガス会社の仕方も行き届きませんですね」

私が軽く笑っていうと、おくさまは恐ろしそうな眼で私を見つめながら、

「その話、梅代さん達の他には、だれも知らなかったわけね」

「だと思いますが、ひょっとしたら祖生先生は、お見えになった時、梅代さん達とごいっしょでしたから、若しかしたらご存じでおいでだったかも知れませんね——」

「そう——。こわいからガスを消しとくわ」

と、おくさまはちょっと笑いながらいって、ストーブの下の方についた栓をひねり、夕焼が消える時のように薄れて行くマントルの火の色を、例のぼんやりした表情で見つめていてから、床框《とこがまち》の上に載せてあった『おきな』のマッチを取りあげて私に渡し、

「うっかり忘れて火をつけるといけないから、これも下へ持って行って頂戴《ちょうだい》——」

と、仰っしゃった。

おやすみなさいを言いあって、私はマッチを持って階下へ降り、それを茶の間においた。それから台所をのぞくと、梅代さんは私が、いつ風呂からあがったのかも知らず、まだ何かやっていたが、あとは私がやるからといって風呂にはいらせた。梅代さんは奥の間をのぞいてケイちゃんに声をかけてから、先に風呂場へ行ったようである。梅代さんもケイちゃんも、私がいつ風呂を出て、いつ二階に行ったか、知らずにいたようであるが、その話をすれば二人の迂闊《うかつ》さをあばき立てることになり、恥をかかせる結果にもなるし、おくさまがその気になれば明日にでもご注意なさるだろうから、私からいうこともないと思って、黙っていた。

私がここでいおうとしているのは、おくさまは、私が申しあげて、ガスがとまることを、ご存じでいらっしゃったということである。ということは、たとえその間《かん》に祖生先生が何を策動なさったにせよ、おくさまがこのことをご承知だった以上、あの事件はやはり自殺という結論になるということである。

私は別にそれを匿しておくつもりはなかった。が、自分の知っていることを必ずしも人に知らせる必要はないと、日頃、私は思うのである。としより女の意地わるだといわれるかも知れないが、私のような傍観者には自分だけで割切ってしまえば、その場合の目的は達せられ、他人に吹聴《ふいちょう》する必要はなく、それだけで満足している方が無難だと考える理由がある。わざと秘密っぽく構えて自分を他人に意識させようとする、老人らしい見得とは違うつもりである。この場合も必要をみとめれば小柴刑事さんに、そのことをお話しするつもりでいたのであるけれども、あの方にも旦那さまにも遂に洩らさなかったのは、あの方の口から、祖生先生が殺意のあったことを自白されたと聞いた瞬間に話すまいと思いかためてしまったからであった。

おくさまは私にガス工事のことを聞くと、こわがってガスをとめておしまいになり、それからすぐ床にはいった筈である。やがてそこへ祖生先生が引返しておいでになった。おくさまはいつもの優柔さでお約束はなさったものの、その夜は特に祖生先生を疎《うと》ましくお思いになったのか、それとも先生の挙動に何か疑惑を感じさせるものでもあったのか――祖生先生の自白では、おくさまは先生をお拒《こば》みになり、ガスを消した理由も仰っしゃらなかったそうであるが、恐らく祖生先生のストーブにこだわる態度から、おくさまは先生がガス工事のことを既にご存じの筈と、お見ぬき遊ばしたのではないであろうか。そして、やはり祖生先生の自白によると、おくさまの勘はあたっていたが、眼の前で愛人の祖生先生が、それを知りながら、ご自分でストーブに点火するのをごらんになっている時の、お気持はどんなであったろうか。

しかし、おくさまはその火をお消しにならなかったばかりか、その火が燃え尽きると、一時間の静かで空虚な眠りが続き、そのあとストーブが魔の力を発揮しだすのを期待して、祖生先生が帰るとすぐ、睡眠薬をお飲みになったのに違いない。マッチの件もそれでだいたい解決がつくと私は考えたのであった。

私がおくさまにガス工事の話をしたことを、前もって小柴さんなり誰なりに一言《ひとこと》洩らしておけば、自殺未遂の経験のあるおくさまが今度は成功なさったことを疑う者もなく、祖生先生が警察に呼び出されることもなかったわけで、祖生先生に限り私の沈黙はいかにも残酷だったようであるが、何故それをいわなかったのかときかれれば、私にもはっきり答えられないものがある。秘密をまもる快感だけといえば、うそになるし、私がガス工事のことを申しあげたばかりに、おくさまがそのまたとない機会をお見逃しにならなかったことになるのが、恐ろしかったせいもないとはいえない。すくなくとも後で祖生先生に疑惑が集中されているのを知った時、私がそのことをいえば、先生は道化者になってしまい、たいして問題にされなかったと思うのであるが、その時には私はかたくなに祖生先生を赦せないと思いこんでいたのである。

私はこの家の中にたった一人で起きていて、茶の間の長火鉢に寄りかかりながら、まるで自分が生きていることをたしかめでもするようにこんな身近な思い出に耽《ふけ》っていたが、銀座の雛の夜も更けて来て自動車の警笛の音も間遠になっているのにふと気がついた。節句などの紋日といっても、本来はふだんの日となんの変りもない筈であるけれども、街の色どりが変るせいか空までが華やいで見えるようで、その日の曇った空模様にも春らしい甘さが感じられ、午《ひる》まえにお寺へ行ったが、そこの墓地にも連翹《れんぎょう》や木瓜《ぼけ》の花が咲きかけていたし、殊に銀座の店頭にはここかしこに装飾用の雛人形が飾られていて、一日じゅう暗い思いはなかった筈である。それがこの時刻になると急に平日に引きもどされ、味気ない興ざめた気持で我にかえるのであるが、ちょうど何もかも片付いてしまったという安心感とそれが一致したせいか、私は祖生先生を試煉《しれん》に突きやるために、かたくなに捜査の盲点をまもっているあいだ感じていた緊張が、ふいに解けてしまったむなしさに、からだの節々までが弛《ゆる》んでいるように感じ、あの頑固な情熱のようなものはどこへ行ってしまったのかと、心の中を探しもとめる気持になるのであった。

私は汗ばんだ手に火箸《ひばし》をにぎりしめ、銅壺《どうこ》の枠の中の残り火を無意識にほじくり返しながら、自分のして来たことが間違いではなくとも、行きすぎでありはしなかったかなどと、かえりみて思うような気分になっていた。私にはもう係累もなく、他人の役に立つ才能も持たず、あとは老い朽ちて行くばかりで、他人が何をしても黙って見ている傍観者の地位に徹するのが、せめて私に残された生き方だと信じていたのに、つい、若い人を横から突きこかすようなことをしてしまっていた。そこに気づくと、一時間前までは自分の態度を正当と思っていたのが、いかにもはしたない行動のように思われて来たのである。

私は喜びも悲しみも、ただ見ることだけにとどめて、静かにまったくの受け身で余生を送ることができると信じていたのに、自分はやはりまだ感情に溺《おぼ》れて、とり返しのつかぬようなことまでしてしまうのかと思った。いままで事《つか》える人があり、その人に先立たれても、まだその人のためにしなければならないこと、考えてみなければならないことのあったのが、ふいにみな消えうせて心棒がなくなってしまったような状態になった時、邪鬼のような自分のあさましい姿に突きあわされて途方に暮れ、身のおき場もない不安に恐れおののく気持であった。が、そういう中にも私にはまだ、自分の周囲や自分の内部に起こる物事を見きわめて行く力が残っており、すくなくとも正確に見て来たという自信だけはなくしていないつもりであったが、それさえもはかない浮塵子《ぬかが》の柱のように、やがて崩れ散ろうとしていたのである。

こういう状態で、私はこの二三年のあいだに、この晩ほど、いやな沈んだ気分になったことはないのだけれども、そうしているうちに考え疲れで長火鉢に覆いかぶさったまま、うとうとしてしまったらしい。ぱらぱらと軒を打つ激しい音に眼をさまされ、雨にしては音が固すぎると思い、裏の縁側に出て雨戸を繰ると、近くのあかりが消えた夜更には横の通りからさして来る、アーク灯のあわい光の中を、真珠のような色の霰《あられ》が落ちて来て、塀うちの庭の闇に飲まれてから、ぱらぱらと気ままな音を立てているのであった。

霰は季節の変り目などに降るもので、子供の頃には親の眼をぬすんで、こんな霰に打たれながら頭をかかえて街を飛びまわったりした。雪が降って来るのを、口をあけて舌に載せてみたり、夕立に逢うことさえ楽しかったのである。私のように虚心に見ることを願っている者には、季節のうつりかわりは、この年になってもやはりありがたいので、眼の冴《さ》えた気持で空を見あげていたのであるが、そのためにその時、奥の部屋でどたばた音がしているのにも気がつかなかった。すると、梅代さんの声で名を呼ばれたのである。

私は急いで雨戸をしめて茶の間に帰り、奥の襖《ふすま》をあけた。梅代さんが寝床の中に坐っていて、坊ちゃまはすっぽり後抱《うしろだ》きにされた梅代さんの太い腕の輪の中から青白い両腕を伸ばし、海老《えび》が角を振るように動かしながら、眼をつぶったまま何かいっていた。

「どうしたの。坊ちゃま、また寝呆《ねぼ》けていらっしゃるの」

「うん。だけど、ちょっとようすが変なのよ。乃婦さん、まだ起きていたのなら――」

と、梅代さんは私の恰好《かっこう》をはじめて気がついたように見て、

「いま、ボクちゃんが変な声出したの聞いたろう――」

「いいえ、霰が降って来たので、外を見ていたものですから――」

そんなことをいいあいながら、私達は坊ちゃまの背中を叩《たた》いたり撫《な》でさすったりして、やっと眼をさまさせ、それから二人で両側から抱きかかえるようにして、また寝かせた。坊ちゃまは私達の顔をまだ眠りに濁った眼できょろきょろ見まわしていたが、すぐ眼を閉じてしまった。

「うなされたんですね」

「うん。――はっきり変なことをいうのよ」

「どんなこと？——」

「煙《けむ》が煙が、といったり、マッチ、マッチなんていうの。なんだか気味がわるいよ、この子——」

梅代さんはていねいに蒲団《ふとん》を掛けた上から、坊ちゃまのからだを軽く叩きながら、大袈《おおげ》裟《さ》に身ぶるいして見せたが、ふと襖の方を振り返ったとたんに、きゃっと悲鳴をあげた。

「いやだよ、おケイちゃんかい？——」

ケイちゃんはいまの物音に眼をさましたのか、起きて来て、髪の毛がもじゃもじゃに乱れ、しどけない恰好で襖のあいていたところから、中をのぞいていたのである。

「ああ、おどろいた。——よく眠っていたのをボクちゃんに叩き起こされて、頭が痛いよ」

梅代さんはぶつぶついいながら茶の間の長火鉢の前に坐って、一服つけた。

「ボクちゃん、どうしたの？」

と、ケイちゃんが寝間着の裾《すそ》を曳《ひ》きずって、その前にしゃがみながら、きいた。

「いきなり、あばれだして、お腹《なか》を蹴られちゃったよ。ひどくうなされていたらしいね。——乃婦さんはまだ起きてたの？」

「ええ。いろいろ考えこんじまって、寝る気になれなかったのよ。おケイちゃん、そんな恰好をしていて、大丈夫ですか」

「もう熱が引いちゃってるわ」

「さあ、それじゃ寝ましょうか。霰もやんだようですし、音がしなくなったから――」

「でも、煙《けむ》、煙って、なんのことかねえ」

と、梅代さんが鼻の穴から煙草の煙を吹きだしながら、いった。

「ひょっとしたら、あれを思いだしたんじゃないかなあ」

と、ケイちゃんがいった。

「あれって、なんだい――」

「この前、焼場へ行った時のことよ。その時ね、あの棺桶をのせる車のついた鉄の台があるでしょう。あれに寝棺をのせて行って、かまの中へ棺をすべらして押しこむわね。それから係の人がお辞儀をして、かまの戸をしめると、中でごーっという音がしだして、坊さんがお経をあげて、みんながおがむわよ。そうしたら――」

と、ケイちゃんは顔をゆがめて、

「しばらくすると、あの鉄のとびらが、中から押されるように、がたがたっと動いて、隙間からすこしばかり黒い煙が洩《も》れて出たのよ。そうするとボクちゃんが――あたし肩をおさえて、うしろに立ってたんだけど――ぶるっと顫《ふる》えたの。あたしも何だか、おくさんがお別れの合図でも送って来たような気がして、ぞっとしたわ――」

「じゃ、その煙のことを、いったのかねえ。やっぱり焼場のことを思いだしたんだね」

「梅代さんたら、またその時の話をして聞かせたんじゃない？」

「うん。なかなか寝つかなかったもんだからね」

「だめよ、あんな話しちゃ。ボクちゃんは神経質なんだから――」

「わかったよ。おかげでひどい眼《め》にあったからね」

私はまた梅代さんに奥へ行ってもらい、ケイちゃんを促して女中部屋へ寝に行った。ケイちゃんは押入れから新らしいタオルを出し、床の上に坐って汗ばんだ顔や頸筋《くびすじ》をぬぐい、それから坐ったまま寝間着を脱いで、浅黒い脇腹や小さな乳房の下にタオルを当てて汗を拭《ふ》きとっていた。腋《わき》の下の薄い毛は肌に貼《は》りついて黒い縞をつくっていた。私は隣りの床から身を起こして、背中を拭いてやった。

「ごめんなさい。汗で気持がわるくて――」

ケイちゃんはむこうをむいて立ちかけ、いじ雁股《かりまた》をして、脚のつけ根のあたりを拭《ぬぐ》っていたが、到頭思い切ったように、また押入れをあけて洗いたての浴衣《ゆかた》をとり出し、それと着替えた。

「大丈夫、そんな思い切ったことをして――」

「ええ。さっぱりしたわ」

あかりを消して横になったが、私はまだ眠れそうもなかった。ケイちゃんもくらがりの中で眼をあけていたようで、しばらくすると、遠慮っぽく声をかけて来た。

「おばさん、眠れて？——」

「いいえ。——何か話があるの」

「ええ。喫茶店のマッチのことだけど。おばさんはあれが奥の四畳半にあったような気がするって、警察の人にいったよね」

「ええ。だけど思いちがいかも知れませんよ」

「そうかしら。あたしも見たことがあるような気がするんだけどな」

「それなら、まだこの家の中にある筈でしょう」

「でも、ボクちゃんがどこかへ持って行って、捨てちゃったかも知れないわ」

「何故、坊ちゃまが？——おケイちゃんは坊ちゃまが囈言《うわごと》にマッチ、マッチと仰っしゃったというのを、気にしているんじゃないの」

「それもあるけど、そればかりでもない。ふしぎなのよ。さっき熱を出してる最中に二度ばかり、おくさんが枕《まくら》もとに来て坐ってたような気がするんだ。その時、おくさんが話してくれたのか、あたしが自分で考えたのか、よくわからないけど、あたしにはボクちゃんのしたことがわかるような気がするよ」

「坊ちゃまが何かなさったの——」

ケイちゃんは暗がりの中で頭をまとめようとしているのか、ちょっと黙っていた。

「おばさんはこの前、刑事さんが来た時、十六日の晩、お風呂からあがってから二階へ行ったと、いってたよね。あれを聞いて思いだしたんだけど、あの時、あたしが台所から四畳半へ行こうとしたら、茶の間の隅に、おばさんの着物が脱いであった。それで、あたしと梅代さんが台所にいた時、おばさんは茶の間で、あたしたちの話を聞いてたんじゃないかなって思った。おばさんは頭がいいから、あたし達の話を聞いて、ガスストーブをつけっぱなしにしとくと危いってことに、すぐ気がついて、おくさんに知らせに行ったんじゃないか、おくさんは病気でもないのに――おばさんが刑事さんにいったように、――ただ様子を見に行ったというのは、おかしいと思ったんだけど、ちがうかしら――」

発熱のあとは頭が冴えるのか、それほどでもないと思っていたケイちゃんの言葉が事実を突いているのに私は舌を巻いたのである。

「そうね。――先を話してごらんなさい」

「祖生先生は、自分でストーブに火をつけて、マッチをおいて帰った、といってるでしょう。そうすると、そのマッチは、どこへ行ったと思う？　祖生先生が帰ったあとで誰かが二階から持って降りたんじゃない？　おくさんでもないし、あたしたちでもないとしたら、だあれ？　他にこの家にいたのはボクちゃんだけよ」

「でも、何故、坊ちゃまは二階へ行ったんでしょう」

「ボクちゃんは、きっと祖生先生が引返して来たのを知ってたんだよ。それで狸寝《たぬき》入していて、あたしが眠っちゃうと、床を脱けだして、階段をあがって行ったんだ――。前にもそういうことがあったわ。ところが、祖生先生はあの晩はいつもより早く帰ったと自分でいってるでしょう。せいぜい二十分いたか、いないかじゃない？　だから、ボクちゃんが二階の廊下を猫みたいに、こっそり歩いて行った時、奥座敷にはおくさん一人しかいなくて、きっとボクちゃんは見つかってしまったんだよ——」

「それが、マッチとどんな関係があるの」

「おくさんは祖生先生がつけたストーブを消して、もう一度ボクちゃんに火をつけさせたんじゃないかな。その時は死ぬ気だったんだよね。だけど、だれにも疑いがかからないように、ボクちゃんにマッチを持って行かせたのよ」

「何故、坊ちゃまに火をつけさせたの」

「おばさん、わからない？——おくさんはボクちゃんに死ぬ手伝いをしてもらいたかったんだよ、きっと——」

私は聞きながら闇の中で涙が眼尻《まなじり》をつたい枕を濡《ぬ》らすのを感じた。

「だけど、坊ちゃまはどうしてそのことを、誰にもいわなかったんでしょうね」

「それをいえば、祖生先生のためになるなんて考えは、まだ、つく筈がないもの。だけど、自分のつけた火のせいで、おくさんが死んだってことが、だんだんわかって来ていたんじゃないかねえ、可哀《かわい》そうに——」

「罪だわねえ。でも、おくさまもお可哀そうですよ」

「じゃ、おばさんも、あたしと同じように考えてるの？」

「そうね。ケイちゃんのいうことが正しいように思いますね」

「それは明日、ボクちゃんにきいてみれば、わかることだよ」

「でも、そんなことはしない方がいいのじゃないかしら。そっとしておいてあげた方が。

──何もかもすんでしまったことですし、子供のことだから、じきお忘れになると思うから──」

「そうね。もうすんじゃったことだものね──」

だが、はたして何もかもすんでしまったであろうかと、私はそれからも真黒な空間を見つめて考えていた。ひょっとしたら新らしい罪の意識が、坊ちゃまの胸に芽生えて、それがこれから育って行くのではなかろうか。坊ちゃまはすでに自分を苦しめようとしているのではあるまいかと考えて、私は恐ろしくなったのである。

ケイちゃんはいつの間にか、また寝息を立てはじめ、それを聞いているうちに、私も眠ってしまったようであったが、私はまた私の名を呼ぶ梅代さんの声で眼をさました。が、その声に呼び立てられ、何度もあわてて粘土《ねばつち》のような眠りから足を引き抜こうとしては足をとられ、やっと床から脱けだした時にはひどい動悸《どうき》がしていた。声は表廊下からであった。もう夜があけかけていて、玄関の欄間からさしこむ薄あかりに、廊下はぼんやり照らされていたが、どうしたのか坊ちゃまはそこに素裸でうつむけに倒れて、気を失っていた。

梅代さんは足がふるえて立てないらしく、まっさおな顔で廊下にぺたりと坐り、途方に暮れた眼で私を見た。坊ちゃまの素肌に手をかけてみると、まるで死人のようにつめたかった。

「眼がさめたら、ボクちゃんがいなくて、枕もとにパジャマが脱いであったんだ。おどろいて探したら、ここにこんな恰好で——」

と、梅代さんはやっとそれだけ説明した。

この時、ケイちゃんが眼をさまして女中部屋から顔を出し、ひと目見ると眼をみはって飛んで来たが、坊ちゃまのからだに手を触れると、わっと叫ぶような泣き声を立てながら、奥の間に飛んで行った。ケイちゃんは坊ちゃまが掛けて寝ていた下掛の毛布を床から引きぬいて来たらしく、私の手から坊ちゃまを引ったくるように取ってその毛布にくるみ、

「ボクちゃん、ボクちゃん」

と、いいながら、かたく抱きしめるのであった。私も梅代さんも呆気《あっけ》にとられてケイちゃんの動作を見ていたが、その時、気がついていっしょに坊ちゃまを呼んだ。ケイちゃんがからだをゆする度に毛布の下で、電気の起こるぱしぱしという音がして、それがまるで神の力でも呼び寄せているように聞こえ、そのひとかたまりになったケイちゃんと坊ちゃまを見ていると、私は人間の肉の中に刻《ほ》りこまれた神秘的なものを、あらためて見つめる気になったのである。

間もなく坊ちゃまは毛布の中で、長い身ぶるいをなさった。そして、かすかに顔つきを動かされた。ケイちゃんは毛布の合わせ目から手をさし入れてみて、私達の方へ苦笑して見せると、ぬきだした手を毛布にこすりつけながら、

「いやだ、この子――」

と、いった。私達はあきれた眼をみかわしたが、それでもほっとしたのであった。

その月の十八日、彼岸の入りの日に、私はお好焼屋のおかみと連れだって、お墓の掃除がてら、深川の願信寺へ行った。おかみが達《たっ》てというので、いっしょに行って頂いたが、その日は週日だったので、お喜美ちゃんが学校から帰るまでに、ちょっとお参りして来たいというので、私達はそのつもりで、ひる前に出かけたのである。

さすがにお彼岸のことで墓地はきれいに掃除してあったが、私は手押ポンプで手桶《ておけ》に水を汲《く》んでさげて行き、苔《こけ》のかわいた墓を洗った。お好焼屋のおかみは急がしい人なので、あまり手間をとらせては悪いと思い、そこそこにして、私達は電車通りの方へ寺町をぬけて帰りを急いだ。その時、ふと思いついて、

「ねえ、おくさま、私のような者でも、どこか使ってくださるところはないでしょうかね」

と、いってみると、お好焼屋のおかみはちょっと眼をみはって、

「まあ、おばさん、折竹さんをやめるつもりなの。ちっとも知らなかったわ――」

と、おどろいたように、いうのであった。

「折竹のおくさまが亡くなったのを機会に、もう一度おつとめを変えてみようと思っていますのですけれど、私のような年よりでは無理でございますか」

「そんなことありませんけど。でも、折竹さんほど気楽なところが、そうあるかしら――」

「私としては、もっと辛いところでも結構なのですが――」

私にはこの先、坊ちゃまといっしょに暮らして、坊ちゃまを冷静に見ていられるかどうかが、あやぶまれたのである。私にはもう観察者としての自信もなくなり、ただのおろかな涙もろい老人にすぎなくなりそうで、むしろ苛酷《かこく》な生活でもよいから、愛着などを感じる対象のないようなところへ行きたいと思いはじめていたのであった。

「そうね。いま心あたりはないけど、おばさんの気持がもう、きまってしまってるのなら、考えてみるわ。でも、折竹さんでは、こまるのじゃないでしょうかね」

おかみはちょっと真剣に考えてくれる顔つきになったけれども、ちょうど表通りへ出る角で、むこうから空車票を出したタクシーが来るのを見つけると、もうそんなことは忘れたように、袖口《そでぐち》から白い腕の裏側を見せて、その方に手をあげるのであった。

おくがき

この小説のために要した最後の旬日は、他の仕事にほとんど手を触れなかったせいか、私としては比較的はやく、しあげることができた。その前に近親の訃にあい、二三日同家に滞在したための仕事の遅れを、とり戻そうとして、多少は骨を折ったせいもあるであろう。

　喪家は東京のはずれの、野中の一軒家とまではいかないが、畑の中に四五軒の新築住宅がかたまって建ち、便利とはいえないかわりに環境のよいところにあった。ほとけは老病のながわずらいで、最後は寝たきりの、落語の「棺桶屋」に出て来るはれのやまいというような症状になった。

　病室は家の裏側の、庭に面した六畳であったが、永眠に入る前々日あたりから、庭の樹に鴉が一羽やって来て、一日つききりでその部屋を見張っていたそうである。私はこの小説のためにナンバーを打った原稿紙を、その家に持参して、弔問客と雑談するかたわら、八九枚は続きを書いた筈である。

ところで、私は人から聞いた幾つかの話を基に、これを書いたのであるが、筋の展開や人間関係などは、すべて空想によるもので、もちろん特定の人物、特定の家、特定の会社学校等をモデルにしたのではない。若し、この物語に似た事実が、どこかにあって、私がそれを知悉していたとしたら、かえって書く気にはならなかったに違いない。

われわれの生活は平凡だが、やはり不可解なものである。この小説を書いているあいだに、私は息ぬきに、この仕事とは何の関係もない、ある高僧の伝記を一冊読んだ。その伝記は非現実的な霊験に満ちあふれていて、とても事実とは認められないものであるけれども、実は民衆の中の或る力が、その人物の実在の様相を変えてしまったのだということに、読後、気がついた。そして、それと同じ作用の、逆のあらわれが、微弱な庶民の日常にも、由々しさを感じさせることがあるのではないかと私は考え、そこにこの小説のテーマと通じるものがあるのを感じた。

民衆の信仰では、畏怖や渇仰と同時に、同情からも神がうまれる。小さな神をつくる平凡な人達は、自分を神だと信じる狂人よりも、どんなにましであるか知れないが、神を必要とする状態は人間にとって、やはり不幸なのであろうか。われわれがこれ以上、不幸にならないために、不幸をさがさなければならないのは、小説を書く者のつとめのひとつといえるのではないかと思うが、そうなると、ひとつ書きあげても、決して安心はできないと、苦笑されるのである。

（三十六年錦秋）

解説　扇の舞う言葉で語ること

堀江敏幸

銀座二丁目の、大通りと並行して走る裏通りの家で、一月十六日の夜、ガスの漏出事故があったと宿直中に連絡を受けた刑事が相方と現場に行ってみると、二階でその家の女主人が亡くなっていた。状況からして、どうやら事故ではなく自殺と見たほうがよさそうである。女性は冷え症で、ガスストーブをつけたまま寝る習慣があったという。しかし事故だとしたらなぜそれが起きたのか、自殺だとしたらその動機はなんなのか、女性の死の真相をめぐって、小柴という刑事と、この家の女中のひとりである大沢乃婦《のぶ》が交互に語りをつないでいく。

日影丈吉が昭和三十六年（一九六一）に刊行した本書『女の家』の筋をまとめると、それだけのことになってしまう。たしかに人は死んでいるし、刑事も登場して聞き取り調査もし、腑に落ちない箇所を解決しようとするのだから、これをミステリと呼ぶことは不可能ではないのだが、そういう枠に収まる作品でないことは、問題のあった家の描写からすでに感じられる。

「小屋根のあたりまで板塀で目かくしされた家は、塀の切口に格子戸がはまって、その中が玄関前の二坪ほどの空地になり、三和土《たたき》で小さな火山岩をおさえ、布袋竹《ほていちく》をすこしばかり植えこんだりしてあって、町なかの旅館か、もっと新橋よりにあれば、羽ぶりのよい置屋とでも、まちがえられそうなつくりであった」

　このあと刑事の目で家の間取りが丁寧に記されるのだが、その構えは銀座というより、ひと昔まえの、たとえば泉鏡花が描く日本橋の路地に建つ家の雰囲気を連想させずにおかない。亡くなった折竹雪枝は三十二歳。大手企業の社長、保倉信三の「二号」で、保倉とのあいだに幸嗣という、今年十一歳になる息子がいる。正妻には娘がふたりいるだけなので、幸嗣はいずれ保倉家の跡継ぎとなることが決まっており、名字も保倉である。雪枝は寵愛を受けているというより、将来の跡取り息子を預かっているだけの、半透明のガラスの諦念に染められた飾りのように見える。この点、刑事の観察は鋭い。「もっと新橋よりにあれば」という家の状況は、じつは女主人の過去をも照らしているからだ。雪枝は新橋で芸者になろうとしていた十六、七の頃、半玉のまま落籍されたのである。水揚げしたのも保倉だった。

　折竹の家には、今年四十九歳になる乃婦のほかに、三十四歳の梅代、二十歳のケイというふたりの女中がいる。語りを担っている乃婦がいちばんの新参者で、まだこの家に来て一年ほどにしかならない。集団での学習についていけない幸嗣のために、新制中学の教師をしている祖生という若者が出入りしている。彼らひとりひとりの来歴や折竹の家にやってくるまでのいきさつが、刑事と乃婦の、それぞれの視点から明らかにされていく。

乃婦は女学校を出たあと、二十六歳のときに新聞社勤務の男と結婚し、翌年、満洲に渡った。そのときもうお腹には子どもがいて、満洲生まれのその男の子は、シンガポール陥落の捷報に湧いていた朝、「四つまでにして」病で奪われた。大日本帝国によるシンガポール陥落は一九四二年二月だから、子供の没年から結婚したのは一九三八年頃と推定できる。二十六歳から四十九歳までの年月をそこに加えると、物語の現在は一九六一年ということになる（ただし、冒頭にあるとおり一月十六日が木曜日になるのは、一九四七年、五八年）。銀座の裏通りのエアポケットのような一角で、時代から完全に取り残されている気配なのに、梅代やケイが食糧調達に行くのは八百屋ではなく《グローサー》だし、乃婦の口からは「同じ世界のどこかで核爆発とかの実験をやっている人もいる」といった、雪枝の周辺と相容れない言葉が出てくるので、もはやこの銀座は古き良きなどと愛でる場所ではなく、刑事の小柴も言うように「この街の矛盾と私達自身の矛盾が、どこかでつながり合っている」ことから生まれる幻想の舞台と言っていいかもしれない。だから、おおよそということで、一九六〇年前後の物語だと考えておけばいいだろう。

特定できない時空を特定せず、特定できない原因を特定しないまま世界を立ち上がらせ、それを維持できる日影丈吉の文体は、こまやかに五感を刺激する。たとえば雪枝が踊りをやっていた頃に保倉が買い与えたという曰くつきの、翁の面が描かれた舞扇が、彼女の亡くなった部屋の長押から落ちてくるさまを、乃婦の声を借りてこう描く。

「梅代さんが早く階下に行きたがっているのを察して、私の方からうながすようにいってあげたが、その時、部屋の空気がかすかな波を巻き起こすのを感じ、はっとして立ちすくむ私の眼の前に、きらりと宙に光り、ふわりと空気に乗って、すべるように畳に落ちたものがあった。その、はたりというかすかな音に、梅代さんなどはふるえあがって、もうすこしで声を立てるところであった」

触覚、視覚、聴覚が順に刺激されて、蝶のように舞う扇が脳内に再生される。それが雪枝の死とどのような関係があるのかはべつとして、この一節だけで、存在感を消すことで成り立つ存在感、重力に負けて舞い続けられない状態を不自由とも重すぎるとも感じずに、ただ受け止めているだけというあり方から生まれる雪枝の半生の、浮遊と落下の感覚を表現しえている。またこの舞扇は日影丈吉を世に送り出した短篇「かむなぎうた」の、竹蜻蛉とも重なりあうだろう。

「最初それは、合せた掌の間から、心もち反のある線をひいて、炎黄色の煙のやうにすつと宙に昇つて行き、思ひがけぬ高さまでゆつくり一息に登りつめると、今度はほんの少し角度を外らして下降し始め、眼の前の枯れた叢にほとりと落ちた」（「かむなぎうた」）

ものを描く場合だけでなく心理描写においても、きらり、ふわりとした語りの微妙な階調によって真実と嘘、思いやりと冷徹、打算と献身を溶け合わせ、ぎりぎりの均衡を保ち、読後には宙づりに近い言葉の酩酊を残す日影丈吉の文章を前にすると、謎解きの結論などどうでもよくなって、ありふれた舞台の裏に埋め込まれた人間観察を味わえばよいという気になってくる。とりわけ観ることに長けているのは、満洲で見たくもないものを見つづけ、戦後もあちこちで辛酸を嘗めて「朋輩を気にしないことにしていた」乃婦である。つねに対象と距離を保つ自身の立ち位置について幾度も、少しくどいくらいに言及する乃婦の言葉は、観察のプロである小柴刑事の語りを凌いでいる。そして、刑事との決定的な相違は、「何が真実かは容易にきめられない」とする視点にある。

「真実のほんとうの姿はむしろ漠然として捉えにくく規定できない全体のかたちで見るべきかも知れないと、こういういろいろな場合が私に考えさせる。私は穿った観察をしているようであるが、実際は模索しているに過ぎないのであろう」

出来事の外貌は、証言者の視点によって二転三転する。雪枝は家庭教師の祖生と関係を結んでいた。しかもそれを保倉に明かしていた。彼女の死を自死としうる前段もあったのである。乃婦の語りは抜かりがない。通夜の晩、女主人の棺が置かれた家の二階で、ケイが祖生への想いを遂げたらしいこと、毎晩寝かしつけるためにひとつの布団に入っていた幸嗣と早すぎる性のやりとりをしていたことも明かすと同時に、あまり深くものを考えてはいないように見えたケイが、終わり近くになって真実に触れそうな鋭い指摘をしていることも言い添えて、女主人の死を最も有効に活用していたのはケイではないかと、読者に感じさせさえする。乃婦は幸嗣が「並みの子供より智能の進み方がのろい方」で、「意志がないのかと思うほど」従順で純真である点を繰り返していた。おなじことを梅代はもっとあからさまな、当時は許されていた言葉で評しつつ、そういう言葉からもはみ出てしまう「気味のわるさ」も感じていた。

実際、幸嗣はほとんど喋らず、彼の意志や言葉は、梅代やケイの台詞を伝える乃婦の語りを通してしか記されていない。物語の冒頭から折竹の家には雪枝という大きな不在があり、その不在がじつは当初から不在のまま存在しているに等しく、死んだことでいっそう焦点が鮮明になる。しかし最後に予想外の仕方で物語の中央を押さえるのは幸嗣なのだ。布団から飛び出した幸嗣が、裸で、死人のように冷たくなって、廊下で仰向けに倒れているのを発見される場面は、それまでのゆったりした展開に亀裂を走らせる。不吉な嬰児を毛布にくるんで抱きかかえ、ケイがその身体を揺するたびに「電気の起こるぱしぱしという音」がして、「それがまるで神の力でも呼び寄せているように聞こえ」たと乃婦は記す。

問題は、そのつぎの箇所だ。

《間もなく坊ちゃまは毛布の中で、長い身ぶるいをなさった。そして、かすかに顔つきを動かされた。ケイちゃんは毛布の合わせ目から手をさし入れてみて、私達の方へ苦笑して見せると、ぬきだした手を毛布にこすりつけながら、

と、いった。私達はあきれた眼をみかわしたが、それでもほっとしたのであった》

「いやだ、この子——」

抜き出されたケイの指先を湿らせているのは小水ではないだろう。智能に遅れはあっても十一歳の少年の身体なら、充分に精を放ちうる。「電気の起こるぱしぱしという音」は神に近いものが見舞われる発作を連想させずにおかない。「坊ちゃま」「ボクちゃん」に留まっていた少年は、宗教的な通過儀礼を通し、嫡嗣として、新しい人として目覚めるのだ。女の家とは、来るべき男のために用意された家であったと考えるならば、梅代の不吉な予感も、ケイによる性的接触も、神の子であると知っていたかのような乃婦の慇懃にすぎる対し方も納得できるだろう。『日影丈吉全集・別巻』で横山茂雄氏が指摘しているように、幸嗣の役割をそうとでも捉えないかぎり、末尾に添えられた著者の「おくがき」の意味は理解できなくなってしまう。

もっとも、それはそれとして、私はこの小説を動かしていく乃婦の語りにこそ日影丈吉の魅力が詰まっていると言っておきたい。戦中におびただしい死と暴虐と理不尽を見て来た彼女には、冷徹な修道女のようなところがある。本来の弱さを隠し、殺して、演技をしていた節もあるのだが、語りにおける禁欲は、ある種の障害を持っている子供の聖性を引き出したのみならず、この小説に舞扇の不安定で美しい動きを与えたのだ。

日影丈吉は、死の前年、一九九〇年に書き下ろした『荘子の知恵』のなかで、荘子は

「自然に歪んだような文章を書いた人」で、「その歪みが荘子の味でもあり、うっかり読みすごせない曲折でもある」と述べていた。こうした歪みは、むしろ状況全体の歪みを正す働きをする。部分の歪みは、かならずしも全体の歪みにはならないのだ。「無が存在することは、無の段階が考えられていることでも証明される。無が単純そうに見えるのは、その黒子のような性質に依るのであって、実際には、有に無数の種類があるように、無にも多様の段階が考えられる」(『全集別巻』)。日影丈吉の小説には、歪みとしての幻想が付け加わる。現実と幻想のあいだで「長いみぶるい」が起きる。『女の家』で乃婦が語ろうとしていたのも、答えの行き着くところのない、意味だけが残って言葉が消える《得意而忘言》(いをえてげんをわする)荘子のような、「無の段階」だったのではないだろうか。

(ほりえ・としゆき　作家)

女の家

単行本　東都書房　一九六一年十一月刊
文　庫　徳間文庫　一九八六年十二月刊
全　集　『日影丈吉全集』第二巻　国書刊行会　二〇〇三年二月刊

編集付記

一、本書は徳間文庫版（一九八六年刊）を底本とし、東都書房版（一九六一年刊）の「おくがき」を併せて文庫化したものである。

一、底本中、明らかな誤植と思われる箇所は、『日影丈吉全集』第二巻（国書刊行会、二〇〇三年刊）を参照し、訂正した。

一、本文中、今日の人権意識に照らして不適切な語句や表現が見受けられるが、著者が故人であること、発表当時の時代背景と作品の文化的価値に鑑みて、底本のままとした。

中公文庫

女《おんな》の家《いえ》

2020年 9 月25日　初版発行

著　者　日影《ひかげ》 丈吉《じょうきち》

発行者　松 田 陽 三

発行所　中央公論新社

〒100-8152　東京都千代田区大手町1-7-1
電話　販売 03-5299-1730　編集 03-5299-1890
URL http://www.chuko.co.jp/

ＤＴＰ　平面惑星
印　刷　三晃印刷
製　本　小泉製本

Published by CHUOKORON-SHINSHA, INC.
Printed in Japan　ISBN978-4-12-206937-4 C1193

定価はカバーに表示してあります。落丁本・乱丁本はお手数ですが小社販売部宛お送り下さい。送料小社負担にてお取り替えいたします。

各書目の下段の数字はISBNコードです。978-4-12が省略してあります。

中公文庫既刊より

ほ-16-1　回送電車　堀江敏幸

評論とエッセイ、小説。その「はざま」にある何かを求め、文学の諸領域を軽やかに横断する——著者の本領が発揮された、軽やかでゆるやかな散文集。

204989-5

ほ-16-2　一階でも二階でもない夜　回送電車Ⅱ　堀江敏幸

須賀敦子ら7人のポルトレ、10年ぶりのフランス長期滞在で感じたこと、なにげない日常のなかに見出した秘蹟の数々……54篇の散文に独自の世界が立ち上がる。〈解説〉竹西寛子

205243-7

ほ-16-5　アイロンと朝の詩人　回送電車Ⅲ　堀江敏幸

一本のスラックスが、やわらかい平均台になって彼女を呼んでいた——。ぐいぐいと、そしてゆっくりと、読み手を誘う四十九篇。好評「回送電車」シリーズ第三弾。

205708-1

ほ-16-7　象が踏んでも　回送電車Ⅳ　堀江敏幸

一日一日を「緊張感のあるぼんやり」のなかで過ごしたい——異質な他者や、曖昧な時間が行きかう時空を泳ぐ、初の長篇詩と散文集。シリーズ第四弾。

206025-8

ほ-16-6　正弦曲線　堀江敏幸

サイン、コサイン、タンジェント。この秘密の呪文で始動する、規則正しい波形のように——暮らしはめぐる。思いもめぐる。第61回読売文学賞受賞作。

205865-1

ほ-16-3　ゼラニウム　堀江敏幸

彼女と私の間を、親しみと哀しみを湛えて、清らかな水が流れていく——。異国に暮らした男と個性的で印象深い女たちの物語。ほのかな官能とユーモアを湛えた珠玉の短篇集。

205365-6

ほ-16-8　バン・マリーへの手紙　堀江敏幸

「バン・マリー」—湯煎—にあてた詩、音楽、動物、思い出深い人びと……愛しい日々の心の奥に、やわらかな火を通すエッセイ集。

206375-4

ほ-16-9
戸惑う窓
堀江敏幸
覗かずにはいられない。大聖堂の薔薇窓、木造家の古窓……マチスは闇を、プルーストは不思議な絵画を見いだした。世界を一変させた「窓」を訪ねる二十五篇。
206792-9

し-9-10
エロティシズム
澁澤龍彦
動物のそれと違い「快楽の欲求」に動かされる「人間の性的活動」。芸術や宗教の根柢に横たわる狂気の世界を渉猟し冒険した軌跡。〈解説〉巖谷國士
206454-6

し-9-11
エロス的人間
澁澤龍彦
「太古の闇のなかの恐怖をそのまま現代に持ってきたかのような、社会生活をおびやかす暗い力」即ちエロティシズムへの考察。〈解説〉諏訪哲史
206455-3

し-9-9
少女コレクション序説
澁澤龍彦
「可憐な少女をガラス箱にコレクションするのは万人の夢であろう」。多くの人々が「少女」に抱いた情熱にまつわる思索。〈巻末エッセイ〉朝吹真理子
206432-4

し-9-7
三島由紀夫おぼえがき
澁澤龍彦
絶対と相対、生と死、精神と肉体――様々な観念を表裏一体とする激しい二元論に生きた天才三島由紀夫。親しくそして本質的な理解者による論考。
201377-3

て-9-1
辰野隆 日仏の円形広場
出口裕弘
小林秀雄も太宰治もこの人に学んだ――近代西洋建築の巨人を父とする東大仏文科の偉大な名物教授辰野隆。彼を軸に、日仏の一三〇年を自在に往還する。
206713-4

ち-8-1
教科書名短篇 人間の情景
中央公論新社 編
司馬遼太郎、山本周五郎から遠藤周作、吉村昭まで。人間の生き様を描いた歴史・時代小説を中心に中学教科書から厳選。感涙の12篇。文庫オリジナル。
206246-7

ち-8-2
教科書名短篇 少年時代
中央公論新社 編
ヘッセ、永井龍男から山川方夫、三浦哲郎まで。少年期の苦く切ない記憶、淡い恋情を描いた佳篇を中学教科書から精選。珠玉の12篇。文庫オリジナル。
206247-4

各書目の下段の数字はISBNコードです。978－4－12が省略してあります。

な-73-1
麻布襍記《あざぶざっき》 附・自選荷風百句 永井荷風
東京・麻布の偏奇館で執筆した小説「雨瀟瀟」「雪解」、随筆「花火」「偏奇館漫録」等を収める抒情的散文集。初の文庫化。〈巻末エッセイ〉須賀敦子
206615-1

な-73-2
葛飾土産 永井荷風
石川淳が「戦後はただこの一篇」と評した表題作ほか、短篇・戯曲・随筆を収めた戦後最初の作品集。久保田万太郎の同名戯曲、石川淳「敗荷落日」を併録。
206715-8

く-2-2
浅草風土記 久保田万太郎
横町から横町へ、露地から露地へ。「雷門以北」「浅草の喰べもの」ほか、生粋の江戸っ子文人による詩趣豊かな浅草案内。〈巻末エッセイ〉戌井昭人
206433-1

た-30-37
潤一郎ラビリンスⅨ 浅草小説集 谷崎潤一郎 千葉俊二編
谷崎が幼児期から馴染んだ東京の大衆娯楽地、浅草。芸術論に明け暮れ、猥雑な街に集う画家や歌唄い達の哀歓を描く「鮫人」ほか二篇。〈解説〉千葉俊二
203338-2

よ-13-13
少女架刑 吉村昭自選初期短篇集Ⅰ 吉村昭
歴史小説で知られる著者の文学的原点を示す初期作品集（全二巻）。「鉄橋」「星と葬礼」等一九五二年から六〇年までの七編とエッセイ「遠い道程」を収録。
206654-0

よ-13-14
透明標本 吉村昭自選初期短篇集Ⅱ 吉村昭
死の影が色濃い初期作品から芥川賞候補となった表題作、太宰治賞受賞作「星への旅」ほか一九六一年から六六年の七編を収める。〈解説〉荒川洋治
206655-7

い-2-7
浪漫疾風録 生島治郎
『EQMM』編集長を経てハードボイルド作家になった著者の自伝的実名小説。一九五六～六四年の疾風怒濤の編集者時代と戦後ミステリの草創期を活写する。
206878-0

い-2-8
星になれるか 生島治郎
直木賞受賞、睡眠薬中毒、そして再起へ。一九六四～七八年の綺羅星の如き作家たちの活躍を描く戦後ミステリ裏面史。『浪漫疾風録』完結編。〈解説〉郷原　宏
206891-9